나답게
사는 건
가능합니까

나답게
사는 건
가능합니까

임재훈·전진우 지음

청춘에게 철학을

철학은 어떻게 만들어질까? 혼자 깊은 생각에 잠길 수도 있고, 다른 사람의 이야기를 경청할 수도 있다. 한 번도 경험해보지 못한 일을 해보는 것도 좋은 방법이다. 각자에게 맞는 방법이 있을 테니 우열을 가릴 순 없겠지만 적어도 우리 두 사람에게는 '대화'만 한 게 없다.

팟캐스트 〈청춘철학 : 서른 살 옹알이〉는 두 사람의 '대화'만으로 만들어진다. 오프닝과 클로징 멘트를 제외하면 이렇다 할 대본도 없다. 방송을 위해 대화를 한다기보다 대화를 방송으로 엮었다는 게 더 맞는 표현일 것이다. 방송을 녹음하지 않을 때도 두 사람은 늘 대화를 나누고 있으니까. 정해진 방향이 없다보니 가끔씩은 대화의 길을 잃고 엉뚱한 곳을 헤맬 때도 있지만 그 모든 과정을 거친 후에는 나름의 철학이 만들어지곤 한다. 아직도 치열한 삶의 터널을 지나고 있는 우리 둘에게 그 철학은 생각보다 든든한 지원군이다. 상황이 바뀌는 것보다 시선이 달라지는 게 때로는 더 큰 변화를 가져오기도 하니까.

이십대의 끝 무렵 둘이서 나눈 대화가 그냥 휘발되는 게 아쉬워 일 년여 간 메일을 주고받았고, 그 이후엔 팟캐스트를 통해 대화했고 지금도 그 대화는 여전히 진행중이다. 이제는 책을 통해 두 사람의 대화를 이어가려고 한다.

때론 서로의 힘듦만을 확인하고 그대로 둔 이야기들도 있다. 애초에 거창한 목적을 갖고 시작한 대화가 아니므로 조용한 관람자도, 이야기를 함께 나눌 사람도 모두 환영이다.

다만 삶의 문제를 발견하는 것도, 그 답을 내리는 것도 모두 '나'였으면 하는 바람뿐이다. 혹시 두 사람의 대화가 궁금해졌다면 차 한잔을 앞에 두고 잠시 귀를 기울여주시길 바란다.

이제 본격적인 대화를 시작해보자.

목차

2장 **타협하지 않고 즐겁게 버티기**

5장 행복의 시대

6장 발견, 그후

1장

멘토를 떠나보내며

삼십 년간 바다를 누빈 늙은 어부가 사막을 횡단하는 젊은이들에게 조언한다. "격랑을 이겨내고 드넓은 대해로 나가 대어를 낚듯이 여러분도 한때의 위기에 쓰러지지 말고 계속 나아가세요. 끝까지 포기하지 않는 삶이야말로 아름다운 것입니다." 우레와 같은 환호가 쏟아진다. 젊은이들은 늙은 어부를 존경해 마지않는다. 그때 갑자기 사막의 거친 모래 폭풍이 불기 시작한다. 강연장이 바람에 휩쓸리고 세찬 모래가 시야를 가린다. 군중 속에서 한 젊은이가 늙은 어부에게 다급히 도움을 구한다. "이 위기를 어떻게 극복해야 합니까?" 늙은 어부는 답이 없다. 바다의 격랑은 겪어봤지만, 사막의 모래 폭풍은 처음이기 때문이다. 젊은이들은 그제야 모래 폭풍에 맞설 방법을 강구하기 시작한다. 그들의 안중에 늙은 어부는 이제 없다.

비틀거리더라도
나의 걸음으로

진우 지금까지 저는 하고 싶은 거 하면서 주관대로 살아왔다고 생각했었는데 돌이켜보니 세상이 정해놓은 대로 살았던 게 더 많더라고요. 그래서 이십대 후반에 정말 힘들었어요. 내 생각대로 산 게 아니라 남의 생각대로 살았다는 것을 그때쯤에 많이 느끼게 되었어요. 예를 들면 우리가 초등학교 졸업하면 중학교, 고등학교, 대학교에 가듯이 대학을 졸업하면 응당 취직을 해야 한다고도 생각하잖아요. 저 역시도 그런 생각이어서 무슨 일을 할지, 어떤 회사에 들어갈지만 고민했을 뿐 취직이라는 건 너무나 당연한 일이었어요. 그런데 나중에 생각해보니 취직이 그렇게 당연했을까 싶더라고요. 그러고 보니 나는 그동안 내 철학이 없었던 것일 수도 있겠구나 싶었죠. 그렇게 하나하나 다시 생각을 해보니 삶의 많은 결정들을 세상의 담론대로 해왔다는 걸 느꼈고, 청춘에게 자신만의 철학이 필요하다는 뜻으로 〈청춘철학〉이라는 타이틀로 팟캐스트를 진행하게 되었어요.

재훈 다치바나 다카시라는 일본의 저널리스트가 『청춘표류』라는 자신의 저서에서 청춘을 이렇게 정의하더라고요. 청춘은 어느 나이 대부터 어느 나이 대까지 기간을 정할 수 있는 건 아니고, 어떻게 살 것인지를 고민하는 시기라면 누구나 다 청춘이라고. 이분도 일흔이 넘으셨지만 스스로 청춘이라고 생각하시는 것 같아요. 그럼 철학은 또 무엇일까요. 저는 요즘 사실 철학은 별거 아니라는, 어쩌면 위험할 수 있는 생각도 합니다. 자기 자신의 주관, 자기 자신에 대한 믿음 이런 게 철학이 아닌가 싶어요. 요즘 대학생들이나 사회 초년생들을 보면 다들 목발을 하나씩 짚고 있습니다. 그 목발이 사회적인 담론이 되는 경우도 있을 것이고, 또 어떤 경우에는 종교가 될 수도 있겠죠. 다들 너무 똑똑한데 얘기를 해보면 자기가 없는 것 같아요. 자기 생각을 말한 줄 알았는데 이야기를 다 듣고 나면 누구누구가 이렇게 했다더라, 누구누구가 이렇게 말했다더라, 하는 거죠. 자기 담론으로 세상을 뚫고 가는 게 아니고 누가 알려준 어떤 티켓을 가지고 그 티켓을 사용할 수 있는 지점들을 찾아가려고 애를 쓰는 모양새 같아요.

진우 저는 그동안 전진우라는 사람은 돈을 좋아한다고 생각했었어요. 근데 가만 보니 저는 시간을 더 중요하게 생각하더라고요. 돈이 중요하다고 생각했던 건 세상에서 돈이 중요하다고 하니까, 저도 그게 맞는 답인 줄 알고 그게 마치 내 생각인 양 했던 거죠. 그런데 나라는 사람을 다시 자세히 들여다보니 돈보다는 시간이 더 중요하다는 걸 깨달은 거죠. 그럼 벌써 전진우의 철학이 하나 생긴 거죠. 돈보다 시간이 더 중요하다. 둘 중에 하나를 선택하라면 나는 시간을 선택하겠다. 그러니 철학이 별다른 게 아닌 거죠. 대단한 발견을 하는 게 아니라 자기만의 사상적 토대, 기본 밑바탕을 알아가는 것이라고도 할 수 있죠. 저희 두 사람이 주고받았던 편지, 각자 쓰고 있는 에세이들은 어쩌면 각자의 철학을 정리하는 글이었던 거예요.

재훈 갑자기 영화 〈올드보이〉의 한 대사가 생각나요. 오대수(최민식)가 "누구냐, 너" 물었을 때 이우진(유지태)이 했던 말입니다. "나는 오대수 학자다, 전공이 오대수다." 진우와 〈청춘철학〉 팟캐스트를 진행해오면서 '나'라는 전공과목을 재수강하는 느낌이었습니다. 내가 원했고, 내가 지금 원한다고 믿고 있는 것들이 어쩌면 내가 어렸을 때 주변 어른들부터 혹은 사회적인 통념으로부터 인식되어온, 프로그래밍된 것들이 아니었을까. 그 프로그램대로 내가 지금 작동되고 있는 거 아닌가. 살고 있는 게 아니라 어떤 동력에 의해서 작동이 되고 있는 게 아닌가. 이렇게 나 자신에 대한, 내 삶에 대한, 사회에 대한, 세상에 대한 의심들을 해보면서 제 인생을 복습해보는 시간을 가져왔어요. 그게 말하자면 철학이 되는 거겠죠. 목발을 버리는 것, 걸음마를 다시 시작하는 것. 서른살쯤 되면 걸음마를 다시 배워야 한다고 생각합니다. 그래서 제가 만든 신조어가 '이립보행'인데 목발을 버리고 두 발로 걷기, 즉 이립보행을 하자는 뜻입니다.

진우 사실 저 같은 경우에는 사춘기가 없었어요. 제가 보기에 세상은 너무 심플한 거예요. 좋은 것, 나쁜 것이 너무 명확하게 나와 있으니까 그 담론에 몸을 맡긴 거죠. 그러나 사춘기라는 것은, 일단 의심이에요. 예전에 읽었던 책에서 일본의 어떤 소년이 가출을 하고 나서 그런 말을 했대요. '내가 확인해보기 전까지는 세상을 믿을 수가 없었다.' 그 친구는 정말 제대로 삶을 살았어요. 저 같은 경우에는 정반대였죠. 세상에서 말하는 대로 다 믿었어요. 말 잘 듣는 아이였기에 어른들 입장에서 보면 착한 아이인 거죠. 그렇게 유보되었던 사춘기가 결국엔 이십대 후반 때 오더라고요. 그때부터 세상을 의심했어요. 돈과 시간의 문제, 결혼 문제, 회사를 다니는 문제, 그 외 여러 가지 것들을 저만의 기준대로 다시 정의내려봤어요. 재훈이 말대로 〈청춘철학〉은 우리 인생을 다시 돌아보고 우리 철학을 다시 한번 세워볼 수 있는 좋은 기회예요. 저희 이야기를 접하시는 분들도 이것을 계기 삼아 '나는 어떨까'라고 한 번쯤 생각해볼 수 있다면 저희는 더 큰 의미를 느낄 수 있겠죠.

재훈 좀더 거창하게 이야기를 하면 〈매트릭스〉에서 모피어스가 네오에게 빨간 약과 파란 약을 권하잖아요. 어떤 것을 먹든 네 선택이다 하는데, 저희는 여러분께 빨간 약을 권해드리고 있는 것이죠. 삼키느냐, 안 삼키느냐는 전적으로 각자의 선택입니다.

진우 최근에 청춘콘서트를 비롯한 청춘을 대상으로 하는 힐링모임이 많았죠. 몇 년 전 청춘에 관련된 책들이 한참 히트를 쳤던 게 시발점이었어요. 제가 봤을 때 그런 청춘모임들의 한계점은 이미 잘되어 있는 분들이 얘기를 한다는 거예요. 흔히 말하는 멘토인데, 굉장히 통찰력이 있고 세대를 뛰어넘어 요즘 청춘의 고민들을 잘 이해하시죠. 하지만 그분들은 지금 우리들과는 다른 세상을 사신 분들이에요. 그분들이 하는 말들이 틀린 말이라는 게 아니라 그건 그분들의 철학이었다는 것이죠. 그게 다른 사람에게도 똑같이 적용될 수는 없는 것입니다. 제일 좋은 것은 그 얘기를 듣고 '아, 저 사람들은 저렇게 살았구나. 그럼 나는 이렇게 살아야지'라고 할 수 있다면 좋겠는데 누군가에게 가르침을 받으면 그게 쉽지 않죠. 만약에 그분들이 아침 일곱시에 일어났다고 말을 하면 왠지 나도 아침 일곱시에 일어나야 할 것 같잖아요.

재훈 멘토가 범람하는 시대죠. 멘토들이 정말 각 분야에 한 명 이상은 다 있어요. 어느 순간부터 이렇게 멘토가 많아졌더라고요. 그러나 저는 멘토가 좀 위험한 것 같습니다. 사실 내가 존경하는 누군가가 한마디 위로의 말을 해주면 그 말 한마디가 내 정서에 미치는 영향이란 정말 어마어마합니다. 그런데 그 영향이라는 것이 정서적인 목발이 될 수 있다는 거죠. 자기 스스로 서지 못하고 자꾸 멘토의 말을 찾아가는 거예요. 뭔가 인생을 살아갈 때 어려움에 부딪히면 스스로 해결책을 찾는 게 아니고 멘토라면 어떻게 했을까, 내 멘토가 이 어려움에 맞는 적절한 멘트를 한 게 뭐가 있던가 하면서 책장을 넘겨보고 어느 한 문구를 보며 힘을 냅니다. 또 그 힘으로 나아가다가 또 멈춰서 멘토를 찾고, 이게 반복되는 거죠. 보는 시각의 차이일 수 있겠지만 저는 이게 위험해 보여요. 어쩌면 멘토를 찾지 못하는 그 시기까지는 정서적으로 계속 절름발이의 삶을 사는 거죠. 멘토들이 많아진다는 것은 자기 자신으로만 살아갈 수 없는 사람들이 많다는 얘기예요. 저는 이렇게 비유하고 싶습니다. 바다에서 오십 년 살아온 늙은 어부가 사막에서 괴로워하는 젊은 친구한테 조언이야 해줄 수 있겠죠. 바다나 사막이나 거시적인 관점에서 삶이라는 건 마찬가지니까. 하지만 바다에서 이겨내는 방법과 사막에서 이겨내는 방법은 그 디테일이 다르다는 거예요. 근데 우리는 그 디테일의 차이를 너무 가볍게 생각해요. 너무 통합해서 다 멘토라고 뭉뚱그려버리는데, 이게 범위가 커져버리면 개개인의 개별성이 무시되지 않을까요?

진우 강신주 철학박사가 책의 서문에 그런 말을 썼어요. 우리가 위대한 철학자나 사상가들의 이야기를 듣는 것은 마치 자기 삶을 제대로 살고 있는 친구와 대화를 하는 것과 마찬가지다. 그러니 그 사람은 자기 삶을 이렇게 맞이하면서 살았구나, 그럼 나는 내 삶을 어떻게 맞서서 살아볼까 생각해야 한다는 거죠. 절대 그들의 생각을 똑같이 따라하거나 외우려고 하지 말라고 했었죠. 저는 그 부분에서 큰 울림이 있었던 것 같아요. 지금 저희가 얘기하는 것은 모든 멘토가 다 필요 없다거나 예전의 사상가들이나 철학자들이 모두 의미가 없다는 게 아니라, 그걸 어떻게 받아들일까 하는 문제인 거예요. 나의 멘토들의 삶과 언어를 무비판적으로 그대로 받아들인다는 것은 굉장히 위험할 수 있다는 거죠.

당당히 외쳐보자!
So What?

진우야, 왜 우리는 하루에 밥을 세 번 먹게 된 걸까.

어릴 때부터 너무나 당연했던 건데 요새 들어 다시 생각해보게 돼. 나의 하루에는 어떤 연유로 세 번의 밥이 주어지게 되었을까.

'삼시 세끼'라는 말이 있잖아. 합숙생활을 했던 사람들이라면 이 삼시 세끼를 매우 체계적으로 경험해봤을 거야. 오전 아홉시에 아침밥, 정오에 점심밥, 오후 여섯시나 일곱시에 저녁밥. 식사 시간이 삼시 세끼로 딱 정해져 있지. 숙소처럼 정확히 정해진 것은 아니지만, 우리 일상에서도 별생각 없이 아침, 점심, 저녁을 '삼시'로 나누어 '세끼'를 먹고 있지.

그런데 궁금하지 않아? 이런 끼니때를 맨 처음 자기 일상에 적용한 사람은 누구인지. 삼시 세끼의 기원은 과연 언제인지. 정말 알고 싶은데, 알 길이 없네.

밥이라는 게, 내가 배고플 때 먹어야 하는 것이라는 생각을 해보는 요즘이야. 종종 입맛이 없을 때가 있는데, 그런 날에는 회사에서 점심을 그냥 안 먹기도 하거든. 그때마다 주변에서 무슨 일 있냐고, 왜 끼니를 거르냐고 걱정을 해줘. 무척 고마운 일이지. 하지만 일일이 설명하기가 참 번거로워. ("꼭 정해진 시간에만 밥을 먹을 필요는 없잖아요?"라고 대답할 수는 없으니.) 그래서 그냥 속이 아프다는 핑계를 대곤 해. 속으로는 이렇게 중얼거리지. '죄송하지만, So what? 아직 배가 안 고프다고요!'

삼시 세끼라는 것은 기원을 알 수 없는 언젠가부터 정해진 관습일 테니, 사회생활을 위해서는 어느 정도 지킬 필요가 있겠지. 그렇기는 해도, 밥 생각이 없는데 억지로 맞출 필요는 없다고 생각해. 물론, 이 생각을 남에게 설득하기란 어려운 일이야. 부모님과 동거하는 경우에는 속앓이하기도 하고. 어머니께서 "왜 그러니? 엄마 아빠랑 밥 먹기 싫은 거니?"라고 물어보시면 난감해져. 어쩔 수 없이 부모님과 한 식탁에 앉아 밥그릇을 비우기는 하는데, 속이 무사할 리 있겠어? 소화불량 때문에 이튿날 아침까지 고생하는 경우가 왕왕 발생해. '삼시 세끼'라는 사회적 관습을 지키기 위해 배탈을 감수한 셈이랄까. 내 몸에게 미안해져. '끼니때'가 뭐라고. 사회적 기준에 맞추려다가 내 배 속을 너무 함부로 대한 게 아닌가 하는 자책도 하게 돼. 사실, 가장 정확한 끼니때는 배꼽시계가 울리는 시간 아닐까? 아홉시, 열두시, 이런 시간에 맞출 게 아니라, 내 배꼽시계에 귀기울여줘야 하지 않을까?

우리는 흔히 끼니를 '놓쳤다', 끼니를 '걸렀다'라고 표현하잖아. 반드시 지켜야만 하는 것인데, '놓친' 거고, '거른' 것으로 인식한다는 뜻이지. 식습관부터 시작해서 '기원과 출처와 이유가 불분명한 규칙'이 참 많아.

자기계발서 제목만 해도 '이십대 ~에 미쳐라', '삼십대 ~하라' 류가 있잖아. 재미있는 점은 이십대, 삼십대, 사십대 등 연령대별로 그런 류의 제목을 단 자기계발서들이 있다는 거야. 각 나이마다 해야 할 일, 지켜야만 할 일이 마치 매뉴얼로 정리된 느낌. 이런 매뉴얼에 전적으로 동의하는 쪽이 아니라면, 우리에게 정량을 정해주고, 해야 할 일들을 할당해주는 외부적인 요소들에 대해 이제 외쳐볼 때가 되지 않았을까? So what? '나는 내가 하고 싶을 때, 하고 싶은 만큼만 할 건데, So what?' 이런 태도로 밥 먹는 일부터 시작해서 취침 시간, 기상 시간 등등을 자기만의 리듬에 맞춰보는 연습을 해보자는 얘기야.

삼시 세끼에 의문을 품다보니까 아침에 일찍 일어나서 아침밥 꼭 챙겨 먹는 사람, 일명 '아침형 인간'에 대해서도 생각해보게 된다.

언젠가부터 '아침형 인간'이 부지런하고 성실한 사람의 표징이 되었잖아. 아침형 인간이 각광받을 수 있는 이유는, 그 '인간'이 회사원이기 때문이 아닐까 싶어. 회사원은 아침에 출근을 해야 하지. 아침 일찍 일어나서 출근 전 한두 시간 독서를 한다든가 글을 쓴다든가 영어학원에 가서 강습을 받는다든가, 이런 생산적 활동에 투자한다면 일반 회사원들보다 우수해 보일 수 있을 거야.

'아침형 인간'이라는 표현은 그런 우수성에 대한 칭송인지도 모르겠어. 자기 발전에 시간을 할애한다는 것은 꽤 괜찮은 일이야. 그런데 문제는 너도나도 아침형 인간이 되려고 한다는 점이지. 더 심각한 문제는, 아침형 인간에 대한 숭앙이 커지는 만큼, 그렇지 못한 '보통형 인간'이 열성으로 강등되는 듯한 모양새야. 자연스럽게 우열이 갈리는 셈이지. 아침형 인간이 내포한 근면성이 대중화되다보니 하나의 바로미터로 작용하고 있는 것이고.

요새는 후속편 격인 '저녁형 인간'도 뜨더라고. 아침형 인간이랑 마찬가지로, 저녁형 인간의 삶이 우수성을 띠려면 '회사원'이라는 전제가 필요해. 왜냐하면, 퇴근 후에는 보통 쉬고 싶으니까. 그런데 퇴근 후에 자기 발전을 위해 시간을 할애한다면 몹시 우월해 보이는 게 사실이야. 아침형 인간도 아닌데 저녁형 인간마저 못 되는 보통형 인간은 괜스레 기가 죽지.

신문이나 뉴스를 통해 접하는 우리 시대 성공한 사람들의 이미지는 비슷한 구석이 있어. 스스로의 욕망을 굉장히 절제하고, 시간 관리가 철저하고, 목표 의식이 확고한 모습. 그들이 성공에 이르기까지 준수했던 삶의 패턴은 엄격히 규제되고 절제된 것처럼 보여. (어쩌면 그들의 실제 삶이 그러했다기보다는, 매체가 성공한 사람들을 다루는 구성 방식이 그러하다고 볼 수도 있겠지.) 아침형 인간, 저녁형 인간이 사랑받는 이유는 우리에게 익숙한 '성공인들의 이미지'와 매우 닮아 있기 때문은 아닐까? 하지만 근면 성실의 방식이 반드시 '아침형'이나 '저녁형'으로 규격화된 것은 아니잖아. 이렇게 따지면 앞으로 '점심형 인간'도 나올 수 있겠네. (점심 시간에 밥 안 먹고 자기계발을?)

SNS에서 인상적인 그림 하나를 봤어. 배경은 숲속이야. 나무 한 그루가 서 있고, 가까운 곳에 한 사람이 책상을 놓고 의자에 앉아 있어. 책상 앞에는 코끼리, 펭귄, 새 등등 동물들이 일렬횡대로 나란히 서 있고. 마치 면접을 보는 것처럼. 앉은 사람이 이렇게 말해.

"자, 이제부터 너희에게 한 가지 똑같은 테스트를 실시할 거야. 저 나

무 위로 올라가보는 거야. 공평하지?"

이게 과연 공평한 테스트일까? 펭귄과 코끼리가 어떻게 나무를 올라가냐고. 이 테스트의 1등은 원숭이가 될 거야. 이 그림에서 사람이 제시하는 '나무 타기'는 앞서 이야기했던 '삼시 세끼', '아침형 인간', '저녁형 인간'과 같은 개념이지. 요지는, 우리가 펭귄 혹은 코끼리일 수 있다는 가능성을 스스로 염두에 두자는 거야. 굳이 나무에 오르지 않아도 된다는 뜻이야. 막상 실천으로 옮기기는 쉽지 않겠지. 어떻게든 나무 타기를 성공해서 그 테스트를 제시한 사람에게 예쁨을 받아야만 할 것 같은 이상한 심리가 꿈틀거릴지도 몰라. '좋은 사람 콤플렉스'처럼. 성공하려면 예스맨이 되어야 한다는 고정관념 때문에 생기는 현상이지. 그래서 많은 이들은 자기 삶의 주인이 아니라, 남의 삶의 '주인님'이 되려고 하는 걸까? 그리하여 또다른 누군가에게 나무 타기 테스트를 시키게 되는 걸까?

'주인님'은 남을 부리는 것이 자유라고 생각해. 주인님이 되려면, 남에게 일을 시킬 수 있는 위치, 즉 세속적 의미의 '성공'이라는 것을 이뤄야 하지. 기업체를 운영하는 재산가(성공한 사람) 입장에서는 보통형 인간(성공하지 못한 사람)의 가치를 단지 노동력(인적자원)으로만 환산하려 할 수 있어. 그러나 So what? 회사 안 들어가면 그만인데. 우리는 지금 우리대로 주인 행세를 하며 살고 있지 않나? 우리만의 주인 행세가, 그들이 보기에는 굉장히 아니꼽고, 미숙한 것처럼 비칠 수 있겠지. 그러나 또, So what? 그건 그들의 시선일 뿐이야. 지금 우리가 할 수 있는 최대한의 주인 행세가 바로 이건데, 이걸 안 하면 우리는 주인이 아닌 건데, 그러면 어쩌겠어. So what? 그냥 이걸 하는 수밖에 없지.

지속 가능성은 이렇게 시작되는 거잖아. 어떤 것을 꾸준히 이어나간다는 것의 가치는 고귀해. 어떤 것을 지속적으로 해나간다는 것은, 그 과정에 있어서 끊임없는 평가를 들어야 함을 뜻하기도 하니까. "너는 왜 그렇게 하니?", "굳이 다른 일이 있는데 왜 이 일을 하니?" 등등. 이런 평가들을 전면 차단하거나, 한 귀로 듣고 한 귀로 흘린다거나, 취할 것만 취하고 나머지는 버린다거나 하는 나름의 방식을 사용할 텐데, 이 과정에서 우리는 성숙해지는 거야. 내가 내 삶의 주인이 되어가는 과정, 그것이 바로 성숙이지. 이렇게 각자의 개별성을 인정하게 되고, 어느 정도 경지에 오르면, '주인님' 행세를 하는 사람들까지 자비롭게(?) 품을 수 있으리라 생각해. 물론, 긴 시간이 필요하겠지만.

편지 쓰다 또 흥분했다. 뭐, 어쩌겠어. So what? 걸핏하면 흥분하는 걸 보니, 나의 '나다움' 레벨은 아직 한참 아래인가보다. 우리 얼른 레벨 업하자!

늦게 자고 늦게 일어나는 착한 어른 재훈

Reply to

재훈아,
'삼시 세끼' 얘기를 들으니까 얼마 전에 봤던 다큐멘터리가 생각난다. 요즘 프랑스 요리 못지않게 각광을 받고 있다는 스페인 요리에 대한 다큐멘터리였어. 스페인의 유명한 요리학교가 나왔는데 그곳 선생님의 말에 의하면 프랑스 요리는 '유물'과도 같다고 하더라고. 옛날에 좋았던 것들이 그대로 계승만 되고 있다는 게 그 이유였어. 반면 스페인 요리는 매일매일 새로운 메뉴가 생긴다고 할 정도로 변화무쌍하다고 자랑스레 말하기도 했지. 음식에 대한 그들의 사랑이 남다른 것도 있을 테지만 일단 '먹는 것'에 대한 철학이 다르더라고. 스페인 사람들은 시간에 맞춰 끼니를 챙겨 먹지 않는다고 해. 우리나라처럼 하루 삼시 세끼라는 개념이 없는 거지. 본인이 먹고 싶을 때 신선한 재료로 맛있는 음식을 만들어서 먹는다는 것이 그들의 식사 철학이라는 거야. 어떻게 보면 끼니때가 따로 정해져 있지 않은 스페인이야말로 '먹는 것'을 가장 진지하게 대하고 있는지도 몰라.

사람은 저마다 가지고 있는 '생체시계'가 있을 거야. 식사든, 잠이든 모든 활동에는 그 사람에게 맞는 타이밍도 따로 있을 거고. 스트레스 없이 잘 산다는 것은 자신의 그 '시계'를 거스르지 않고 자연스럽게 사는 것이 아닐까. 주말 아침에 좀더 자고 싶지만 늦잠을 자는 건 게으른 것이기 때문에 잠자리에서 일어나고, 배가 고프지 않지만 지금은 식사 시간이기에 밥을 먹는 것은 그 흐름을 거스르는 거겠지. 결코 잠자고 먹는 것에만 국한된 얘기는 아닐 거야. 우리는 생각보다 많은 것들을 나의 기준보다는 세상의 기준에 맞추며 살아가려 노력하고 있으니까.

이제는 나 스스로를 믿어보는 건 어떨까 싶어. 자신을 마치 종교처럼 믿어보는 거지. 나의 내면에서 올라오는 소리를 신이 나에게 내리는 계시처럼 받아보는 거야. 내가 지금 하고 싶지 않다면 그건 하지 않는 게 맞는 거고, 남들은 안 하는 게 낫다고 말해도 내가 하고 싶다면 그건 하는 게 맞는 거야. 목표, 목적보다는 과정에 충실한 것이라고 볼 수도 있겠다. 목적을 이루기 위해서 무얼 하는 게 아니라, 내가 지금 느낀 생각과 감정에 충실해서 과정을 채우는 거지. 그러다보면 생각지 못한 목적지에 도착할 수도 있을 거야.

생각해보면 목적 없이 떠난 여행에서 더 많은 것을 얻었고, 약속 없이 즉흥적으로 만난 사람과 더 즐거운 시간을 보냈던 거 같아. 왜 우리도 갑자기 만난 날, 더 재밌게 얘기했잖아. 좋은 아이디어들도 그때 많이 나왔고 말이야. 오히려 계획이 많았던 여행에서는 꼭 사고가 났고, 뚜렷한 목적을 가지고 만난 사람과의 대화는 늘 피곤했었어. 끊임없이 나에게 말을 걸어오는 '나 자신'의 말을 들어주기만 한다면 행복이라는 것도 그리 멀리 있지 않을 거야. 결국 나 자신을 믿는다는 것은 행복한 삶을 향해 간다는 것과도 같은 얘기일 거고.

그럼에도 불구하고, 많은 사람들이 나의 기준대로 살기 힘든 것은 '친절함' 때문일 거야. 사실 나도 그 굴레에서 벗어나는 게 쉽지는 않아. 나만의 사이클, 나만의 기준이 있음에도 자꾸 다른 사람들이 인정해주는 기준을 따라가게 되는 거지. 그건 아마 남들에게 좋은 사람으로 인정받고 싶다는 내면의 욕심 때문일 거야.

물론 남들에게 친절한 것이 잘못된 것은 아니야. 하지만 그 '친절'로 인해 나의 많은 것들을 포기해야 한다면 오히려 그건 나에 대한 '불친절'이 되겠지. 또 모든 사람들에게 좋은 사람으로 인정받는 것 자체도 불가능한 일이고. 나에게 불친절한 사람은 나답게 살아갈 수 없고, 더 나아가 인생이 즐겁지 않은 것은 당연한 얘기야. 그것이 바로 우리가 좀더 '불친절'해져야 할 이유이겠지.

영화 〈노예 12년〉 기억나지? 평범했던 주인공이 억울하게 노예생활을 하는 이야기가 나오잖아. 늘 자신의 생각을 당당하게 말하던 주인공은 노예가 된 뒤에 친절한 사람으로 바뀌게 돼. 그에게는 잘 보여야 하는 '주인'이 생겼으니까. 남에게 잘 보이기 위해 친절한 것은 노예의 삶과도 같은 게 아닐까 싶어. 그렇게 생각하니까 그동안 나의 '친절한 행동들'이 스쳐지나가면서 아찔하기도 하다.

불친절하다는 것이 꼭 무례함을 말하는 것은 아닐 거야. 스스로를 객관적으로 바라봤을 때 해야 할 도리를 다했고 다른 사람에게 피해를 주지 않았다면, 상대방의 기대를 저버리고 나의 의지를 관철시켜도 된다는 뜻이지. 그럼에도 상대방이 나에게 비난을 한다면, 그때는 당당하게 'So what?'이라고 말해도 좋을 거야. 그것이 친절함과 비굴함을 구별하는 방법이라고 생각해. 진정한 친절함이란 단단한 자존감을 토대로 자연스럽게 흘러나오는 것이지 스스로를 쥐어짜서 나오는 게 아닐 테니까.

자기 인생의 주인이 된 사람들은 다른 사람들을 품을 줄 아는 것 같아. 내 인생이 나의 의지로 흘러가고 있다는 느낌은, 수많은 돈이나 높은 지위로도 얻을 수 없는 안정감을 줄 거야. 스스로 여유가 없는 사람은 남의 말에 굉장히 다혈질적으로 반응하고 자신의 이익과 위치를 지키려고 안간힘을 쓰지. 얼핏 보기엔 그들이 주인 같아 보이지만 사실 그들도 노예일 뿐이야. 인생의 진정한 만족감은 주인 노릇을 하며 다른 사람들을 노예처럼 부리는 것에서 오는 게 아니라, 자기 자신의 인생 안에서 주인이 되는 것에서 올 거야. 우리가 매일 하고 있는 일들도 누군가에게 인정받기 위해서 하는 것이라면 머지않아 이 열정도 스스로 소진되어 지쳐버리겠지. 일을 할 때도 스스로 주인이 되어 할 수 있다면 더 많은 것들을 이룰 수 있지 않을까. 흔히 말하는 프로페셔널도 그런 것이 아닐까 싶어. 그렇기 때문에 내 인생의 주인이 되는 것, 나답게 살아가는 것 모두 정말 중요한 이야기 같아.

생각해보면 우리가 아침에 일어나기 힘든 이유는 단순해. 전날 늦게 잤기 때문이야. 그럼 왜 늦게 잤을까? 하고 싶은 게 많으니까. 친구도 만나고 싶고, 영화도 보고 싶고, 그냥 멍 때리고 싶기도 하잖아. 그럼 왜 하루종일 그런 것들을 못했을까? 대부분의 시간 동안 일을 했기 때문이겠지. 누군가는 생계를 위하여, 누군가는 자신의 꿈을 위하여 그 많은 시간을 투자했기 때문에 다른 것들은 못했던 거야. 그런 사람에게 늦잠이 게으른 것이라고 말할 수 있을까? 왜 아침형 인간이 되지 못했느냐고 물을 수 있을까?

모든 사람에게는 저마다의 이유가 있어. 그것도 지극히 개인적인 이유들이지. 세상의 모든 사람을 아침형 인간, 저녁형 인간으로 나눌 수도 없을뿐더러 그래서도 안 될 거야. 너무나도 세세하게 다른 디테일들을 갖고 있으니까. 그러니 나에 대한 평가에도 좀더 객관적인 시각을 가져야 해. 아침마다 늦잠을 자는 이유를 나의 게으름에서 찾기보다는 왜 그렇게 될 수밖에 없는지 나의 삶 속에서 이유를 찾아야지.

문제에 조금 더 본질적으로 다가가다보면 포기할 것과 포기 못할 것들이 가려질 거야. 그렇게 자신만의 시계를 찾고, 자신만의 사이클을 찾아서 나름의 행복을 누려야 하지 않을까. 왠지 늦잠을 자면 게으른 사람 같고, 일찍 일어나면 부지런한 사람 같다는 실체 없는 세상의 프레임에 나를 맞추지 말고 말이야.

언제부터인가 나는 나만의 사이클대로 살고 있다는 느낌이 들어. 특히 회사를 그만둔 이후부터는 더욱 그래. 잠자는 시간부터 식사 시간까지 모두 남들과는 조금 다르게 살고 있어. 이런 사이클을 모르는 사람은 나를 게으르다고 생각할 수도 있을 거야. 식사를 제때 못 챙겨먹는 사람이라고 생각할 수도 있을 거야. 아주 불안정한 인생을 살고 있다고 생각할지도 모르지. 하지만 상관없어. 나는 나만의 사이클대로 부지런하고 규칙적으로 살아가고 있으니까. 그들은 그걸 모르는 것뿐이고.

이제 나는 나를 잘 알게 되었고, 그에 맞는 방법으로 살아가고 있어. 아직도 이런 나를 걱정스런 눈빛으로 바라보는 사람이 있다면 나는 이렇게 대답할 거야.

"So what?"

진짜 주인이 되고 싶은 진우

심판에 길들여진
우리

재훈아, 오랜만의 편지다.

끝나지 않을 것 같았던 겨울이 지나고 봄이 왔어. 아직 아침저녁으로는 쌀쌀하지만 한낮에는 따뜻한 햇볕을 맞을 수 있어서 참 좋다. 이렇게 날씨가 좋은 봄가을 무렵이 되면 생각나는 게 하나 있어.

이맘때쯤 우리집 앞에는 비슷한 정장을 입고 똑같은 머리를 한 젊은 사람들을 자주 볼 수 있거든. 맞아, 공채시즌이 돌아온 거야. 집에서 얼마 떨어지지 않은 곳에 대기업 본사가 있거든. 그들은 아마 그곳에 면접을 보러온 사람들일 거야. 말쑥하게 정장을 차려입고 바쁜 걸음으로 지나가는 그 사람들을 볼 때면 대학 때가 생각나기도 하면서 생각이 많아지곤 해. 예전에 우연히 대기업의 공채 경쟁률이 31대 1이라는 기사를 본 적이 있거든. 아마 우리집 앞을 지나간 사람들도 그런 엄청난 경

쟁률을 뚫고 면접을 보러온 거겠지. 최종 합격 여부를 떠나서 면접을 본 것만 해도 대단한 일일 거야. 대부분의 사람들은 입사지원서 한 장으로 자신의 가치가 판가름나고 묻혀버렸을 테니까.

생각해보면 우리는 어렸을 때부터 누군가에게 평가받는 것에 익숙해져 있어. 학창 시절에는 학기마다 시험을 보고, 학년을 마칠 때는 생활기록부라는 것에 나의 일 년 치 학업을 평가받게 되지. 고등학교 때는 전국의 고3들이 모두 똑같은 수능시험을 보고 대학에 들어가고, 졸업 후에는 가고 싶은 회사의 입사시험과 면접을 보고 취직을 하거나 일 년에 한 번 있는 국가고시를 준비하기도 하잖아. 우리의 삶 대부분이 시험과 평가로 이뤄졌다고 해도 과언이 아닐 거야.

다른 사람의 평가를 기다리는 사람에게는 시험 보는 날 또는 면접 보는 날이 마치 '심판의 날'처럼 느껴지지 않을까. 그날 하루만큼은 나의 모든 능력을 끌어내고 좋은 모습을 보여야 하는 아주 중요한 날일 거야. 그 하루로 그동안 노력했던 모든 시간들을 평가받으니까. 하지만 우리에게 '심판'이 그렇게나 당연한 것일까. 정말로 우리는 다른 사람의 승인 없이는 아무것도 하지 못하는 걸까. 공채시즌이 다가오면 생각이 많아지는 것은 아마 이런 이유 때문일 거야.

너도 알다시피 내 동생이 야구를 했었잖아. 초등학교 3학년 때부터 대학교 4학년 때까지 선수로 뛰었으니 십 년이 훌쩍 넘는 시간 동안 야구만 해왔던 거지. 동생은 조용했지만 성실한 선수였어. 화려하기보다는 묵묵히 자신의 자리를 지키는 스타일이었지. 오랜 시간 자신의 자리에서 묵묵히 내실을 다진 끝에 대학에 가서는 좋은 성적을 거둘 수 있었어. 야구를 잘한다는 평가를 받은 것도 그 무렵이었던 것 같아.

주변 사람 모두가 동생이 프로야구팀에 입단하는 것을 의심하지 않았어. 그러나 프로야구 신인선수 드래프트가 있었던 날, 동생의 이름은 끝내 호명되지 않았어. 그것이 끝이었지. 십오 년의 시간과 노력에 대해서는 아무런 코멘트를 들을 수 없더라. 본인의 힘으로 지금껏 야구를 해왔고 지금의 자리까지 왔지만, 드래프트 당일 본인이 할 수 있는 것은 아무것도 없었어. 그렇게 짧았던 심판의 날이 끝나자, 동생은 더이상 야구선수가 아니게 되었어. 프로야구선수라는 '라이선스'를 얻지 못했기 때문이었지. 그것은 지금 야구를 잘하고 못하고와는 상관이 없는 일이었지. 어쩌면 십오 년 동안 그 심판의 날 하루를 위해서 야구를 해온 것인지도 몰라.

이것은 야구라는 분야에만 한정되는 이야기는 아닐 거야. 우리는 지금도 수많은 평가를 준비하고 또 받고 있잖아. 하지만 그 심판의 날, 단 하루 동안 우리가 할 수 있는 것은 그렇게 많지 않아. 심판에서 떨어진 사람들은 실의에 빠지게 되지. 모든 것이 조금 더 준비를 잘하지 못한 스스로의 책임이라고 느끼기도 하고. 이런 생각이 더욱 깊어지면 극단적인 생각을 하기도 하잖아. 그래서 매년 수능이 끝나고 스스로 생을 마감하는 어린 친구들의 소식을 들으면 더욱 마음이 아파. 왜 이 모든 것들의 원인을 나 자신에게서만 찾게 된 것일까.

우리가 세상을 살면서 시험이나 평가를 거치지 않고 살아갈 순 없을 거야. 하지만 다른 사람에게 '심판'받는 것을 좀더 냉정하게 볼 필요가 있어. 일단 우리가 '심판'을 바라보는 시선을 바꿔야 할 거야. 이건 절대적인 신이 우리를 평가하는 것이 아닌 거잖아. 여러 사람들 중에서 상대적인 위치를 나누는 것뿐이지. 그 얘기는 합격과 불합격, 좋은 평가와 나쁜 평가에 너무 많은 의미 부여를 하지 않아도 된다는 뜻일 테고. 어떤 시험은 지원자들을 떨어뜨리기 위해 보는 것도 있을 수 있고, 어떤 면접은 형식적인 절차를 위해 진행될 수도 있어. 이것은 우리가 심판을 받은 후, 좋지 않은 결과에도 그렇게 슬퍼하지 않아도 될 이유가 될 거야.

  우리가 '심판'에 좀더 객관적으로 대처하기 위해서는 나 스스로를 돌아볼 필요도 있을 거야. 내가 진정 하고 싶은 것이 그 일 자체인지, 라이선스를 받는 것인지를 돌아봐야 하지 않을까. 물론 변호사나 의사 같이 일정한 시험을 보고 라이선스를 받아야만 할 수 있는 것들도 있지. 하지만 세상의 모든 일들이 그렇진 않잖아. 다른 사람에게 좋은 평가를 받는 것이 중요하지만, 그것만이 전부가 아님을 알아야 하지 않을까. 우리가 좋은 평가를 받기 위해, 라이선스를 따기 위해서만 살아가는 것이 아닐 거라면 말이야.

  우리에게는 분명 하고 싶은 것들이 있어. 그것을 하기 위해 객관적으로 필요한 것들도 있고. 모든 것들을 좀더 거시적인 시각에서 바라봐야 해. 오로지 공식적인 평가와 라이선스가 있어야만 할 수 있다는 생각을 내려놓고, 내가 가진 카드들을 활용하여 할 수 있는 것들을 찾아볼 수 있지 않을까.

  그러기 위해서는 내가 나를 더 잘 알아야 하겠지. 하고 싶은 것을 단순히 직업으로 치환시킬 게 아니라 '일' 자체로 바라볼 줄 알아야 할 거야. 너도 알다시피 어렸을 적 오랜 시간 나의 꿈은 방송국 PD였잖아. 그때는 사람들에게 도움이 되는 TV프로그램을 만들고 싶어했어. 결국 방송국에 들어가지는 못했지. 그후엔 광고를 만드는 일을 했고. 하지만 이것 역시 나의 길이 아닌 것 같았어. 많은 시간과 시행착오 끝에 지금은 너와 함께 만드는 팟캐스트를 통해 방송을 하고 있잖아. 그제서야 난 조금 알게 되었어. 내가 하고 싶었던 것은 방송국 PD나 카피라이터가 아니라, 내 생각과 느낌을 다른 사람들에게 전하는 '일'이었다는 것을. 팟캐스트 방송을 하는 데에는 라이선스가 필요하지 않지. 누군가의 승인도 필요 없고. 그저 우리의 생각을 솔직하게 담아서 방송을 꾸준하게 만들면 되는 거잖아. 그런 일들은 우리의 창의성을 더욱 자극시키고.

그러다보면 라이선스만으로는 할 수 없는 일들까지도 할 수 있지 않을까. 사실 지금은 팟캐스트 방송이 그동안 명함을 받고 일했던 것보다 훨씬 더 큰 만족감을 주고 있어. 이것이 심판의 날에 대처하는 우리의 자세가 아닐까. 일단 내가 스스로 진짜로 하고 싶은 일을 찾고, 다른 사람의 평가에 큰 의미 부여를 하지 않은 채, 묵묵히 나의 길을 만들어나가는 것. 그 일 자체를 정말 좋아한다면 가장 쉽고도 행복하게 일을 하는 방법일 수 있을 거야.

동생은 결국 야구를 그만뒀어. 프로야구 드래프트에 떨어진 것과는 별개로, 본인의 의지로 야구를 직접 그만둔 거야. 그러고는 본인은 플레이어보다는 코치에 좀더 가깝다는 것을 느꼈다고 했어. 그때부터 나름의 방법으로 야구를 가르치는 일을 시작했지. 아직은 큰 규모는 아니지만 나름의 노하우를 가지고, 본인이 지금껏 해온 것과 하고 싶은 것을 함께 이뤄가고 있어.

동생은 자신에게 내려진 심판을 잘 극복한 것 같아. 오랫동안 꿈꿔왔던 프로야구선수가 되지 못한 것은 슬픈 일이었지만, 하고 싶었던 일이 그것만이 아니었기에 그것을 내려놓을 수 있었던 거지. 그리고 지금 자신이 가진 카드를 이용해 정말 하고 싶었던 것들을 누군가의 승인을 받지 않은 채 이어가고 있어. 행복한 인생이라는 거, 나답게 산다는 게 별 큰일이 아닐 수 있어. 내가 나를 잘 알고만 있다면 지금부터라도 바로 할 수 있는 것들이 많으니까. 재훈아, 지금까지 해온 대로 앞으로도 우리에게 수없이 닥칠 '심판의 날'들을 잘 극복해보도록 하자.

볕이 좋은 어느 봄날, 진우

'심판의 날'이라. 너의 편지를 읽고 나서, 나 역시 우리를 둘러싼 '심판'에 대해 생각해보았어.

수능시험 끝나면 신문이나 인터넷에 꼭 이런 사진들 나오잖아. 울고 있는 학생들, 주먹 불끈 쥐고 기뻐하는 학생들, 그들을 대비해서 보여주는 사진들과 함께 '수능시험 희비 교차' 같은 제목이 달리기도 하고. 시험장 앞에서 기도하는 학부모님들 사진도 많이 나오지. 이런 이미지들 때문인지 수능시험이란 게 엄청 신성한, 우리 인생의 거대한 한 부분을 결정짓는 어떤 궁극의 전환점처럼 여겨지고 있어. 수험생 본인한테는 더 말할 나위가 없겠지. 그런데 수능시험만으로 이런 '심판'이 모두 종료되는 건 아니라고 보거든. 취업을 해야 할 것이고, 직장에 들어가서는 승진시험에 합격해야 하니까. 수능, 취업, 승진 등등이 전부 시험이자 심판인 셈인 거지. 세상을(혹은 대한민국 사회를) 살아가는 동안 참 많은 시험대에 올라야 하고 심판의 대상이 되어야 하는 게 사실이야. 그런데 정말 이렇게밖에는 수가 없는 걸까? 우리는 평생 심판을 받으면서 살아야 할까? 이런 삶의 프로세스를 한번 의심해보고 싶어. '저지먼트 데이(Judgment Day)'에서 헤어날 방도는 없는 것인지에 대해서.

'저지먼트'가 있는 곳에는 필연적으로 그 저지먼트를 행하는 '저지(judge)'가 있어. 의도했든 아니든, 저지는 심판대에 오르는 사람들을 낙담시키지.

수능시험을 다시 예로 들어볼까? 여기서 저지는 출제자야. 응시생들은 출제자들의 문제를 풀어야만 해. 답을 맞혀야 하는 거지. 이미 답은 정해져 있어. 시험을 마치고 가채점을 해보는 동안, '오답'을 많이 적어냈음을 확인한 학생들은 울상이 되잖아. 눈물은 눈에서만 흐르지 않지. 내면까지 스며들어서 독을 퍼뜨려. 낙담해서 흘리는 눈물에는 유해 요소가 들어 있는 듯해. '절망'이라는 독성. 서서히 중독되다가 해독하지 못하면, 극단의 선택까지도 서슴지 않게 되지. 반면, 오답을 적게 적어냈거나, 모조리 정답만을 고른 학생들은 그야말로 자유야. 기뻐서 어쩔 줄을 모르잖아. 매년 수능시험 때마다 이런 안타까운 희비극이 반복되고 있는데, 조심스럽게 말해보고 싶어. 늘 심판대에만 올랐던 우리가, 상황을 역전시켜서 '심판자'가 되어보는 거야.

태초에 출제자가 있었으니, 그로 말미암아 시험문제가 생겼느니라. 이 문제는 애초에 답이 정해진 상태, 즉 단 하나의 '정답'만이 있을 뿐. 오로지 시험만을 놓고 이야기하자면, '공부를 잘한다'는 말은 '정답을 잘 맞힌다'와 같은 뜻이야. 그 정답을 맞히기까지는 부단한 공부가 필요한데, 이 과정도 실은 '정답'이야. 정답에 이르는 길은 정답일 수밖에 없으니까. 출제자들 역시 그 정답의 길을 걸었고, 우리에게도 그 길을 택할 것을 권하고 있는 셈이지. 선문답이나 개똥철학 같은 주장일지도 모르지만, 우리는 어쩌면 정해진 길, 정답의 길만이 정답이라고 믿어왔던 것은 아닌지 반문해보고 싶어.

시험 성적이 안 좋다는 것은, 생각해보면 퍽 단순한 상황이야. 정답을 많이 못 맞혔다는 뜻, 내가 적어낸 답이 오답이었다는 뜻이거든. 단지 그뿐이야. 아마 누군가는 "네가 공부를 많이 안 한 거잖아?"라고 윽박지를지도 모르지. 맞는 말이야. 여기서 '공부를 많이 안 했다'라는 상황은, '시험 성적이 안 좋다'라는 상황만큼이나 단순명쾌해. 본인이 의식적으로 선택한 것인지는 모르겠지만, 아무튼 '정답의 길'에서 벗어나 있었던 사실은 부인할 수 없지. 하지만 단지 그뿐이야. 학습 태도나 '수학능력(修學能力, 학업을 닦을 수 있는 능력)' 같은 개인 자질의 문제가 아니라니까. 이것은 몸짓의 문제라고 생각해. 출제자가 정해놓은 정답의 길로 가는 데에 우리의 몸짓이 맞지 않았던 거지. 출제자는 오로지 블루스를 정답으로 내세웠는데, 우리는 자이브나 왈츠에 더 맞는 몸짓의 소유자였던 거야.

만약 우리의 답이 '블루스'였다면 얘기는 달라지겠지. 이런 경우, 출제자가 미리 정해놓은 정답과 자신의 답이 일치하는 셈이야. 자기만의 답없이 그저 모범 답안을 좇는 것이 아니라, 이미 스스로 답안지를 작성하는 중인 거지. 그 답을 향한 몸짓은 열렬했을 것이고, 자기만의 몸짓을 완성하기 위한 노력 역시 부단했을 거야.

하지만 불합격했다고 크게 상심하지는 말았으면 좋겠어. 시험에 통과했든 못했든, 그 시험을 위해 준비해왔던 시간들은 진심이었을 테니까. 그 시간들을 토사구팽하지 말아달라는 거야. 노력의 시간들이란, 성공하면 가치 있고 실패하면 무용하다고 쉽게 판단할 수 있는 것이 아니잖아. 본인의 판단으로, 그리고 몸짓으로 그 시간들을 사용했던 것이니까 책임을 져야 하지 않겠어?

심판의 결과에 따라 지난 시간들의 가치를 달리 매기는 태도는 무책임해 보여. 그 시간들은, 완전한 형태로 '실재'했었어. 그 중심에 '나'라는 주체가 있었지. 지나간 시간들에 대해 책임을 진다는 것은, 부끄러워하지 않는다는 뜻이라고 생각해. 부끄러워하지 않으면 당당해질 수 있어. 당당하면, '심판의 날'에도 오롯이 자기다운 모습으로 존재할 수 있을 거라고 믿어.

요즘은 어떤 일을 시작하기 전에, 일단 공식적으로 인정을 받아야 하는 절차가 일반화되어 있는 듯해. 이미 그 일을 하기에 충분한 자질을 갖추었음에도, 공인을 받지 않았다는 이유로 시작도 못하는 경우가 있잖아. 이런 환경이 너무나 익숙해지다보니까, 굳이 '자격증'이 필요 없는 부분에서도 괜히 남의 눈치를 보게 될 때가 생겨. '공인'병이지. 스스로 좋아서 시작한 일인데, 어느 순간 나 자신이 아니라 남에게 잘 보이기 위한 노력들을 들이게 되더라는 거야. 하지만 타인의 인정, 허가, 승인 따위 없이도 충분히 즐기고 성과를 낼 수 있는 삶의 면면들은 많아. 이를테면 '외국어'도 그중 하나라고 할 수 있지.

예전에 이런 방송 프로그램을 봤어. 우리나라의 아이돌 그룹을 열렬히 응원하는 아시아계 팬들을 인터뷰한 내용이었는데 그들은 오로지 그 그룹의 모든 노래를 '알아듣고' 싶다는 이유 하나만으로 '한국어'라는 외국어를 공부했다고 말하더라고. 그 팬들이 한국어능력시험에 응시했는지는 알 길이 없으나, 굳이 그런 '공인'에 신경썼을까? 내가 좋아하는 스타가 자신의 모국어로 부른 노래를 어떻게든 해석해내고 싶은 진심! 어쩌면 그 명쾌한 진심, 혹은 팬심이야말로 한국어 공부의 가장 큰 동기였겠지. 따라서 기나긴 학습의 시간은 팬들에게는 오히려 즐거움이었을 거야. 그들은 정말로 외국어(한국어) 공부를 즐겼을 거라고 생각해. 확실히 이런 종류의 외국어 공부는, 단지 '토익 점수'가 필요해서 영어를 배우는 쪽보다 훨씬 자연스럽게 보여.

우리 인생도 비슷하지 않을까? 공인인증서 같은 것이 필요한 삶이란 없잖아. 글 쓰는 일만 해도 그래. 글 쓸 수 있는 자격증 같은 건 없어. 글을 쓰다보니 작가가 되는 것이지, 먼저 작가가 된 다음에 글을 쓴다는 생각은 아무래도 어색해. 춤추기, 노래하기, 그림 그리기, 기타 연주하기, 책 읽기 등등 일상의 소소한 영역들도 마찬가지야.

뭔가가 '되려고(to be)' 하지 말고, 일단 뭔가를 '한다면(to do)' 훨씬 간단해지지 않을까? 전자는 타인들의 인정이 필요하지만, 후자는 혼자서도 가능해. 우선, 후자 쪽부터 시작해보자는 거야. 그렇게 차츰 우리에게 주어진 자유와 주체성을 누리다보면, 좀더 커다란 삶의 영역에서 타인의 시선을 의식하는 일이 대폭 줄어들지 않을까?

너도 네 동생도, 그리고 나도, 더는 남들로부터 심판받는 것을 당연히 여기지 말고, 우리만의 답을 만들어갔으면 좋겠다.

봄비 내리는 날, 비냄새 맡으며 괜히 기분 좋은 재훈

이제는 교복을 벗고
진짜로 벗고

〈오래전 그날〉이라는 노래 있잖아.

'교복을 벗고~'로 시작하는 그 노래. 교복을 벗고, 즉 졸업 후 대학교에 입학하여 처음 만난 연인을 추억하는 내용이야. 캠퍼스 커플로 보낸 즐거운 한때, 몇 해가 지나는 동안 둘은 이별하고 남자가 군대에 가 있는 동안 여자는 새로운 사람을 만나고, 둘은 그렇게 각자의 길을 가게 되었다는 내용일 거야. 노래 자체도 그렇고, 가사도 워낙 유명해서일까? '교복을 벗고'라는 첫 소절이 의미심장하게 다가온다. 교복을 벗고서야 사랑과 이별을 경험했다는 이야기처럼 들려서 말이야. 교복을 벗는다는 것이 마치, 더욱 다양한 경험의 세계로 진출하기 위한 통과의례처럼 느껴지기도 하고. 교복을 벗은 지 어언 십여 년이 흐른 지금, 나는 어떻게 살아가고 있는 걸까? 노래 듣다가 괜히 공상에 잠기네.

어떤 의미에서 나는 고등학교 졸업 후에도 교복을 완전히 벗은 상태는 아니었던 것 같다는 생각이 들어. 어쩌면 직장생활을 위해 입는 양복, 평상복도 또다른 교복이 아닐까 싶기도 하고. 지금 나에게 입혀진 이 옷은, 과연 잘 맞는 것일까? 아니, 그보다 앞서, 정말 이 옷을 입고 싶어서 입고 있는 것일까?

'입학'이라는 단어는 참 멋져. '배움에 들어서다'. 우리가 입학을 처음 경험하게 되는 곳은 아마 초등학교일 거야. 사실, 초등학교 입학생들 중에 스스로 입학한 어린이는 단 한 명도 없을걸? 부모님에 의해 입학된 거니까. 초등학교가 어떤 곳인지, 6년 교과과정 동안 어떤 경험을 할 것이고, 어떤 배움을 얻게 될 것인가에 대해 6~7세 아이가 판단한다는 것은 사실상 불가능하잖아. 그래서 그 판단을 부모님들이 대신해주는 셈이지. 생각이 좀 깊은 학부모님들은 학교를 굉장히 꼼꼼히 고르시더라고. 내 아이에게 좋은 가르침을 줄 만한 선생님들이 포진되어 있는지, 방과후 프로그램들이 얼마나 아이의 창의력에 도움이 될 것인지 등등 정규 교과 커리큘럼 외의 요소들을 유심히 살피셔.

반면에, (부모님의 의지가 적극 반영된) 영재교육을 받거나 선행학습을 하느라 하루를 빠듯하게 보내는 아이들은 상대적으로 좀 안타까워. 이미 초등학생 때부터 취업을 준비하는 모습 같다고 할까. '더 좋은 중학교, 더 좋은 고등학교, 그리고 명문대, 그다음엔 번듯한 회사'라는 프로세스가 애초에 부모님의 교육 플랜에 다 짜인 상태일 텐데, 그렇다면 자녀는 그 플랜에 따라 움직이는 소도구에 불과한 게 아닐까?

아이 머리가 커갈 때쯤이면 어쩔 수 없이 부모님과 갈등할 수밖에 없어. 사춘기가 되면 으레 '나는 누구일까'라고 자문하게 되니까. 그 질문에 대한 답을 내리도록 도와주는 것이 부모님의 역할이야. 학교에서는 그 답을 구하기가 쉽지 않으니 말야. 하지만 그 역할을 제대로 수행하는 분들이 얼마나 있을까 싶어. 부모님들이라면 아이가 공부에 더 집중했으면 좋겠다고 생각하잖아. 우리 애가 벌써부터 저런 형이상학적인 질문을 하면 어쩌나, 하면서 고민하기도 하고. 그러나 형이상학적이든 형이하학적이든, 아이의 머릿속을 채우는 온갖 생각들은, 아이가 반드시 거쳐야 할 통과의례야. '교육'의 한 부분이라는 뜻이지. 그렇게 한 아이의 정서가 함양되고, 어른으로 성장해가며 고유의 인격체를 완성하는 거잖아. 안타깝게도 이 같은 '내적 고민'의 가치는 학교에서도 집에서도 잘 받아들여지지 않는 게 현실이야.

최초의 입학부터 최후의 졸업까지 이어지는 일련의 프로세스가 결론적으로는 오직 '성공'을 위한 물밑 작업이 되어버린 것 같지 않아? 부모님이 일찍부터 아이들이 좋은 판단을 내릴 수 있게 도와준다면 좋겠지만, 그게 현실적으로 어렵다면 아이 스스로 '내가 지금 이 교복을 왜 입고 있지? 언제까지 이 교복을 입어야 할까?' 이런 고민들을 해봐야 한다고 생각해. 아직 이런 고민들을 해보지 않았다면, 여전히 '교복 입은 아이'의 내면을 가진 셈이니 지금부터라도 시작해보는 게 어떨지.

고등학생들이 대학교로 넘어갈 때, 혹은 곧바로 사회생활의 영역으로 이동할 때가 참 중요한 순간이야. 초등학교, 중학교, 고등학교라는 정규 교과과정을 밟아오다가 이제 그 프레임에서 벗어나는 시점이니까. 초·중·고 6년의 시간들이 꽤 밀도 높게 강제되고 구속력이 작용했던 시기였기에, 어쩌면 처음으로 '자유'를 만끽하는 시기일 수도 있어. 첫 자유의 단추를 어떻게 채우느냐에 따라서 앞으로의 시간들이 전혀 다르게 펼쳐지겠지. 문제는, 교복을 입고 있던 시절이 너무나 강렬해서, 교복을 벗고 난 뒤에도 교복의 부자유를 그리워(?)한다는 점이야.

한 예로, 뭔가 하고 싶은 일이 있을 때 괜히 남의 눈치를 보게 되는 경우가 있어. '내가 이걸 해도 될까?' 하고. 내 경우를 돌이켜보면, 눈치를 봤던 대상이 대개 부모님일 때가 많았어. 아무래도 교과과정 자체가 부모님에 의해 이루어지는 일이 많아서였는지도 모르지. 내가 이 일을 하면 부모님을 실망시키게 되지 않을까 싶은 마음. 이렇다보니, 자기가 좋아하는 것들을 부모님 몰래 하다가 어느 순간 "저 이거 하고 싶어요", "사실은 오래전부터 이걸 해왔어요" 고백하는 순간, 걷잡을 수 없는 갈등이 빚어지기도 해.

그래서 정말 원하는 일이 있다면, 제도권 밖에서 펼쳐보고 싶은 자신만의 이상향 같은 게 있다면, 미리미리 부모님께 노출해야 할 필요가 있다고 봐. 그런 '사전 노출' 기간이 선행되지 않으면, 부모님 입장에서는 '얘는 이런 애가 아닌 줄 알았는데……'라는 생각 때문에 충격이 클 테니까. 내가 제대로 '나다움'을 보이지 못한 탓에, 나와 부모님 역시 적잖은 마음고생을 겪었지. 그러니까 스스로 향하고자 하는 인생의 방향, 본인이 살고 싶은 삶, 이런 것들에 대해 의도적으로, 지속적으로 부모님을 비롯한 타인들과 자주 대화할 필요가 있어. 그런 소통의 시도를 통해 '표현'의 방법을 익히는 거야.

내가 지금 제일 아쉬운 부분이 그거야. '좀더 어릴 때부터 부모님과 더 많이 대화할걸' 하는 후회가 들 때가 많아. 부모님과의 소통은 곧, '나'라는 사람과 나의 생각들을 남에게 효과적으로 알릴 수 있는 기술을 습득하는 과정이 될 테니까. 이게 익숙해지면 사회에 나가더라도 다른 이들에게 자기 자신을 설명하는 데에 능숙해지고, 설사 설명을 못하더라도 당황하지 않을 거야. ("꿈은 토론하는 것이 아니라 추구하는 것"이라는 실베스터 스탤론의 조언을 참고해도 좋겠지.)

남들이 자기가 원하는 삶을 이해해주지 않을 때 보통은 답답해하고, '왜 저들은 나를 이해해주지 못할까' 골머리를 앓으며 자기만의 골방에 갇히게 되는데, 사전 노출 단계는 이 상황을 방지해줄 수 있어. 이런 태도라면, 어디를 가든 무슨 일을 하든 정서적으로 '열린' 존재가 될 것이고, 진정한 '탈교복'의 자유를 맛볼 수 있지 않을까.

나 역시 아직 온전히 '탈교복'의 상태라고 단언할 수는 없어. 아직 내게 입혀진 교복의 부자연스러움이 느껴지거든. 좀 무섭기는 한데, 어쩌면 이 교복을 평생토록 못 벗을지도 모르겠다는 생각이 들 때도 있어. 하지만 노력은 해봐야지.

〈리셀웨폰〉이라는 액션영화에 보면, 주인공(멜 깁슨)이 억압복을 벗는 장면이 나와. 상체를 꼼짝 못하는 상황에서 자기 어깨뼈를 기둥 같은 데에 세게 박은 다음에 훌훌 벗어버리지. 자기 뼈를 탈골시켜서 몸을 헐겁게 만든 거야. 어쩌면 내 안에 단단히 구조화된 고정관념들을 억세게 부러뜨려야만 진정한 탈교복의 자유를 맛볼 수 있는 게 아닐까 생각해본다. 나에겐 그런 용기가 있을지 자문하게 된다.

〈오래전 그날〉을 들으며 상념에 잠긴 밤, 재훈

재훈아, 네 편지를 받고 오랜만에 〈오래전 그날〉을 들었어.

들다보니 이런저런 옛 기억들이 떠오르더라. 대학 때도 생각나고 말이
야. 그때가 아마 대학 졸업을 앞둔 4학년 마지막 학기였을 거야. 학교에
서 주최하는 해외대학 탐방 프로그램에 선정이 돼서 과 후배들과 함께
한 달 정도 유럽을 다녀올 기회가 있었지. 난생처음 나가보는 해외임은
물론이고, 그토록 가보고 싶어했던 영국을 다녀올 수 있는 기회였어.

부푼 마음으로 열흘 정도 영국의 대학을 탐방하는 프로그램을 짜고,
나머지 기간엔 유럽여행을 하기로 했지. 그런데 유럽으로 떠나기 전에
입사지원을 하게 된 거야. 4학년 마지막 학기였으니 어느 정도 예상했던
일이긴 했지만 말이야. 그러다 출국 직전 서류전형을 통과했다는 소식을
듣고 비행기를 타게 되었지. 기쁜 마음도 잠시, 문제는 그때부터였어. 유
럽에 가 있는 내내 면접을 준비해야 한다는 생각을 떨치지 못했던 거야.
사실 처음 보는 면접이기도 했고, 그동안 별로 준비한 것도 없었으니까.

그토록 가보고 싶었던 런던 거리를 걸을 때도, 프랑스로 넘어가 샹젤
리제 거리를 돌아다닐 때도 머릿속엔 면접 생각이 떠나지 않았어. 결국
후배들의 만류에도 불구하고 유럽여행 중간에 나 홀로 조기 입국을 했
고, 면접을 본 회사에 입사를 하게 되었어. 그렇게 적지 않은 비용을 지
불하고 입사한 회사를 결국 일 년 만에 그만두었고, 나중에 꼭 다시 유
럽에 가겠다던 귀국날 다짐은 아직까지도 지키지 못하고 있어.

대부분의 졸업생이 신입생 혹은 신입사원이 되잖아. 근데 대부분 졸업보다는 입학과 입사에 좀더 초점을 맞추는 것이 사실이야.

졸업을 한다는 것은 인생의 한 막이 끝나는 것과도 같아. 오랜 시간 내가 속해 있던 곳에서 나와 새로운 길로 접어드는 길목이기도 하고. 매년 2월이면 수많은 학생들이 졸업을 하지만 그중에 자신의 다음 단계에 대해 진지한 고민을 해본 사람이 몇이나 될까. 졸업 후 입사라는 암묵적인 단계를 지키기 위해 생애 첫 유럽여행도 중도 포기했던 나처럼, 얼마나 많은 사람들이 쫓기듯 졸업을 하고 있을까.

결국 우리는 입학을 하는 것이 아니라 입학되어지는 것이 아닐까 싶어. 또 입사를 하는 것이 아니라 입사되어지는 것일 테고. 너무나 당연하다고 여겼던 것들이 사실 당연하지 않을 수도 있다는 것을 간과하고 살았던 게 아니었을까?

도착지점이 명확한 사람에게는 오로지 '속도'만이 중요할 거야. 세상에서 흔히 말하는 성공 방정식을 믿는 사람은 그곳에 빨리 가는 방법만을 생각하지. 초등학교 때부터 대학을 준비하고, 대학을 입학하자마자 취업을 걱정하는 것도 이런 이유 때문이겠지. 하지만 성공으로 향하는 길이 그것 하나가 아니라면, 행복으로 통하는 통로가 다른 곳에도 존재한다면 얘기는 달라질 거야. 매번 인생의 전환점에서 오랜 시간 고민을 해야 함은 물론이고, 내 자신에 대한 공부도 해야 하지. 아무도 지나가지 않았던 새로운 길을 만들어야 할 수도 있어. 그런 것이 진정한 성공 방정식 아닐까?

우리나라는 '톱' 자리에 대한 열망이 유독 높아. 행복으로 향하는 길이 하나뿐이라고 믿는 사람이 많아서 그럴 거야. 모든 사람이 하나의 트랙에서만 달린다면 상위 그룹에 속해야만 행복할 수 있을 테니까.

그래서 대학도 1등급 대학을 가야 하고, 회사도 대기업에 들어가야 하지. 그래서일지 몰라도 많은 대학에서 '글로벌리더를 양성한다'는 캐치프레이즈를 쉽게 볼 수 있어. 우리나라를 넘어 세계를 리드하는 리더를 만들겠다는 포부지. 하지만 과연 모두가 리더가 될 수 있을까.

마치 11명이 뛰는 축구팀에 골키퍼도 없이 모두 공격수이거나, 11명 모두 골대 앞을 지키려고 하는 것과 같아. 11개의 달리기 트랙이 있는데, 모두 하나의 트랙에만 모여서 뛰는 것과도 같지. 누군가는 골대를 지키고, 누군가는 수비를 하고, 누군가는 미드필더로 뛰고, 누군가는 스트라이커로 뛰는 것이 바람직한 모습이고 우리가 사는 세상의 본질일 텐데 말이야. 자신에게 맞지 않는 포지션을 억지로 훈련하는 것보다, 내 몸에 가장 적합한 포지션을 찾아 뛰는 것이 더 현명하지 않을까? 찾는 데 오랜 시간이 걸릴 수는 있지만 분명 내게 맞는 포지션은 따로 있을 거야. 시대마다 각광받는 트렌드가 있을지 몰라도, 나 자신은 트렌드가 있을 수 없지. 적어도 내가 하는 일만큼은 세상의 트렌드에 휘둘리지 말아야 하는 이유일 거야. 그렇게 각자의 몸에 맞는 포지션을 찾고 그 안에서 톱이 되어보는 건 어떨까. 진정한 톱, 리더는 그런 것이 아닐까 싶어. 그게 곧 행복과도 이어질 테고 말이야.

우리가 그렇게 좋아하는 '리더'라는 말을 다시 한번 생각해볼 필요가 있어. 축구팀에선 주장을 맡고 있는 사람이 한쪽 팔에 노란색 완장을 차고 있잖아. 박지성 선수가 국가대표 주장을 맡고 있을 때도 그 모습을 볼 수 있었지. 하지만 박지성 선수는 '미드필더'라는 포지션도 갖고 있어. 결국 팀 내에서 미드필더라는 포지션과 함께 주장이라는 역할을 동시에 맡고 있는 거지. 좀더 구체적으로 말하자면 미드필더가 자신의 본업(job)이 되는 것이고, 주장은 팀에서 맡은 역할(role)이 되는 거야. 너무나 당연한 소리 같겠지만, 그것이 우리의 삶으로 들어오면 헷갈리는 경우가 많아져. job과 role을 구분하지 못하는 거지.

리더라는 역할이 자신의 본업(job)이 될 순 없어. 이건 마치 노란색 완장을 찬 박지성 선수가 그라운드 안에서 다른 선수들의 플레이를 바라보기만 하는 것과 같아.

리더라는 역할(role)은 자신의 본업(job)이 확실할 때 가질 수 있을 거야. 스스로는 자신의 본업을 충실히 하면서, 자신이 속한 조직에서의 역할도 함께 수행하는 것이 맞는 것이겠지. 많은 학교에서 쓰고 있는 리더를 양성한다는 캐치프레이즈가 위험한 것은 이 때문이야. 무엇의 리더가 된다는 말은 없고, 그냥 남들을 이끄는 리더만 되라고 하는 거지. 결국 많은 청춘들은 자신이 어디로 가는지도 모른 채 다른 사람들을 앞서가야 한다는 것만 생각하게 되는 거야. 옆에서 다들 뛰고 있으니 나도 이대로 멈춰 있을 순 없다는 조바심도 가지게 되고. 결국 나를 나답게 살지 못하게 하는 이유이기도 해.

결국 본인이 뛰는 트랙과 속도를 조절할 수 있는 것은 나 자신밖에 없어. 그러기 위해선 삶을 넓게 보고 본질을 파악할 수 있어야 하겠지. 세상의 수많은 멘토들과 담론들이 하는 이야기를 걸러서 들을 줄 알아야 할 거야.

교복을 벗는 주체도 내가 되어야 하고, 어떤 교복을 입을지 결정하는 것도 내가 되어야 할 테고. 매번 마주치는 인생의 전환점에서 내가 지금 하고 있는 것이 다른 사람들에게 어떻게 보일지보다는, 내 자신에게 얼마나 맞는 것인지를 신경써야 해. 조금은 외로울 수도 있고, 생각보다 꽤 많은 시간이 필요할지도 모르지만 그것이 진정한 행복에 다다를 수 있는 가장 빠른 방법이라고 생각해.

돌이켜보면 학창 시절 나의 기쁨과 슬픔은, 나와 다른 사람들의 상대적인 위치로 인한 것들이었어. 내가 좀더 앞서가고 있다고 느끼면 기뻤고, 내가 뒤로 처지고 있다고 느끼면 슬펐지. 그 기쁨과 슬픔에서 '나'라는 존재는 빠져 있었던 거야. 남들과 벌어진 거리만 있을 뿐이었지.

가끔씩 이런 생각을 하곤 해. 시간을 되돌려 다시 학창 시절로 돌아갈 수 있다면 좀더 나 자신에게 집중을 하고 싶다고 말이야. 조금 더 일찍부터 남들에게 보이는 행복보다, 정말 나의 내면에서 느끼는 행복을 찾으며 살았다면 좀더 좋지 않았을까 하는 아쉬움이 있는 거지. 물론 지금도 늦은 건 아닐 거야. 늦어진 만큼 좀더 오랫동안 고민하고 그 길로 나아간다면 또 지금부터의 행복이 기다리고 있을 테니까. 만약 나에게 다시 여행중에 입사 면접이 잡힌다면, 나는 절대 예전과 같은 선택을 하진 않을 거야.

다시 샹젤리제 거리를 걷고 싶은 어느 날, 진우

미친 존재감에서
미친 자존감으로

—

재훈

오스카 와일드의 소설 『도리언 그레이의 초상』에서 젊고 잘생긴 주인공 도리언 그레이는 시간이 흘렀을 때 늙고 초라해진 자신의 모습을 보게 될까봐 두렵다. 그래서 자기 초상화가 대신 늙어줬으면 좋겠다는 바람을 갖는다. 신기하게도 그런 생각을 한 이후, 도리언 그레이가 부도덕한 일을 저지를 때마다 그의 초상화는 점차 흉하게 나이든 모습으로 변해간다. 도리언 그레이는 거울 속에서 생생한 미모를 유지하는 자기 얼굴을 보는 것이 즐겁지만, 어두운 밀실에 놓인 초상화는 애써 피한다. 점차 '아름답게' 타락해가던 그가 결국 죽음을 맞자 그동안 대신 나이 먹었던 도리언 그레이의 초상화는 다시 최초의 상태, 즉 젊은 얼굴로 돌아간다. 탐미주의 작가 오스카 와일드의 대표작인 이 소설은 기묘하고 마력적인 이미지들로 가득하다.

자존감이 약하면, 그걸 대신할 '타이틀'에 집착한다. 첫 만남에서 "무슨 일을 하시나요?"라고 물었을 때, "OO회사 다닙니다"라고 답변하는 사람들이 그런 부류라 할 수 있다. '무엇(what)'에 관한 질문에 '어디(where)'에 대한 답을 내놓다니. 이때의 '어디'가 바로 타이틀이고, 도리언 그레이의 초상이다.

개인적인 경험을 돌이켜보면, 첫 회사를 그만두고 다음 회사에 들어가기까지 정서적으로 많이 배회했다. 나를 대신하여 나의 빈약한 자아를 맡아줄, 대리해줄 타이틀이 사라졌기 때문이다. 얼마 전까지는 'OO 회사 OO팀원'이었는데, 그 타이틀이 없어지고 오로지 내 이름 석 자만 남은 것이다. 그런데 이런 불안감은 회사에 들어가서도 마찬가지였다. 회사라는 공동체는 사원, 대리, 과장, 차장, 부장 등 직급으로 구성원들을 구분하는데, 왠지 이 하나하나가 다 타이틀처럼 여겨지던 때가 있었다.

말단 사원일 때는 오히려 괜찮다. 일이 좀 많고, 이것저것 배우느라 힘들기는 해도 올려다볼 타이틀, 진급에의 꿈이 있기 때문이다. 또한 사원은 스타트업이라서 내려다볼 곳도 없다. 하지만 대리쯤 되고 나면, 사원들은 나를 올려다보고 있고, 위로는 과장이 내려다보고 있다. 괜히 초조하다. '빨리 과장 진급해야 하는데……' 같은 생각 탓이다. 실제로 승진을 하면 괜찮아질까? 또다른 직급을 열망한다. 도리언 그레이의 초상화가 새것으로 교체되는 상황이다.

글 쓰는 일을 하다보면 이런 반성을 할 때가 잦다. '나는 글을 쓰고 싶은 건가, 글 쓰는 사람으로 인정받고 싶은 건가?' 이 경우, '글 쓰는 사람'이라는 타이틀에 조금은 마음을 두고 있는 것이라고 해석하고 싶다. 아무리 피곤하더라도 글 한 편을 완성해 타인들로부터 호평을 받는 순간 피로가 싹 가시지 않던가. 뭔가 자존감이 세워지는 기분도 들고 말이다. 그런데 이때의 좋은 기분은, 과연 글쓰기라는 행위 자체에서 비롯한 것인지, '글 (잘) 쓰는 사람'으로 인정받은 데에서 연유한 것인지. 후자 쪽이라면, 남들의 평가에 대단히 연연할 수밖에 없는데, 그 때문에 스스로 메말라간다. 칭찬이라는 단비가 쏟아지기 전까지는 내내 가뭄이다.

글쓰기라는 행위 자체가 칭찬(혹은 극찬)을 염원하는 기우제 같은 것이 되어버리고, 어느새 '글'은 그 의식에 필요한 도구로 전락하는 셈이다. 마치 도리언 그레이가 변함없는 미를 추구하기 위해 초상화를 대신 늙게 한 것처럼.

타이틀에 대한 욕심을 버리고 '그냥' 해보는 태도는 어떨까. 그냥 글 쓰고, 그냥 일하고. 거창하게 말하면 순수성을 유지하는 것이다. 타이틀에 의존해왔던 시간들이 너무 길어서 '그냥'으로의 전환이 힘들다면, 조심스럽게 타이틀이라는 보조기구를 내려놓는 연습을 해보자.

자전거 타기와 비슷하다. 처음 배울 때는 보조 바퀴를 달고 타다가, 숙련되면 떼어내지 않는가. 비틀비틀하겠지만, 몇 번 넘어지다보면 금세 중심을 잡는다. 시행착오 과정에서 중심 잡기의 '감'이 생긴 것이다. 자존감을 갖고 산다는 것은 '보조 바퀴 없이 자전거 타기'와 본질적으로 같다.

예전에는 '감초 배우', '약방의 감초', '주연보다 빛나는 조연' 등등으로 표현되었던 배우들이 지금은 '미친 존재감'이라 불린다. 이들의 공통점은 '주연'이 아니라는 점이다. 주인공들을 '미친 존재감'이라고 칭하지는 않는다. (굳이 그렇게 안 불러주어도 주인공들의 존재감은 미치도록 빛나곤 하니까.) 주연을 보조하는 조연급 배우들, 혹은 예능 프로그램에서 쫄깃

한 입담을 뽐내는 출연자들을 '미친 존재감'이라고 일컫는 것이다.

그들은 분명히 주인공이 아니다. 그런데 왜 그들에게 우리는 '미친 존재감'이라는 기사 작위를 주는가. 간단하다. 그들은 '존재'했기 때문이다. 자기가 존재하고 있다는 걸 보여주었기 때문이다. 굉장히 '미친' 방식으로. 명백히 주인공도 아니고, 극 흐름에 그리 큰 영향을 미치는 중요한 캐릭터도 아닌데, 그런 이들이 우리에게는 '미친 존재감'을 빛내는 것이다. 그들이 자신의 '롤'에 충실했다는 증거다. 충실함을 넘어서, 자기 롤에서 보여줄 수 있는 최대치를 다 보여줬다는 뜻이다.

현재 우리 각자에게는 자의였든 타의였든 좌우지간 맡게 된 롤이 있을 것이다. 회사에서의 대리, 과장 같은 타성적인 롤 말고, 본인 스스로 규정하는 롤이 있을 것이다. 그 롤은 남들의 평가를 거부하는, 강한 자존감으로 오롯이 중심을 잡고 있는 자기 삶의 축이다.

우리가 살아가는 이 사회 전체를 놓고 보면, 당신도 나도 결코 주인공은 아닐지 모른다. 그러나 분명한 사실은, 우리가 '존재'하고 있다는 것이다. 저마다의 방식으로 각자의 롤에 충실하고 있는 것이다. 타자들이 정해놓은 스토리라인, 극의 흐름에서 주인공이 되려 하기보다는, 지금 스스로의 롤에 미쳐보는 쪽이 결과적으로는 훨씬 빠르고 강력한 자기표현을 가능하게 해주리라 생각하는데 어떨까. '미친 자존감'의 발현이다.

대학생 때 아나운서 아카데미에 다니는 여자 후배들이 몇 있었다. 같이 밥을 먹으면, 그 친구들이 아카데미에서 겪었던 일들을 미주알고주알 들려주곤 했다. 지금도 기억나는 흥미로운 에피소드가 '카메라 테스트'다. 아카데미에서 카메라 테스트를 하는 날에는 현직 방송사 관계자

들이 직접 방문해 심사를 한다고 한 후배는 말했다. 그중 몇몇 관계자들은 카메라 화면에 잡힌 아나운서 지망생들의 얼굴을 유심히 보며 "턱이 좀 아쉽네요", "눈매가 좀 아쉽네요" 등등 외모에 대해 하나씩 집어준다고 했다. 이 얘기를 들려준 후배도 당시 성형을 생각하고 있었다.

어쩌면, 자존감이 사라지는 과정은 그런 카메라 테스트와 비슷할지도 모르겠다. 누군가가 우리에게 "너는 어디가 좀 아쉽네" 평가하면, 우리는 곧바로 보수에 들어가고, 그러면서 본연의 오리지널리티는 서서히, 그 누군가라는 대상이 원하는 대로 개조되어가는 것이다. 원래 생겼던 모습, 그 원본은 시나브로 희미해지고. (물론 이 얘기는 그 후배가 다녔던 아카데미의 특수 사례다. 대한민국 방송국의 모든 아나운서들과 아나운서 지망생들을 빗댄 일화가 아님을 밝혀둔다.)

내가 알던 아나운서 지망생 후배들은 모두 비슷한 패션을 선호했다. 일종의 '아나운서 룩' 같다고 생각했었다. 아나운서 아카데미에서는 최대한 실제 상황과 같은 환경에서 교육 프로그램이 진행되기 때문에, 아카데미 수업이 있는 날이면 후배들은 그렇게 세련된 옷차림으로 등교를 했던 것이다. 대학교 강의실에서는 다소 눈에 띄는 패션이었음에도, 후배들은 주눅들지 않고 늘 당당했다. 그 모습이 참 멋져 보이기도 하고, 한편으로는 안쓰럽기도 했다. (활동하기에 편한 복장은 아니었으니…….)

후배들의 '아나운서 룩'을 접하면서 나 자신을 돌아보곤 했다. 앞서 고백했듯이, '글 (잘) 쓰는 사람'으로 주변에 인식되고 싶었던 나 자신을 말이다. 글을 완성하지도 않은 상태에서, 아직 시작도 안 한 시점에서 블로그나 SNS에 "어떤 글을 쓸 계획입니다"라고 거창하게 설레발놓는다거나, 프로필에 '글 쓰는 사람' 따위의 문구를 적어놓던 부끄러운 나 자신을 말이다. 단언컨대 이 모두가 (개)드립이었다. 실제로는 아무것도 쓰지 않았던 것이다. (기획만 일 년째.) 이런 태도를 고쳐보려고 쓸데없는 타이틀과 프로필 문구들을 다 지워버렸다. 실질적인 행동으로 옮겨지지 않은 일에 대해서는 노출하지 말아야겠다고 뉘우쳤다.

'글 쓰는 사람 룩'을 버리고 싶었다. 그렇게 하다보니까, 스스로에게 퍽 객관적이 되고, 단호해졌다. 워낙 '미천한 자존감'이었기에, 다소 엄한 방식이 필요했던 것이다. 남들에게 "나 이런 사람이야!"를 외치지 않게 되니, 나와 나 자신 둘만의 대화가 이루어지는 느낌이었다. 그 사이에 남이 끼어들 틈은 없었다. 나를 낮잡아볼 수도 있게 되고, 잘한 것에 대해서는 칭찬도 해주게 되고. '룩'을 벗어던지는 것만으로도 한 사람의 자존감은 성장할 수 있다, 라는 나름의 결론에 이르게 된 것이다.

자존감이 약하면
타이틀에 집착한다
—

진우

자존감은 고전문학 같은 것이다. 누구나 알고 있지만 실제로 접해본 사람은 별로 없는 것이랄까. 자존감을 모르는 사람은 없을 것이다. 자존감이 우리 삶에서 중요하다는 것도 모두 알고 있다. 하지만 실제로 자존감을 갖고 있는 사람은 그리 많지 않다. 고전문학은 그냥 읽으면 되는 것이지만, 자존감은 내 몸에 스스로 체화해야 하기에 더욱 어렵다. 자존감이라는 것은 스스로를 존중하는 마음, 스스로가 존재한다는 느낌이라고 한다. 자신 스스로 자신의 존재를 존중한다는 것은 거울 없이 자신의 얼굴을 보려는 것처럼 쉽지 않은 일이다.

자존감의 부재는 자신의 소속이 사라졌을 때 실감한다. 고등학생이 교복을 벗고 나면 완전히 맨몸이 된다. 대학생도 학사모 벗어던지는 순간, 맨몸이 되는 것이다. 물론 여전히 나의 이름은 있다. 하지만 그 앞에

붙을 타이틀이나 수식어가 없다는 생각에 괜히 겁을 먹게 된다. 존재의 불안함을 느끼기 시작한 그때부터는 빨리 나의 '타이틀'을 만들어야겠다는 생각밖에는 들지 않는 것이다. 많은 청춘들이 그때부터 나의 존재를 찾기 위해 취직을 준비하고, 시험을 준비하는 것이다. 그때의 초조함이란 느껴본 사람만이 안다. 세상 모든 사람들이 뛰어가는데 나 홀로 서 있다는 느낌이 들기도 한다.

다니던 직장을 그만두고 다시는 회사에 들어가지 않겠다고 다짐을 하고 난 얼마 후, 나는 예전 졸업 무렵에 느꼈던 불안감을 다시 느끼기 시작했다. 나의 인생을 나답게 살아가겠다는 포부는 있었지만, 나 스스로 존재감을 느끼기엔 아직 갖고 있는 것이 너무 없었던 것이다. 쉽게 '프리랜서'라고 나를 소개할 때도 있었지만, 스스로는 '언타이틀'이라고 느끼고 있었던 것 같다. 그러다 외부 요인에 의해 내가 존재함을 느끼면 다시 마음의 평온을 찾는다. 그러나 시간이 조금 지나면 다시 초조해지는 악순환이 반복되곤 했다.

바깥 상황이나 외부요인에 따라 내가 작아지고 커지기를 반복하는 것은 자존감이 아니라는 생각이 들었다. 진정한 자존감은 자신의 존재 자체에서 비롯되는 것이 아닐까. 돈이 많다거나 외모가 출중하거나 유명해졌다는 것도 모두 나에게서 비롯된 요인이겠지만, 그것 역시 남들에게 평가되는 것들이라면 진정한 자존감이라고 보기 힘들지 않을까. 결국 모든 사람은 아무 이유 없이 그 존재만으로도 이미 의미를 갖고 있는 것이다. 하지만 간단해 보이는 그 사실은 오직 나 자신만이 알아주고 믿어줄 수 있다.

얼마 전 광고대행사 선배로부터 같이 일해보지 않겠냐는 제의를 받은 적이 있었다. 회사 안 생활만큼이나 팍팍했던 회사 밖 생활에 조금 지쳐 있을 때였고, 늘 생각이 잘 통했던 선배의 제의였기에 꽤 고민이 되었던 건 사실이었다. 다시 카피라이터로 직장생활을 한다면 지금보다 덜 머리 아프게 지낼 수 있지 않을까 하는 생각도 들었다. 하지만 고민 끝에 결국 그 제의를 정중하게 거절했다. 결코 회사 밖 생활이 편해서 내린 결정은 아니었다. 사실 객관적인 상황만 놓고 본다면 회사를 들어가는 게 맞는 상황이기도 했다.

좀 엉뚱한 얘기일 수도 있지만 제의를 거절한 이유는 '자존감' 때문이었다. 예전에 카피라이터로 근무할 때를 돌이켜보면, 나는 카피라이터라는 '타이틀'에 집착했었다. 카피라이터 전진우. 사실 참 든든한 타이틀이었다. 다른 사람들의 시선, 스스로 느끼는 만족감도 컸었다.

모든 일이 그렇겠지만 카피라이터라는 것도 달랑 명함 한 장으로 될 수 있는 것은 아니었다. 실제로 카피를 쓸 줄 아는 능력이 있어야 카피라이터라는 타이틀을 가질 수 있는 것이다. 당시 카피라이터 초년생이었던 내가 능수능란하게 카피를 쓰지 못했음은 당연한 사실이었다. 어쩌면 그랬기 때문에 더욱 명함 타이틀에 집착했는지도 모른다. 내 스스로는 아직 카피라이터가 아니었음을 잘 알고 있었기에. 그 타이틀을 놓는 순간, 나는 아무것도 아닌 존재가 되어버릴 것 같아서 많이 불안했었으니까. 그러다 어느 순간 그 타이틀을 내려놓아야겠다는 생각이 들었다. 이건 진정한 내 것이 아니라고 느꼈기 때문이다.

회사를 나온 후 지내온 시간 동안 나는 스스로의 걸음으로 일어서려는 노력을 해왔다. 회사나 명함의 도움 없이 스스로 존재하고 싶었다.

아직 큰 결실은 아니었지만, 조금씩 윤곽이 드러나는 일들도 생기고 있었다. 그래서 다시 회사로 돌아갈 수가 없었다. 다시 카피라이터 명함을 받고 회사로 돌아간다면, 그동안 스스로 존재하기 위해 해왔던 노력들이 사라질 것만 같았기 때문이다. 견고한 명함 타이틀에 의지해서 스스로 자존감을 만드는 일을 하지 않을 것 같았기 때문이다.

회사를 포기하면서 지불해야 할 것은 '불안정'이다. 누군가에게 할 일을 받는 것이 아니라, 내가 스스로 할 일을 찾아야 한다. 먹고살기 위해서는 전혀 해보지 않은 일들도 해야 할 각오가 있어야 한다. 그렇게 여러 가지 잡다한 일들을 하면서 스스로 이렇게 생각하곤 한다. 자존감을 만드는 트레이닝 기간이라고. 만약 스스로 아무것도 아니라는 생각으로 존재감이 희미하게 느껴진다면 그 순간이 자존감을 키울 수 있는 좋은 기회라고 생각해보는 건 어떨까. 다리를 다친 사람은 모든 치료가 끝난 후에 '재활운동'이란 걸 하게 된다. 한동안 쓰지 못해서 약해져 있는 다리 근육의 힘을 키우고, 다시 혼자서 걸을 수 있도록 걷는 연습을 하는 것이다. 처음에는 목발이나 보조대에 의지하면서 걷지만, 조금씩 보조기구 없이 걷는 연습을 한다. 결국 손에서 보조대를 완전히 놓게 되고 스스로의 힘으로 걸을 수 있게 된다. 우리의 인생도 그와 같지 않을까. 성인이 된 후의 삶은, 우리의 손에서 보조기구를 하나씩 떼는 연습을 하는 것과 같다. 스스로의 걸음이 완성되기 전까지는 외부의 도움을 받겠지만 결국 우리는 스스로의 힘으로 걸어야 한다. 그것이 나답게 살아가는 인생이다.

하지만 그러한 과정은 우리를 꽤 외롭게 할 수도 있다. 나에 대한 외부의 평가에서 자유로워져야 하기 때문에 때론 좋지 않은 평가를 그대로 감내해야 할 수도 있기 때문이다. 하지만 중요한 것은 스스로를 믿는 나 자신일 것이다. 남들이 나를 어떻게 평가하는 것은 나중 문제가 아닐까. 그것이 조금 외로워지더라도 자존감을 지켜야 할 이유일 것이다.

외로움을 견디지 못할 때, 우리는 남들이 보편적으로 인정해주는 가치를 나에게 적용시키려 하기도 한다. 개성 있는 외모로 캐릭터가 뚜렷했던 배우가 성형수술로 정형화된 외모로 돌아오기도 하고, 엉뚱한 생각으로 창의성이 뛰어났던 사람이 스스로 보편적인 생각으로 자신의 머리를 채우기도 한다. 그렇게 바뀐 자신의 모습을 다른 사람들이 좋게 평가해줄 수도 있다. 하지만 한 가지 큰 사실을 놓치고 있다. 개성을 버리고 얻은 보편적인 호감은 언제든 대체될 수 있다는 것이다. 사람들이 일반적으로 좋아하는 모습은 언제든 그 대상이 자신이 아닌 다른 사람으로 바뀔 수도 있을 것이다.

외롭더라도 자신의 개성을 계속 지켜낸 사람은 결국 자신의 존재 자체로서 인정을 받게 되는 날이 오지 않을까. 흔히 롱런하는 배우들이 저마다 개성이 뚜렷했다는 사실을 생각해볼 필요가 있다. 그것은 배우들만의 이야기가 아닐 것이다. 타고난 개성은 그것이 어떤 것이든 간에 그 자체로서 의미를 가진다. 다만 그것을 스스로 인정하는 것이 쉽지 않고, 다른 사람들에게까지 인정받기 위해서는 많은 시간과 노력이 필요하다. 하지만 그것이 비정상적인 모습이 아니라고 생각한다면, 기꺼이 그 과정을 해낼 수 있을 것이다. 미친 존재감이란 그렇게 미친 자존감에서부터 시작되는 것이다.

멘토를 떠나보내기 위한 동기 부여 작품들

달나라의 장난

저자 김수영 **수록시집** 김수영 전집

그 어떤 팽이도 처음부터 스스로 돌 수는 없다. 다만 끈에서 풀린 후부터는 스스로의 힘으로 돌아야 한다. 의존적인 인간이 되지 않으려고 오늘도 소리 내어 읽어본다. "너도 나도 스스로 도는 힘을 위하여."

모스키토 코스트

감독 피터 위어 **각본** 폴 슈레이더 **원작** 폴 서룩스

자본주의와 '맞짱' 뜨려고 식구들을 데리고 섬으로 떠난 도시 남자의 이야기. 그 개고생에 대한 성찰. '대안을 위한 대안'이 어떤 결과를 가져오는지 적나라하게 보여준다.

오블리비언

감독·각본 조셉 코신스키

"진실이 궁금하면 자네도 한번 가봐." 결국 진실을 찾는 건 나의 눈과 걸음뿐이다. 그렇게 오랜 시간 주입된 믿음은 마침내 개개인의 '나다움'들로써 파괴된다. 통쾌한 SF 영화.

킹덤 오브 헤븐

감독 리들리 스콧 **각본** 윌리엄 모나한

자본주의가 마치 종교처럼 믿어지는 현대에 이 영화는 단순한 시대극이 아니다. 신과 인간, 왕과 백성, 구조와 개인. 만만하지 않은 공식에 대한 스펙터클한 고민.

Fall to Fly
가수 이승환　수록앨범 Fall to Fly 前

실패를 거부할 힘이 없는 우리에게, 추락해볼 수 있는 '기회'가 있다고 말해
주는 노래. 날아본 적이 없다고 날지 못하는 건 아니다. 일단 떨어져봐, 하고
권하는 이승환.

나 Focus
가수 이소라　수록앨범 8

"더 잘하는 그런 애가 내가 될게. 아껴왔던 말, 날 믿어봐. 궁극의 멋을 발할
게." 누군가에게 나를 봐달라고 부르는 노래가 아니다. 나 자신에게 하는 말
이며, 내 삶에 대들면서 부르짖는 나름의 사자후다. 궁극의 멋을 발하리라.

불안
저자 알랭 드 보통

인류가 탄생한 후로 많은 것들이 바뀌었지만, 유일하게 그대로인 것은 '사람'
뿐이다. 결국 우리의 감정과 생각 중에 새로운 것은 없다. 저자가 그토록 밝
히고 싶었던 것은 불안이 아니라 '사람'이었는지도 모른다. 우리가 자신의 본
질을 알 때 세상과 멘토의 담론에서 빠져나올 수도 있을 터. 그 어느 시대보
다 '불안'에 떨고 있는 현시대의 우리에게 단비와 같은 책이다.

남쪽으로 튀어
저자 오쿠다 히데오

누군가는 너무 급진적이라고 한다. 누군가는 너무 이상적이라고도 한다. 하지
만 지금껏 우리가 너무 수동적이었던 게 아니었을까? 너무 체념하고 지냈던
게 아니었을까? 오쿠다 히데오는 우리가 너무 당연하게 여기는 것이 사실 '당
연하지 않을 수도 있다'고 말한다. 결국 세상을 바꾸는 건 한 사람에 의한 혁
명이 아니라, 그런 개개인의 '의심'에서부터 시작된다.

2장

타협하지 않고 즐겁게 버티기

중학교 시절 체육시간. 실기 과목 중에 '오래 매달리기'라는 게 있었다. 처음엔 말짱하던 친구들 얼굴이 시간이 지나면서 새빨개진다. 어떻게든 안 떨어지려고 익살스럽게 몸을 비트는 녀석도 있었다. 장난기 많은 아이는 체육 선생님이 한눈판 틈을 타서 철봉에 매달린 친구를 간질이거나 실없는 소리를 해대며 웃음을 유발했다. 웃음이 터지는 순간 철봉에 매달린 친구는 힘을 잃고 떨어졌다. 반면 이를 악물고 웃음을 참은 녀석은 꿋꿋하게 버티며 '오래 매달리기' 1등이 되었다. 자고로 '버티기'란 저렇게 웃으면 안 되는 거구나, 라고 느꼈다. 하지만 세상은 철봉이 아니고, 웃지 않고서는 도저히 오래 매달려 있기가 힘들다는 것을 어른이 되고 난 뒤에 뒤늦게 깨달았다. 철봉에 매달린 듯 경직되고 뻣뻣한 자세가 아니라, 남들 눈에 때로 우스워 보이고 기괴해 보일지언정 나 자신에게만큼은 즐거움을 줄 수 있는 나만의 자세로 즐겁게 버텨보고 싶다.

나다워지려면 버텨야 하고
버티려면 즐거워야 한다

진우 '나는 누구인가?', '나는 도대체 뭘 하는 사람이고, 앞으로 뭘 할 사람인가?'라는 생각이 들 때가 있잖아요. 힘든 상황에 처했을 때 특히 그렇죠. 각자가 자기 아이덴티티를 만들기 위해서, 자기 '이름'을 갖기 위해서, 또는 자기 명함이나 직함을 갖기 위해서 '창살 없는 감옥'이나 '섬 아닌 섬'에 스스로를 두기도 해요. 이렇게 탐색하는 과정에서 여러 가지에 손대보는 것은 옳다고 봅니다. 자기도 어디가 자기 광맥인지 알 수가 없잖아요. 일단 몸으로 직접 부딪혀보고, '어 이게 아니었네?'라면 저쪽으로 가보고. 그런데 어떤 사람이 진짜 광맥을 찾고 있는 것인지, 아니면 난개발처럼 마구잡이로 뭐든 다 하고 있는 것인지는 딱 보면 느낄 수 있어요. 진짜 광맥을 탐색하는 사람은 SNS 같은 데에 공개하고 자랑할 시간이나 겨를이 별로 없거든요. 자기 스스로가 아직은 내 길이 아니라는 걸 알기 때문에, 섣불리 확신할 단계가 아니기 때문에 그렇게 공개적으로 말하기가 어렵습니다. 아직도 갈 길이 구만리인데, 어떻게, 아무리 SNS에 지인들이 많다 하더라도, '나는 이것도 하고 저것도 해요'라고 쉽게 말할 수가 있겠어요? 그러니까, SNS에 올라오는 많은 게시물들은 실체가 없는 아이덴티티들, 즉 '뻥 아이덴티티'일 확률이 굉장히 농후하다는 거죠.

재훈 SNS 채널에 자기가 무얼 하는지를 올리는 심리는 과연 뭘까요? 일단, 남들에게 '알린다'는 게 일차적인 목표이겠죠. 그다음 이차적인 목표는 타인의 댓글과 반응을 원하는 게 아닐까 싶어요. 페이스북에는 '좋아요' 버튼이 있고, 트위터에는 '관심글 지정'이 있잖아요. 그걸 원하는 거죠. 나의 '자랑'을 좋아해주기를, 관심글로 지정해주기를. 저는 이런 심리가 스스로 너무 조급해서 생기는 거라고 생각해요. 빨리 성공해서 인정을 받고는 싶은데, 아직 거기까지는 구만리고, 그럼에도 인정은 빨리 받고 싶고. 그래서 아직 결과물이 아무것도 없음에도 우선 SNS 채널에 홍보를 하고 보는 거죠. '저 이번에 이런 거 해요', '지금 이런 걸 구상중이에요' 말은 그럴듯하죠. 그냥 자기 머리에만 막연하게 떠오른 아이디어인데 '구상중'이라고 하면 뭔가 체계가 잡혀 있는 것 같고, 능동적인 느낌도 줘요. 페친들, 트친들은 또 이런 게시물들에 '좋아요'를 누르거나 리트윗을 하는 등의 방식으로 관심을 표명해줘요.

진우 SNS 채널 내에서의 인맥 활동이죠. 영혼 없는 '좋아요'랄까. 게시물 올린 사람 입장에서는 뿌듯할 것 같아요.

재훈 그런데 이런 게시물들이 쌓이고 쌓여서 아주 훗날, 정작 아무것도 이룬 게 없을 때 보면, 얼마나 공허하겠어요. '텅 빈 인정'인 거죠. 그 깨알 같은 '좋아요'를 얻으려다가 정말 자기가 투자해야 할 시간들을 놓치고 마는 셈이에요. 남들에게 인정받으려 할 시간에, 정말 자기가 하고 싶은 일에 매진하고 올인해서, 어떤 실체적인 결과를 얻은 다음에 자랑을 하든 뭘 하든 했으면 좋겠어요. 어떤 분야든 남에게 이해시키려 하는 건 '진심'이 아니라고 봐요. 자기가 정말 좋아하고 하고 싶은 일이면, 남한테 이해시킬 필요가 없거든요. 인정은 다음 문제죠. 타인들에게 군이 동의를 받아야 할 이유가 없잖아요. 그냥 하면 되는 거죠. 시간이 지나면, 자연스럽게 알려질 수도 있는 거고. 제대로 시작도 안 했는데 본인 알리기를 먼저 한다면 순서가 잘못된 거 아닐까요?

어쩌면 SNS 채널이라는 게 생겨서 인정받으려는 욕망이 더욱 커진 것인지도 모르겠다는 생각을 해요. SNS가 없었던 시절에는 남들에게 자신을 알릴 수 있는 통로가 얼마 없었잖아요. 혼자 골방에서 아무도 모르게 어떤 분야에 심취해 있다가 어느 날 갑자기 짠, 하고 결과물을 내놓는 드라마틱한 삶의 단면들이 연출되던 시기였죠. 요새도 그런 모습들이 없지는 않아요. 하지만 그걸 방해하는 요소들이 참 많죠. 그중 하나가 SNS인 거고.

진우 누구나 다 유명해지고 싶어해요. 내 이름이 다른 사람의 기억에 남았으면 좋겠고, 널리 알려졌으면 좋겠죠. 그러면서 정작 유명세를 타기 전에 반드시 거쳐야 할 무명의 과정은 자꾸 생략하려고 해요. 건너뛰려는 거죠. 욕심 아닐까요? 누군가에게 손해를 주는 일은 아니지만, 엄밀히 따지면 스스로를 속이고 있는 셈이고, 따라서 자기 자신에게 손해를 끼치는 거예요. '뻥 아이덴티티'로 얻어낸 '좋아요'가 아무리 많다 한들, 시간이 흘렀을 때 자신에게 다가올 공허함과 허탈감을 스스로는 알잖아요. 알맹이가 아무것도 없다는 사실을 직면했을 때 느끼는 초조함과 불안함. 어쩌면 그래서 자꾸만 더 '좋아요'를 갈구하는 것일지도 몰라요.

재훈 어떤 일을 할 때 그저 '타이틀'이 좋아서 시작한 사람은 100퍼센트 중도 포기합니다. 그 타이틀을 얻기까지 오래 걸리거든요. 오매불망 타이틀만 바라보고 있으면, 즉 결과에만 집착하면 지금 자기 앞에 놓인 이 길고 험한 길을 걸을 수가 없어요. 그러니 힘들 수밖에 없죠. 하지만 과정이 좋아서, 아니면 과정 자체가 자기한테 잘 맞아서 어떤 일에 종사하는 사람은 다르죠. 무명이라고 느껴지지 않을 거예요. 본인이 즐거우니까.

진우 제가 잠깐 고시 공부를 했던 시절을 돌이켜보면, 그때의 저는 '타이틀'만을 원했어요. 고시를 패스하여 얻게 될 특별한 직함을 원했죠. 그런데 과정은 저와 전혀 맞지 않았어요. 일 년간 그 과정을 겪었는데 너무 고통스러워서 '아, 이쪽은 내 길이 아니다' 결론을 내렸어요. 근데 주변에 합격한 사람들을 보면, 그냥 무덤덤하시더라고요. 물론 그들도 빠른 시간 안에 합격하고 싶다는 생각은 똑같이 갖고 있었겠지만, 그 과정에 대해서 저처럼 힘들어하지는 않더라고요. 그때 느꼈죠. '아, 정말 과정 지향이 돼야 한다'. 지금은 제가 하는 모든 일에 있어서 과정이 즐거운 일을 해보려고 노력을 하거든요. 과정이 즐거우면 SNS에 글 올릴 시간도 없죠. 제가 쓰고 있는 책 원고도 한 달간, 흔히 말해서 '빡세게' 썼는데, 그런 사실을 미주알고주알 SNS에 올릴 겨를이 없어요. 굳이 남들한테 알려야 할 이유도 없고요. 욕심을 좀 내려놓고 자기가 정말 원하는 게 뭔지 진지하게 고민해볼 필요가 있지 않을까요? 다 놓치고 싶지는 않고, 지불은 해야 하고, 그러자니 시간은 오래 걸리고. 이렇게 접근하니까 점점 다급해져요. 어린 학생들보다 오히려 저희 또래들이 더 조급해하는 것 같아요. 우리 사회가 워낙 경쟁 위주이고, 시시각각 빠르게 돌아가서 그럴지도 몰라요. 스스로 제동을 걸지 않으면 세상의 흐름에 같이 휩쓸려가고 말겠죠. 다들 잘 먹고 잘사는 것 같고, 나도 뭐 하나는 해야 할 것 같고, 그런데 정작 내세울 건 없고, 그러니 가짜 정체성을 만들어내서 SNS에 홍보 게시물을 띄우고, 트친과 페친 들로부터 텅 빈 인정을 받고 즐거워하고.

재훈 이야기를 SNS에서 다른 데로 살짝 돌려볼게요. TV에 자주 나오는 대박 맛집들을 떠올려보면 공통점이 있습니다. 메뉴가 하나라는 거. 간혹 어떤 식당에 가면, 돈가스 식당인데 돈가스 말고 카레나 쫄면도 있고. 소고깃집이라고 해서 들어갔는데 돼지고기도 있는 황당한 경험을 할 때가 있어요. 심지어는 스파게티집에 들어갔는데 옆에서 돼지고기를 굽고 있어요. 이상한 구조의 식당들이 의외로 굉장히 많다니까요. 혼합형? 하이브리드? 저는 '뻥 아이덴티티'라는 게 그런 것일 수도 있겠다는 생각이 듭니다. '돼지고기로 승부를 보겠어!'라는 최초의 목적에 '나는 스파게티도 잘할 수 있을 것 같아'라는 욕심이 더해진 거죠. 그래서 이 식당의 존재는 '믹스'인 거예요. 존재 자체가 믹스예요. 이도 저도 아닌 거. 떡갈비 있죠? 소고기랑 돼지고기 뭉쳐서 꽉꽉 다져놓은 형태의 존재가 되어버리는 겁니다. 그렇게 되면, 지금이야 많은 사람들이 '아, 여러 가지 일을 하시네요' 하겠지만, 시간이 지나 소고기도 아니고 돼지고기도 아니고 스파게티도 아닌 자기 자신을 돌아보면, 그저 떡갈비일 뿐인 자기 자신의 몸뚱이를 돌아보면, 얼마나 공허해지겠습니까.

진우 돈가스 좋아하는 사람, 소고기 좋아하는 사람, 스파게티 좋아하는 사람……. 사람마다 취향이 달라요. 그 취향을 다 만족시켜주고 싶다 보니까 이상한 형태의 '믹스' 식당이 탄생하는 거예요. 결과적으로는 어느 것 하나 제대로 맛을 내는 게 없어요.

재훈 '좋은 사람 콤플렉스'라고 하잖아요. 모두에게 사랑받고 싶은 사람. 그분들의 특징이 비판을 절대 감수하지 못한다는 거예요. 페이스북이 굉장히 영악한 게, 절대로 '싫어요' 버튼을 만들지 않아요. 페이스북이 만약 '싫어요' 버튼을 만든다면, 지금보다 타임라인 게시물 수가 확 줄어들 겁니다. 늘 다수에게서 '좋아요'를 얻고 싶은 사람들의 심리를 겨냥한 거죠. 좋아요, 좋아요, 늘 좋아요, 내가 뭘 하든 좋아요……. 한 분야의 일가를 이루는 데 비판 한 번 받지 않겠다는 자세는 욕심이에요. 욕먹는 걸 두려워하면 아무것도 할 수 없다고 생각해요. 본인이 만약 어떤 일에 대해 전문가가 되고 싶고, 그와 관련한 아이디어가 있다면 정정당당하게 전문가들을 찾아가봐야죠. 불특정 다수에게서 '좋아요'를 얻을 게 아니고, 그 분야의 전문가에게 한 번 진탕 깨질 각오를 하고 만나봐야죠. 그런 과정 없이 뭔가를 얻으려 한다는 건 제가 볼 때 욕심이에요.

진우 자존감 이야기를 안 할 수가 없어요. 인생의 통증들은 대부분 남들에게 존중받지 못한다는 느낌에서 오는 게 많은 것 같더라고요. 달리 말해, 요즘 사는 게 즐겁고 충만하다고 느껴진다면, 아마 남들에게 충분히 존중받고 있는 상황일 거예요. 제가 의류 창고에서 단기 아르바이트를 해본 적이 있어요. 일거리가 있을 때마다 하루씩 나가서 근무하는 식이에요. 일 자체가 힘든 것도 아니었고, 밥도 잘 나오고 괜찮았어요. 다만, 근무 시간이 대단히 길고, 뭐랄까, 좀 건조했어요. 직원들끼리 서로 말할 일이 별로 없거든요. 다들 조용히 기계처럼 일만 하는 거예요. 거기 계신 분들이 저를 무시했다거나 언행이 거칠었던 것도 아닌데, 이상하게 존중받지 못한다는 느낌이 들더라고요. 사람으로서 존중받는 게 아니라, 그냥 노동하는 하나의 기계 같은 존재처럼 느껴진 거죠. 자책했던 부분도 있었어요. 내가 자존감이 좀더 높았더라면, 어떤 상황에서든 내가 나를 존중해줄 수 있었다면, 그런 것들에 좀더 초연해질 수 있지 않았을까. 그런데 과연 자존감만으로 살 수 있느냐, 사람들의 인정 없이? 쉽지 않을 거예요. 그렇다고 자존감 없이 살 수 있느냐? 그것도 힘들어요. 양쪽의 균형을 맞춰야 하죠. 저도 아직 그게 힘들어요.

재훈 '분장놀이'라는 말이 있다고 합니다. '코스튬플레이(costume play)', 일본식 발음으로 '코스프레(コスプレ)'를 갈음한 우리말 순화어라는데, 코스프레는 아시다시피 만화, 영화, 게임 등의 나오는 주인공과 똑같이 분장하여 따라 하는 것을 이르는 말이죠. 요즘엔 일상생활에서도 자주 쓰는 말이기도 합니다. 아마 사회생활을 하다보면 누구나 한 번쯤은 그런 코스튬플레이 의상을 입어야 할 순간이 있을 거예요. 근데 문제는 평상

시에도 코스프레를 하고 사는 게 아닌가 하는 겁니다. 그런 코스프레를 분별하는 눈을 가져야 하지 않을까 싶어요.

진우 맞아요. 무언가를 봤을 때 저것이 진짜인지 코스프레인지 분간할 수 있어야 하고, 코스프레를 하더라도 알고는 하자는 거죠. 취미로써의 코스프레는 문제가 없다고 봅니다. 다만 우리의 삶에서 혹은 내가 본업으로 삼은 일에서 코스프레를 하면 안 되겠죠. 예를 들어 변호사는 코스프레가 있을 수 없어요. 아주 명확한 라이선스가 필요하기 때문이죠. 아마 변호사 코스프레 하는 사람은 오히려 사기꾼 취급을 받겠죠. 의사도 마찬가지고요. 그렇다보니 정확한 라이선스가 없는 분야에서 코스프레가 많이 일어나곤 합니다. 예술계도 그중에 하나이겠죠.

재훈 그렇죠. 우리가 대중매체에서 혹은 주변에서 흔히 볼 수 있는 예술가들이 과연 그런 자격이 있나, 그런 의심을 해보자는 거죠. 그들은 어쩌다가 예술가라고 불리게 된 걸까. 그리고 분명히 예술활동을 하고 있는데 예술가라고 불리지 않는 사람들은 왜 예술가라고 불리지 않는 걸까, 이런 것들도 함께 고민해보자는 거죠.

진우 물론 누구든지 다 예술을 할 수 있습니다. 꼭 전문적인 교육을 받거나 라이선스를 취득해야 할 수 있는 것도 아니고요. 본인의 의지만 있고 무언가 만들 수만 있다면 그 어떤 방법으로도 예술가가 될 수 있는 건 사실입니다. 문제는 예술을 추구하는 그 과정은 생략된 채, 예술가라는 타이틀에만 집착을 한다는 것에 있습니다. 예술가는 과정을 말하는 겁니다. 예술다운 것들을 추구하고 만들어내는 과정에 있는 사람들을 얘기하는 거죠. 그러다보면 자연스럽게 작품이 세상에 나오기도 하고, 그러다보면 상도 받게 되고, 그러다보면 돈도 벌게 되는 거라고 생각해요. 오히려 이런 것들이 부가적인 결과물일 수도 있죠. 그런데 요즘 세상이 객관적인 지표가 없으면 서로를 인정하지 않는 상황이다보니까, 다들 예술에 대한 따분하고 눈에 안 띄는 과정은 생략이 된 채, 그 결과물에만 집착하는 사람들이 늘어나는 것 같습니다. 이게 꼭 예술계만의 이야기는 아닐 거예요.

재훈 제가 대학교에서 문예창작을 전공했는데, 수업 시간에 어떤 젊은 강사님이 이런 말을 했던 게 기억이 납니다. 문창과 학생들은 매년 신춘문예병을 앓게 되죠. 그래서 그 강사님이 신춘문예에 통과하기 위한 자신만의 노하우를 알려주셨어요. 매년 주요 일간지에 당선된 신춘문예 작품집이 출간이 되는데, 그 신춘문예 작품집의 최근 5~6년 치를 꼼꼼히 읽어보면서 어떤 작품이 수상했는지를 파악해보라고 말씀을 하셨죠. 그때는 아무 생각 없이 받아들였는데, 지금 와서 생각해보면 글은 시험이 아닐 것인데 말이죠. 마치 예상문제를 보고 예습을 해서 시험문제를 보듯이 신춘문예에 응하라, 이런 말씀을 해주신 것 같아서 좀 씁쓸합니다. 근데 이런 마인드가 비단 신춘문예뿐만 아니고 예술 전 분야에 걸쳐서 만연해 있을 수 있다는 생각도 들더라고요. 미대 입시학원만 가도 미대 입시에 합격할 수 있는 작품들을 그리는 법을 알려주잖아요. 자기가 그리고 싶은 것을 그리게 놔두는 게 아니고요. 그리고 음악도 그렇겠죠. 음악은 뭔가 표현의 기술이면서도 테크닉의 기술이기도 한데,

그것과 별개로 공론화되지 않는 커넥션이라는 측면도 무시할 수 없죠. 이런 것들이 바로 아까 진우가 말했던 것처럼 타이틀에 집착하는 것이겠죠. 자신만의 예술을 갈고닦는 것이 아니고, 어떻게든 콩쿠르에 입상을 하거나 신춘문예에 당선되거나 아니면 미술작품으로 평론계에 샛별로 떠올라서 스타덤에 오르려는 거죠. 그렇게 해서 얻은 예술가라는 타이틀에 집착하는 것, 이런 게 어떻게 예술일 수 있겠냐는 거예요. 고흐를 예로 들어도, 고흐는 살아생전에 굉장히 가난했죠. 물감 살 돈도 없어서 고생했다는 얘기도 있는데. 고흐는 죽어서 작품이 높게 평가된 사람입니다. 그러면 고흐는 살아 있을 때 예술가가 아니었나요?

진우 사실 자본주의 사회에서 비자본적인 일을 하면서 살아가는 것은 쉽지 않은 일입니다. 특히 예술 쪽은 더욱 그렇죠. 많은 작가들이 당장 먹고사는 문제가 시급한 경우도 많고요. 하지만 어느 것 하나를 잡기 위해서는 다른 것을 놓아야 하는 경우가 많아요. 그래서 저는 지불하는 인생이라고도 말하는데, 많은 경우에 그 '지불'을 하지 않으려고 하는 것 같아요. 예를 들면 타이틀도 놓치고 싶지 않고 현실적인 부분들도 놓치고 싶지 않은 거죠. 양쪽을 다 놓치지 않으려고 하다보니 그 사이의 과정은 계속 공란으로 남을 수밖에 없는 거 같아요. 하나를 해도 모자랄 시간에 두 가지를 동시에 하고 있는 거니까요. 근데 자신이 하는 일에 진정성을 가진 사람들은 아까 재훈이가 말한 고흐처럼 지금 이 시간에도 굉장히 쉽지 않은 시간을 보내고 있을 거예요. 그런 가운데에서도 자신만의 것들을 찾기 위해 노력하고 있고요. 그런 분들이 좀더 세상 전면에 나왔으면 좋겠는데, 좀 쓸쓸하기도 합니다.

재훈 예술을 하고 싶은 건지, 예술가가 되고 싶은 건지를 스스로 물어 봐야 할 거 같아요. 예술을 소비하는 우리의 입장으로서도 그 질문을 예술가라고 불리는 이들에게 해봐야 할 거 같고요. 예술가들은 보통 괴 팍하다고 하잖아요. 근데 괴팍할 수밖에 없을 거라는 생각이 듭니다. 왜냐면 남의 눈치를 보는 순간 예술이 아닌 게 되어버릴 것 같아요. 근 데 예술가가 만약 친절하다면 언제든 타협할 준비가 되어 있다는 걸로 여겨지거든요. 그래서 저는 친절한 예술가들, 혹은 대중매체에 많이 노 출된 예술가들은 신뢰를 못하는 경향이 있기는 합니다. 엄청 괴팍하고 허튼소리 지껄이는 그런 예술가들의 작품이 오히려 더 진정성이라는 말 에 더 많이 맞닿아 있다는 생각도 들고요.

진우 사실은 재훈이와 저도 예술을 꿈꾸지만 '작가'라는 말에 대해서는 굉장히 보수적입니다. 그 타이틀은 아무에게나 쉽게 붙일 수 없는 거라 고 생각해요. 그건 공모전에서 수상하거나 TV에 출연한 것과도 별개의 문제 같아요. 진정성을 갖고 그 과정을 밟고 있느냐로 판단해야 하는 문 제인 거죠. 예술가, 작가라는 타이틀의 가치를 지금보다 더 높일 필요가 있다는 거예요.

재훈 뭔가 고차원의 경지에 오르면 작가라는 타이틀, 예술가라는 타이 틀에 대해서도 굉장히 초연해질 수 있지 않을까 싶어요. 예전에 진우와 제가 좋아하는 박민규 소설가가 〈씨네21〉 김혜리 기자와 인터뷰한 글 을 보는데, 신춘문예에 대한 얘기가 나왔어요. 거기서 박민규 소설가는 이렇게 말을 하더군요. 등단을 목적으로 글을 쓰는 사람이 있다고 하는

데, 굉장히 이상한 일이라고 생각한다. 운전의 목적이 면허를 따기 위한 것은 아니지 않은가. 차를 몰고 어디론가 드라이브하거나 바다를 보러 가려고 운전을 배우는 것인데 면허증을 따는 것만이 관건인 것과 같다. 이 말은 우리에게 시사하는 바가 좀 크다고 생각합니다. 가장 본질적인 문제를 따져보자는 거죠. 자기가 너무나 글을 쓰고 싶은데 굳이 왜 라이선스나 타이틀에 집착을 하는 거냐는 말이죠. 지금 그냥 하면 되는데 말이에요.

진우 어쩌면 실제로 운전하는 기술이 없기 때문에, 운전연습을 해본 적이 없기 때문에 더욱 타이틀에 집착하는 것일지도 몰라요. 아까 말씀드린 '과정'이 없었기 때문이겠죠. 어떻게 보면 이건 굉장히 심플한 문제예요. 재훈이 말대로 라이선스나 타이틀에 집착할 시간에 자신이 하고 싶은 일을 그냥 해보면 좋겠어요. 꼭 예술 분야가 아니더라도 마찬가지겠죠. 조금 더 과정에 충실하다보면 어느새 라이선스도 따게 되고, 타이틀도 얻게 되고, 다른 사람들한테도 인정받게 되는 것 아닐까요.

license Collection Book
LICENSE
LICENSE

맥주를 마시고 싶은 걸까
대화를 하고 싶은 걸까

진우야, 어쩌다보니 출근하자마자 이렇게 편지를 쓰고 있다.

요새는 출근길 지하철에서 책도 잘 안 읽히고, 이어폰을 꽂아도 귀 안으로 음악이 잘 안 흘러들어와. 정신없이 휴대폰 액정 화면만 들여다 보다가 허겁지겁 하차할 때가 많아. 내가 얼마 전부터 휴대폰 결제에 맛을 들였거든. 이게 마약이더라. 내 휴대폰 바탕화면에 어느새인가 '쇼핑' 폴더가 하나둘 생겨나고, 웹서핑 하면서 '찜'해놓은 각종 물건들 링크가 점점 쌓이고, 제품 스펙 이미지들이 사진첩을 가득 메우게 되고……. 내가 지금 계속 수동태로 쓰고 있잖아. 내가 나 같지가 않아서 그래.

지름신이 제대로 강림한 게 분명하고, 나는 출근길 지하철에서부터 '모바일 쇼핑몰'이라는 작두를 타고 있는 것이지. 그 작두가 내 통장 잔고를 서걱서걱 조금씩 베어가는데도 말이야.

너도 알다시피 요 몇 달 사이 내가 금전 문제로 골골했었잖아. 세 달 전 할부가 끝나면 이번 달 새로운 할부가 바통을 이어받아서 다달이 나를 괴롭혀온 게 어언 몇 개월째이던가. 따지고 보면 이 고통의 릴레이 트랙은 다 내가 펼쳐놓은 것이고, 매달 열심히 달리는 할부금 역시 내가 직접 선발한 선수들인 셈이니, 나는 그저 입 다물고 반성을 해야 하는 것이 맞겠지. 실제로도 그러고 있어. 그런데 금단 현상이 생각보다 심해.

예전에 군대 있을 때, 중대장이 한 달간 PX 출입금지 명령을 내린 적이 있었어. '군 기강 재확립'이라는 살벌한 목적 때문이었지. 아무튼 그때를 요즘 돌이켜보게 돼. 나는 PX에서 빵을 자주 사 먹었거든. 특히 단 거. 소보루, 단팥, 페이스트리, 카스텔라, 딸기잼 도넛 등등. 만약 빵 종류가 품절이면 아쉬운 대로 미니 약과나 찹쌀떡을 집어오기도 했지.

누가 그러더라. 음식 중에서 제일 끊기 어려운 게 달달한 거라고. 동감해. 직접 경험해봤거든. 만날 공급해주던 당분이 어느 순간 뚝 중단되어버리니까, 몸이 말을 안 듣더라고. 기운 없이 축 늘어져서는 멍하니 천장만 바라보거나, 주말에는 모포를 둘둘 말고 자는 둥 마는 둥 내내 웅크려 있기도 했어. 그러다 마침내 PX 통제가 풀리던 그날! 동기들이랑 우르르 PX로 몰려가서 '빵 사재기'로 그간의 고통을 보상받았더랬지. 그러고 나서 신기한 일이 벌어졌어. 더이상 빵맛에 흥분하지 않게 되었다는 거야. 내 혀가, 시럽 발린 빵을 열심히 핥는데도 도무지 자극되지를 않더라는 거지. '혀에도 발기부전 같은 게 있나'라는 어처구니없는 분석을 해보기도 했어.

'지름신병' 초기 증상인 지금의 내가, 그때의 나의 혀를 떠올리며 한 가지 내린 결론이 있어. 어쩌면 군대 시절 내 혀는, 그 무엇과도 바꿀 수 없는 딱 '한 방'의 빵맛을 바랐던 게 아니었을까. 한 달 만에 입성한 PX에서 온갖 빵들을 뭉텅이로 사버리고 원 없이 먹어댔던 바로 그 '한 방' 말야. 그 한 방의 빵맛을 경험한 뒤로, 내 혀는 득도라도 한 듯 얼마간 아무런 '맛'에도 집착하지 않았었어.

그래서 말인데 진우야. 지금 내 지름신병을 치료하려면, 커다란 '한 방'의 소비가 필요한 게 아닌가 하는 진단을 조심스레 내려본다. 이 처방에서 말하는 '한 방'이란 것은, 과소비하고는 조금 거리가 있어. 우리 어렸을 때 오락실에서 했던 비행기 아케이드 게임 기억나? 보통은 '뿅뿅뿅뿅' 연사되는 미사일이, 플레이어인 우리가 미사일 버튼을 꾸욱 누르고 있다가 손가락을 떼면 '펑' 하고 시원하게 한 방 발사되었잖아. 일명 기 모으기. 바로 이거야. 내가 스스로 내린 처방전. '기 모으기'.

이걸 소비에 응용해보면, 장기간 조금씩 돈을 축적한 다음, 목표한 액수가 쌓인 순간 '기 모으기' 버튼에서 손을 떼는 거야. 펑! 구매 완료! 생각해보면, 내가 스스로 돈을 벌게 되면서부터 소비에 있어서의 '기 모으기'를 해본 적이 별로 없는 것 같아. 부모님께 용돈을 받던 학창 시절에는, 비록 얼마 안 되는 액수라도 한 푼 두 푼 통장에 모았다가 옷이라든지 운동기구라든지 컴퓨터라든지 내가 진짜 갈망했던 것을 사고는 했거든. 그런데 그때보다 훨씬 많은 용돈을 (회사로부터) 받고 있는 지금, 소비로 인한 만족감은 예전만 못해. 아마도 그 이유는, 내가 당장이라도 살 수 있는 것들이 많아졌기 때문이 아닐까? 한 달에 오만 원씩 용돈을 타서 쓰던 나와, 백만 원 단위의 월급을 수령하는 지금의 나. 약 스무 배의 간극이야.

예전에는 백만 원짜리 노트북을 사려고 이십 개월을 저축해야 했지만, 지금은 당장이라도 구입할 수 있어. (게다가 직장인들의 든든한 친구 '무이자 할부'까지 있으니.) 그렇다면 나의 목표치, 즉 구매하고자 하는 품목의 액수는 더 커져야 말이 되지 않나? 오만 원 용돈 시절의 내가 백만 원짜리 노트북을 희구했다면, 백만 원대 월급쟁이인 나는 그 스무 배쯤 되는 천만 원짜리 소형차를 욕망해야 그럴듯해지지 않느냐는 거야. 하지만 5 대 100이라는 비례가 수학에서처럼 100 대 2000으로 되지는 않는 것이 이른바 '생활'이지. 백만 원대 월급쟁이에게 이천만 원은 대단히 큰돈이거든. 만약 그 돈을 모았다고 해도, 옷이나 전자기기를 살 때처럼 산뜻한 마음으로 '소비'를 해버릴 수는 없어.

왜? 백만 원대 월급쟁이에게 이천만 원은 한 방에 써버릴 만큼 만만한 액수가 아니니까. 상황이 이렇다보니, 크게 지르는 한 방의 소비보다는, 소액의 물건들을 이것저것 자주 사는 깨알 같은 소비를 하게 돼. 만족감이야 물론 있지. 말 그대로 '깨알'에 불과한 만족감. PX에서 빵을 자주 사 먹을 때는 느꼈던 '포만감'처럼 말야. 금세 꺼져버리고, 곧 허기지게 되는, 그리하여 또다시 PX로 향하게 만드는. 식욕이 끊기면 아사하고 마는 나약한 육체의 인간이듯, 자본주의 사회에서 소비를 하지 않고서는 살아가기 어렵게 되어버린 사회인이 바로 나야.

노력은 해보겠지만, 아마도 자본주의가 권하는 소비를 일언지하에 외면하지는 못할 듯해. 하지만, 회식 자리에서 부장이나 사장이 따라준 술을 몰래 몰래 바닥에 흘리는 신입사원의 패기와 '빵끼'가, 자본주의라는 거대한 술자리에 앉게 되어버린 지금의 나에게도 언젠가 생기겠지. 그런 빵끼마저 없다면, 나는 결국 소비에 만취해서 구질구질한 주사나 부리는 그저 그런 아저씨가 되고 말겠지.

평소보다 일찍 사무실에 도착해서 쓰기 시작한 편지인데, 결국 업무 시간 바로 전까지 붙들고야 말았네. 좌우지간 이 편지의 테마는 '소비'이고, 메시지는 '한 방의 만족감을 위해 깨알 같은 포만감은 버리자' 정도로 요약할 수 있을 듯해. 그래서 나는 오늘부터 97만 원짜리 사과 노트북을 바라보며 저축을 시작한다. 뿅뿅뿅뿅 깨알 소비들은 당분간 안녕. 나는 확실한 한 방을 노릴 테야. 이 버튼을 꾸욱 누르고 있다가 펑!

그러고 보니 지난번에 만났을 때 네가 했던 말이 생각난다. 옷 안 산 지가 일 년이 넘었다는……. 버튼을 일 년 동안 누르고 있던 셈이잖아. 비결이 있다면 알려주겠어?

평일 아침 덥고 습한 사무실에서 재훈

Reply to

재훈아, 요즘엔 계절 변화에 부쩍 민감해진 것 같아.

우리 두 사람 모두 지난겨울 내내 봄이 오기를 간절히 바랐잖아. 새로운 해가 시작되고 봄이 오면 꼭 모든 게 잘될 것만 같았어. 어느새 봄이 오고 이제는 여름이 문턱까지 왔는데도 아직 진짜 봄은 오지 않은 것 같아. 물론 가끔씩 봄날이라 느껴질 때도 있지만 아마 우리 마음속 계절은 마지막 꽃샘추위를 견디고 있는지도 모르겠다. 그래도 이 시간들을 견디다보면 결국엔 진짜 봄을 맞이할 수 있겠지?

우리에게 봄이 더디게 오는 이유는 여러 가지가 있겠지만 그중에서도 가장 어려운 문제는 역시 돈이 아닐까 싶어. 그중에서도 돈을 쓰는 일이 더욱 그런 거 같아. 우리 요즘 돈 얘기 참 많이 했잖아. 출근길 전철 안에서 모바일 쇼핑을 하고 있다는 너의 얘기를 들으니까 남의 얘기 같지가 않다.

나도 얼마 전에 말이야. 후텁지근했던 어느 저녁에 갑자기 캔맥주가 엄청 마시고 싶더라고. 왜 가끔씩 그럴 때가 있잖아. 날씨는 덥고 쓰고 있던 글은 잘 풀리지 않을 때였는데 시원하게 맥주 한 캔 먹으면 답답한 게 좀 풀릴 거 같았지. 얼른 편의점에서 캔맥주를 사 와서 소파에 앉아 한 모금 들이켰는데 이상한 경험을 했어. 그렇게 먹고 싶었던 맥주가 너무 맛이 없는 거야. 방금 전까지만 해도 마치 맥주 광고의 한 장면처럼 벌컥벌컥 들이켤 기세였는데 막상 한 모금을 마시니까 먹고 싶은 생각이 싹 가시더라고. 좀 황당하긴 했지만 곰곰이 생각해보니까 이런 일이 꼭 오늘만의 일은 아니었던 것 같았어.

예전에도 커피가 생각나거나 군것질이 하고 싶었을 때 비슷한 경험을 한 적이 있었어. 먹는 것뿐만 아니라 책을 사거나 옷을 살 때도 이런 기분을 느꼈던 적이 있었지. 정말 사고 싶어서 샀는데 막상 허탈해지는 기분 말이야. 결국 그날의 캔맥주 사건은 돈 쓰는 일, 소비에 대한 근본적인 질문을 하게끔 만들었어. 우리가 물건을 사는 진짜 이유는 뭘까? 그 물건이 정말 필요하기 때문에 소비를 한다면 캔맥주 사건 같은 일은 생기지 않았을 거야. 결국 내가 진짜 원했던 것은 캔맥주가 아니었다는 거지. 사실 나는 캔맥주를 앞에 두고 누군가와 대화를 하고 싶었던 게 아니었을까?

얼마 전에 재훈이 네가 내 물건 중에 신기해했던 전동 연필깎이 있지? 그게 사실은 회사 다닐 때 샀던 거였거든. 주로 그림 그리는 사람들이 쓰는 건데 값이 제법 나가는 제품이었지.

광고회사 카피라이터였던 내가 미대생들이 쓰는 전동 연필깎이를 왜 산 걸까. 카피라이터가 하는 일은 알다시피 카피 쓰고 아이디어를 내는 일이잖아. 그러다보니 자연스럽게 컴퓨터보다는 종이와 연필을 쓸 일이 많았지. 책상 배치도 컴퓨터는 구석에 있고 정면에는 종이와 필기도구, 책들이 있었어. 카피라이터 초년생이었던 나는 의욕은 누구보다 강했지만 아직 경험도 실력도 부족했었지. 내가 쓴 카피나 아이디어가 만족스럽지 못할 때가 많았어. 겉으로는 티를 내지 않으려 노력했지만 속으로는 전전긍긍할 때가 많았던 것 같아.

전동 연필깎이를 샀던 것도 그맘때쯤이야. 사실 문구점에서 파는 저렴한 연필깎이로도 카피 쓰는 데는 아무런 지장이 없는데도 굳이 비싼 연필깎이를 샀던 거였지. 연필을 깎기 위해 연필을 집어넣으면 윙윙하는 모터 소리와 연필 깎는 드르륵드르륵 소리가 조용한 사무실에 울려퍼지는데도 불구하고 나는 꿋꿋이 그걸 늘 썼었어.

지금 생각해보면 부족한 카피 실력을 연필깎이로 보완하고 싶었던 게 아니었을까? 마치 게임 캐릭터들이 능력치를 올려주는 아이템을 장착하듯이 좋은 연필깎이를 써서 내 카피가 좀더 좋아지기를 바랐던 거지. 지금 돌이켜보면 참 부끄러운 생각이었지만 당시엔 이런 생각을 전혀 하지 못했던 것 같아. 내가 정말 연필깎이가 필요해서 산다고만 생각했었지.

돈으로 물건을 사는 게 나쁜 일은 아닐 거야. 다만 자신이 물건을 사는 진짜 이유를 모르고 사는 건 위험한 소비일 수도 있겠다는 생각이 들어. 자본주의 시대를 사는 우리들은 '소비'로써 '소유'를 할 수 있다는 착각을 하고 있는 것 같아.

예전에 책을 굉장히 자주 사던 때가 있었거든. 많을 때는 이틀에 한 번씩 책배달이 올 때도 있었어. 다 읽은 책들도 많았지만 몇 장만 들춰보다가 책장에 그대로 꽂아둔 책들도 많았지. 사실 생각해보면 그것도 책으로 지식과 능력을 소유하고 싶다는 생각에서 비롯된 것 아니었을까 싶어. 내가 궁금해하던 내용이 담긴 책을 사면 왠지 그 내용들을 습득한 것 같잖아. 이것 역시 소비로 소유를 할 수 있다는 착각 때문이겠지.

이런 생각들이 드니까 이제는 사고 싶은 게 생기면 한 번 더 생각하게 되더라고. 맥주를 마시고 싶은 걸까, 대화를 하고 싶은 걸까. 연필깎이를 사고 싶은 걸까, 카피를 잘 쓰고 싶은 걸까. 책을 사고 싶은 걸까, 그 내용을 체득하고 싶은 걸까.

그렇게 생각하니까 예전보다는 물건을 사는 횟수가 줄어들었어. 대신에 그 돈과 시간으로 직접 몸으로 해보려고 노력중이야. 인터넷에서 물건을 검색하고 가격을 비교하는 대신에 지금 당장 할 수 있는 것부터 일단 부딪혀보는 거지. 그후에 정말 필요한 것들을 사니까 내가 정말 원하는 것 자체에 집중할 수 있더라고.

그럼에도 왜 우리는 소비에 대한 유혹을 쉽게 뿌리칠 수 없는 걸까. 아마도 가장 간편한 방법이기 때문일 거야. 사실 시간을 들여서 직접 몸으로 부딪힌다는 게 쉬운 일은 아니잖아. 학생부터 직장인들까지 바쁘지 않은 사람이 없는 대한민국에서는 더더욱 어려운 일이지. 결국 그 부족한 시간을 돈으로 사는 것일 텐데, 문제는 돈으로 살 수 없는 것들이 훨씬 많다는 거야. 아무리 비싸고 좋은 악기를 사도 내가 직접 연주해보지 않으면 절대로 내 것이 될 수 없는 것처럼 말이야. 결국 소비에서 자유로워지기 위해서는 '여유'가 있어야 하는 것 같아. 시간적인 여유뿐만 아니라 정서적인 여유도 함께 필요하겠지. 그래야 내가 직접 해보고 피부로 느껴볼 수 있을 테니까.

자본주의 세상에서는 흔히 소유와 행복은 비례한다고 하지만 실제로는 그렇지 않은 것 같아. 오히려 소유가 행복을 방해하는 경우도 많지. 내가 대학생 때 샀던 구형 노트북을 지금도 가끔씩 쓰는데 좋은 물건이 아니다보니 어딜 가든 마음 편하게 쓸 수 있어. 만약에 비싼 노트북을 새로 샀다면 늘 노심초사하면서 썼을 거야. 소비나 소유 없이도 누릴 수 있는 행복이 많더라. 내가 진짜 소유하고 싶은 것은 무엇이고, 그것을 소유하는 방법은 무엇인지, 잘 생각해봐야 할 것 같아.

그리고 하나 더.

일 년 동안 옷을 사지 않은 비결? 결국 옷이란 게 내 만족도 있겠지만, 남들에게 보이는 만족감이 더 크잖아. 매일 출근할 곳이 없다보니까 옷에 대한 스트레스도 조금 줄어들었던 것 같아. 매일 다른 옷을 입어야 한다는 강박관념에서 자유로워진 거지. 그러니 옷에 대한 욕심이 줄었기보다는 잠시 보류되었다고 보는 게 맞는 거 같아. 다시 매일 옷을 바꿔 입어야 하는 상황이 온다면 나의 진심을 확인해볼 수 있겠지?

진짜 맛있는 캔맥주를 먹고 싶은 어느 저녁. 진우

어쩌면 우리는 코스프레를
하고 있는 게 아닐까

날씨가 많이 더워졌다.

어떤 날은 햇빛이 너무 눈부셔서 선글라스를 쓰지 않으면 눈뜨기가 힘든 날도 있어. 그런 날은 유독 하늘이 파랗잖아. 그런데 그런 날 선글라스를 쓰면 그 파란 하늘을 제대로 감상할 수 없더라고. 그래서 요즘엔 햇빛이 눈부셔도 되도록 선글라스를 쓰지 않으려고 해. 파란 하늘을 제대로 즐기기 위해서 눈이 부신 것쯤은 감수해도 괜찮으니까. 그런데 내가 하루종일 선글라스를 쓰는 날이 하루 있어. 바로 야구 시합이 있는 일요일이야. 내가 일요일마다 사회인 야구를 한다는 거 알고 있지? 스무 살 때부터 시작했으니 벌써 십 년이 넘었네. 내가 예전에 얘기했던가? 꿈이 야구선수였던 적이 있었다고. 초등학교 때 야구를 너무 좋아해서 야구선수가 되고 싶다는 생각을 잠깐 했었거든. 어린 나이에 이유는 잘 모르겠지만 왠지 부모님한테 그 얘기를 하면 혼날 것 같더라고. 그래서 결국 그 꿈은 고이 접어두었지. 그 덕분에 동생이 야구를 시작하게 된지도 모르겠다. 대학 때까지 야구선수 생활을 했던 동생을 보면서 대리만족을 느낄 때도 종종 있었어.

그래서 나에게 야구하는 일요일은 중요한 날이야. 일요일 아침이 되면 아무리 피곤해도 눈이 저절로 떠져. 평소와 다르게 벌떡 일어나서 간단하게 요기를 하고 야구하러 갈 준비를 하지. 유니폼을 입고, 모자를 쓰고, 장비를 챙기고, 선수들이 쓰는 선글라스 고글도 쓰고 말이야. 그래서 일요일은 내가 유일하게 하루종일 선글라스를 쓰는 날이야. 그렇게 준비를 하고 야구 시합을 하는 운동장으로 출발해. 사실 지난 십 년 동안 힘들었던 시기도 있었고, 좋았던 시기도 있었지만 야구를 하러 가는 날만큼은 언제나 설레었어. 시합을 마치고 집에 돌아올 때까지 그날 하루 동안은 야구선수가 되는 거니까. 한때 꿈이었지만 내가 하지 못했던 일을 그렇게 풀어보는 거지. 코스프레라고도 할 수 있겠다. 야구선수는 아니지만 그날 하루는 야구선수인 척하는 거니까.

아마 많은 사람들이 취미생활에서 얻는 즐거움이 이런 것 아닐까? 하고 싶은 일이지만 하지 못했던 것들을 그 시간만큼은 마음껏 즐겨보는 것. 그래서 나의 일요일은 언제나 즐거워. 정말 하고 싶은 일을 하는 거니까. 물론 시합에서 졌거나 내가 잘하지 못한 날은 실망하기도 하지만 말이야.

그런데 만약 취미생활이 아니라 직업 혹은 내 인생 전체에서 코스프레를 하고 있다면 어떨까? 일주일 중 하루만 코스프레를 하는 게 아니라, 일주일 중 하루만 빼고 언제나 코스프레를 하고 있다면 말이야. 난 생각만 해도 아찔해. 진짜가 아닌 가짜 삶을 살고 있는 거니까. 만약 일주일 내내 야구선수인 척을 해야 한다면 정말 괴로울 거야. 남들에게 그렇게 보이도록 항상 연기를 해야 할 테니 얼마나 스트레스가 크겠어. 그게 바로 남을 위한 삶인지도 모르지.

인생을 코스프레 하듯 사는 것. 얼핏 보기엔 남의 얘기 같지만 사실 그런 일이 우리의 삶 속에서 생각보다 자주 일어나고 있지 않을까 싶어. 요즘엔 다들 하고 싶은 것들이 뚜렷하잖아. 본인이 생각하는 가치관도 확실하고. 그런데 그 안을 자세히 들여다보면 그 일 자체보다는 명함에 더 많은 무게를 두는 것 같아. 결국 다른 사람에게 어떻게 보이느냐가 가장 중요한 일이 되어버린 거지.

똑같이 야구를 좋아한다고 해도, 정말 야구하는 걸 좋아하는 것과 다른 사람에게 야구선수로 보이는 게 좋은 건 분명히 다를 거야. 곰곰이 생각해보면 그동안 그 두 가지를 헷갈렸던 적이 많았던 것 같아. 말로는 내가 하고 싶은 일이라고 하는데 정말 뭘 원하는지는 깊게 생각하지 못했던 거지. 그러다보니 더더욱 명함에 집착하게 되는 거야. 일단 명함을 얻고 나면 마음은 편해질 테니까. 다른 사람들에게 말하기도 편하고 말이야.

왜 이렇게 우리는 명함에 집착하게 된 걸까?

나는 우리 스스로 여유가 없어졌기 때문이라는 생각이 들어. 사실 내가 어떤 일을 하는 과정에서 즐거움을 느끼려면 아무런 목적도 없이 그냥 해보는 시간이 필요해. 돈을 벌기 위해서 하는 것도 아니고, 무언가를 이루기 위해 하는 것도 아닌, 그 자체가 좋아서 하는 순수함이 필요할 거야. 그러기 위해서는 호기심이 가고 관심이 있는 것들을 그냥 몸으로 해보는 '시간'이 있어야 돼. 우리가 어렸을 때를 제외하고 그렇게 목적 없이 시간을 들여 해본 일이 몇 개나 있을까.

언젠가 어떤 선배가 술자리에서 인생을 숙제하듯 살지 말라는 얘기를 했던 적이 있어. 그 선배는 이미 결혼을 하고 아이까지 있었는데, 정말 본인의 진심이 담긴 얘기였던 거 같아. 맞아. 우리는 꼭 숙제가 밀린 아이처럼 늘 정신없이 쫓기며 살고 있는 거 같아. 대학을 졸업했으니 이제는 번듯한 직장을 가져야 하고, 직장을 구했으니 그 안에서 인정을 받아야 하고, 안정적으로 자리를 잡았으니 결혼을 하려고 하겠지. 잘못됐다는 게 아니라 밀린 숙제를 하듯 너무 수동적으로 끌려가고 있지 않나 싶은 거야. 어떤 일을 하는 과정에서 스스로 깊숙하고 진득하게 무언가를 느껴볼 여유가 없다는 거지. 알맹이를 채울 시간도 없고 채워본 적도 없으니 껍데기에 더욱 집착하게 되는 게 아닐까.

예전에 동생이 학교에서 야구 연습을 하는 걸 본 적이 있어. 동생 동기들도 같이 연습을 하고 있었는데 모두들 정식 유니폼을 입고 있지 않더라고. 연습할 때 가장 편한 복장을 하고 있었지. 야구방망이와 글러브가 없었다면 어떤 운동을 하는 선수인지 헷갈릴 수도 있을 정도였어.

코스프레가 아닌 진짜 선수는 그런 게 당연할 거야. 남들에게 보이는 모습보다 내가 몸으로 하고 있는 과정에 집중을 해야 할 테니까. 유니폼을 입지 않아도 내가 야구선수라는 걸 누구보다 잘 알고 있으니 굳이 남들에게 그걸 증명할 필요도 없고 말이야. 그렇게 본다면 우리가 남들에게 보이는 객관적인 스펙이나 명함, 직업에 집착하는 건 스스로 자격이 없다고 생각하기 때문일지도 모르겠어. 그렇게라도 하지 않으면 견디지 못할 테니까.

사실 세상에 많은 일들은 눈에 보이는 것만으로 할 수 없는 게 많잖아. 거의 대부분의 시간은 혼자서 직접 해보고 느껴봐야 하는 것들이 많지. 우리가 보는 야구선수는 야구장에서 많은 사람들의 응원 소리를 들으며 시합을 뛰는 모습뿐이지만, 사실 선수들은 대부분의 시간 동안 보이지 않는 곳에서 혼자 훈련을 하고 시합 준비를 하고 있지. 그건 야구선수뿐만 아니라 모든 일들도 마찬가지일 거야. 그러기 위해서는 타이틀보다 '과정' 자체가 즐거운 일이어야 지치지 않고 계속 이어갈 수 있어.

세상에서는 내가 원하기만 한다면 못 이룰 것이 없다고 말하지만, 그건 대단히 위험한 말이야. 마치 운전면허를 따듯이 정해진 점수만 넘으면 곧바로 그것을 얻을 수 있는 것처럼 느껴지게 하잖아. 정작 중요한 건 객관적인 라이선스를 따는 것이 아니라 그것을 진짜 할 수 있는지일 텐데 말이야. 그러기 위해선 우리는 좀더 고독해질 필요가 있어. 아무도 없는 훈련장에서 홀로 스윙을 돌리고 웨이트트레이닝을 하는 야구선수들처럼 말이야. 그런 과정 속에서 내가 정말 하고 싶은 것은 무엇인지, 나를 즐겁게 하는 것은 무엇인지, 그것을 위해 어디까지 지불할 수 있는지를 끊임없이 되물어봐야겠지.

자신이 하고 싶은 것을 '속성'으로 이룰 수 있다고 말하는 사람은 멀리해야 돼. 마치 운전면허를 야매로 따듯이 우리 인생도 야매로 살아가면 안 되니까. 조금은 시간이 걸리고 외롭더라도 타협하지 말고, 스스로의 궤도를 지켜나가보자.

햇빛이 눈부신 어느 오후에 진우

Reply to

진우야, 너가 보낸 편지에 '하루 동안 야구선수인 척하기'라는 구절이 와 닿았다. 왠지 이게 나한테는 '건강한 코스프레'처럼 다가오더라고.

그날(사회인 야구 시합이 있는 날)만큼은 모두의 합의하에 '야구선수 코스프레'를 하게 되는 거잖아. 멋진 유니폼도 입고, 글러브도 착용하고, 선글라스도 쓰고. 그 하루는 다른 사람이 되어보는 거지. 난 이게 어른들의 건강한 놀이처럼 보인다. 정신 건강에 좋을 것 같아. 적어도, SNS에서 깐족이는 '척하기'와는 질적으로 달라 보여.

너도 그렇고 나도 그렇고, 트위터나 페이스북 같은 SNS가 체질상 잘 안 맞게 되어버린 부류잖아. 페이스북 타임라인에 "아, 힘들다"라거나 "더이상 못 참겠다" 식의 짤막한 메시지를 올려 현재의 심경을 토로함과 동시에, "왜 그래, 무슨 일 있어?"라든지 "다 잘될 거야. 무슨 일인지는 모르지만 힘내!" 류의 댓글들을 통해 위안을 받는 일이 우리에게 이제 는 너무나 낯뜨겁잖아.

대학교 때 한 동기가 술을 잔뜩 마시고는 과방에 주저앉아서 서럽게 울고 있었어. (아마 실연을 당했던 듯.) 그때, 만만찮게 술에 취한 한 학번 위 선배가 이렇게 쏘아붙이더라고. "너는 지금 슬프려고 슬픈 거야!" 같 이 모여 있던 고학번 선배들이 "우는 애한테 그게 뭔 개소리야"라며 그 선배를 과방 밖으로 끌어내서 자취방으로 안전하게 격리시키고 돌아오 는 동안에도, 그애는 계속 울고 있었어. 그런데 엎드려 울면서 이따금씩 고개를 들어서 주위 사람들을 보는 거야. 한 오 분쯤 울다가 나 쳐다보고, 또 오 분쯤 울다가 내 옆에 있는 동기 올려다보고. '어쩌면 지금 이 녀석은 끊임없이 자기가 울고 있음을, 자기가 몹시 슬프다는 것을 확인받고 싶어하는 거다'라는 생각이 들면서 "너는 지금 슬플려고 슬픈 거야!"라는 아까 선배의 말에 수긍이 가더라고. 내가 내린 나름의 결론은 이거야. 십 년 전 과방에서의 그애와 오늘날 SNS에서의 감정 소모 양상은 연장선상이라는 것. 자기감정을 타인에게 '게시'하고 '공유'해야만 비로소 진정할 수 있는 사람들은 예전에도 많았어. 다만 차이점은, SNS의 등장으로 그 '게시'와 '공유'의 범위가 매우 넓어졌다는 것이지. 자기감정의 '관객'을 구하는 모양새랄까. 생각이 여기까지 미치다보니, 어쩌면 그들의 기쁨과 슬픔이라는 것은 연기일지도 모르겠다는 인정머리 없는 결론까지 이르게 되더라고. 기쁜 사람 코스프레, 슬픈 사람 코스프레. (혹시 나는 지금 '인정머리 없는 놈' 코스프레를 하는 건가?)

'분장놀이', 영어로 '코스튬플레이', 일본식 발음으로 '코스프레'. 여기서 파생된 단어들도 몇 가지 있더라. 첫코(첫 코스프레), 코스어(코스프레를 하는 사람), 일코(일반인 코스프레) 등등. 사전적 의미의 코스프레는 아직 한 번도 해본 적이 없어. 앞으로도 할 마음은 전혀 없고. 나한테는 그게 굉장한 문화적 충격이었거든.

고등학교 때 애니메이션부 학생들이 코스프레 행사를 열어서 구경한 적이 있어. 내가 다닐 때만 해도 우리 학교는 아직 남고였는데, 그 행사장에 가보니까 여학생들도 있는 거야. 아마도 이웃 여자 고등학교의 애니메이션부랑 연합으로 진행했었나봐. 방과후 빈 교실을 빌려서 나름대로 아기자기하게 꾸며놓았더라고. 그때는 아직 만화책 대여점이 존재하던 시절이라 내 또래 아이들에게 만화와 그 캐릭터들은 상당히 익숙한 콘텐츠였거든. 이런저런 낯익은 만화책들이 교실 책상 위에 쌓여 있고, 애니메이션부원들이 그린 어설프지만 정감 어린 캐릭터 드로잉이 전시되어 있고, 교실 벽면 곳곳에는 포스터들도 붙어 있었지. 딱딱하고 답답했던 교실이 이렇게도 변할 수 있구나, 신기해하면서 기분 좋게 둘러보고 있던 순간, 누군가가 나와 내 친구들 쪽으로 오더니 "재미있으세요?"라고 묻는 거야. 그 '누군가'가 바로 요샛말로 '코스어'였어. 남자애였는데, 누가 봐도 가발임이 티 나는 빨간색 더벅머리, 아마도 수성펜으로 그은 듯한 왼쪽 뺨의 십자 흉터, 손으로 직접 기워 만든 게 아닌가 의심되는 거적때기 같은 기모노…….

그래, 그 녀석은 『바람의 검심』이라는 일본 만화책의 주인공 히무라 켄신을 흉내내고 있었던 거야. 당시에는 속으로 '얘 뭐야' 하고 무시했었는데, 나중에 알고 보니 그 녀석 같은 코스어들이 집결하는 커뮤니티가 국내에 상당수 존재하며, 그들의 코스프레라는 것이 하나의 대중문화로 인식되고 있더라고. 그러니까, 나와 내 친구들에게 스윽 다가와서 "재미있으세요?"라고 물어봤던 그 '히무라 켄신'은 일종의 걸어다니는 문화콘텐츠였던 거야. 코스프레가 콘텐츠일 수 있는 까닭은 그것이 '놀이'이기 때문일 거야. 코스튬 '플레이'이고, 코스프레'잖아. 따라서 그것은 하나의 퍼포먼스인 것이지. 배우들이 갖가지 의상(costume)을 입고 무대에 나와 연기(play)하는 것처럼 말야.

너랑 나랑 좋아하는 톰 크루즈가 이런 말을 했대. "배우로 살기 위해서는 많은 가면이 필요하다. 가면을 쓰는 삶이 싫다면, 그 모든 얼굴을 내 것으로 만들어야 한다. 사실 방법은 그것뿐이다."

비단 배우뿐만 아니라 일상의 생활인들에게도 해당되는 제언이라고

생각해. 문제는, 가면은 수두룩한데 어느 것 하나 '내 것'인 게 없는 상태겠지. 더 심각한 문제는, 내 것이 아닌 가면을 내 것인 양하는 태도고. 우리 부모 세대가 "저 친구 말만 많지 실속은 하나도 없다"라고 힐난했던 부류를, 지금은 "저 친구 또 코스프레 한다" 또는 "쟤 코스어야"라고 놀릴 수 있지 않을까. 코스프레가 하나의 생활양식(?)이 되다보니까, 참 많은 영역에서 코스프레를 권하고 있는 듯해.

일례로 조인성 머리, 송혜교 코트, 현빈 재킷, 려원 트레이닝복 등이 있지. 그냥 머리이고, 코트이고, 재킷이고, 트레이닝복이야. 재훈 머리, 진우 코트, 재훈 재킷, 진우 트레이닝복인 건데, '조인성·송혜교·현빈·려원' 코스프레 스타일로 홍보되고 있는 거지. 이로 인한 피해는 코스어가 아닌 사람들에게까지 미치고 있어.

나는 그저 미용실에서 투블럭컷을 했을 뿐인데, 남들은 "어? 조인성 머리 했네?"라고 반응하는 식이야. 코스프레가 우리 일상 속에 너무나 깊이 뿌리 내린 탓일까? 나의 나다움, 너의 너다움이 고유색을 발하지 못하는 것 같아. 재미있는 사실은, 일상의 코스어들이 진짜 코스어들—고등학교 애니메이션부의 히무라 켄신 같은 이들—을 시치미 뚝 떼고 분별하려 한다는 점이야. '덕후'라고 부르면서 말이지. 어쩌면 나도 '가짜 코스어'의 범주로부터 자유롭지 못할 것 같다는 생각을 해. 은연중에 책에서 봤던, 혹은 TV나 영화에서 접했던 누군가의 사상과 라이프스타일을 시나브로 답습하고 있는지도 모르니까. (그런 의미에서 '멘토'에의 의지는 위험할 수 있다는 우리의 주장은 충분히 토론의 여지가 있다!)

코스프레의 삶을 지양하자는 이야기를 하고 싶었던 건데, 편지를 쓰다보니 나조차도 코스어가 아닌지 의심하게 되는 쪽으로 결론이 나고 말았네. 그래도 나 자신을 의심의 권역에 두는 건 건강한 태도가 아닐까, 라며 오늘의 내 두서없는 편지로 두남두어본다.

아⋯⋯. 코스프레 하지 말아야지. 그러려면 나라는 사람에 대해 아주 사소하고 구체적인 부분까지 면밀히 탐구해봐야겠다는 생각도 하게 돼. 미용실 헤어디자이너에게 내가 진짜 원하고 내게 진짜 잘 어울릴 스타일을 체계적으로 설명하고 요청할 수 있게 되었으면 좋겠다. 그리고 그 설명과 요청에 대한 응답이 "아, 조인성 머리 하고 싶으시구나?"가 아니라 "본인 스타일에 대해 참 잘 알고 계시네요"였으면 좋겠다.

여전히 덥고 습한 사무실에서, 재훈

즐겁게 버티기 위해
생각해봐야 할 것들
—
진우

　장기하와 얼굴들의 노래 중에 〈별일 없이 산다〉라는 곡이 있다. 한동안 재훈이와 나는 이 노래를 즐겨 들었다. 나는 별일 없이 살고 별다른 걱정 없이 산다고 말하는 노래를 들으면서 재훈이와 나는 묘한 통쾌함을 느끼곤 했다. 진짜 우리가 별일 없이 살고 있기 때문이 아니라, 별일 없이 살고 싶다는 바람에서 비롯된 것일 거다. 사회생활을 시작한 이후 청춘의 삶은 어쩌면 생활과의 싸움이다. 가진 것에 비해 하고 싶은 것은 많고, 하는 일에 비해 돈은 적게 번다. 자원과 시간의 효율적인 측면에서 보자면 참 불리한 상황이다. 하지만 인생의 행복이 꼭 그것만으로 이뤄지는 것은 아닐 것이다. 가진 만큼 몸은 무거워질 테니 덜 가졌다는 것은 움직임이 자유롭다는 이야기이기도 하다.
　사실 우리가 하고 싶은 일들의 대부분은 많은 시간을 필요로 한다.

그 시간은 책이나 강의로도 채울 수 없고 내가 직접 몸으로 부딪혀보는 수밖에는 없다. 청춘이 인생에서 빛나는 이유가 있다면 아무런 조건 없이 그 시간을 보낼 수 있다는 것이다. 회사를 나온 후 이 년 동안 긴 터널 같은 시간이 있었다. 어딘가로 가고 있는 것은 분명한데 도무지 여기가 어디이고 그 끝이 어딘지를 알 수 없었다. 그런 상황에서는 계획이나 목표도 모두 의미가 없었다.

결국 내가 할 수 있는 것은 그냥 매일매일 버티는 일뿐이었다. 버티는 일이 즐거울 리가 없었다. 나는 다른 사람들에게 내가 지금 이럴 수밖에 없는 이유들을 설명했고, 그들이 이해해주길 바랐다. 나의 얘기에 공감을 못하는 사람은 잘못된 사람이라는 생각마저 할 때도 있었다. 그렇게 나는 조금씩 정서적으로 고립상태가 되어가고 있었다.

그러던 어느 날, 내가 불필요한 싸움을 하고 있는지도 모른다는 생각이 문득 들었다. 내가 힘들다고 느끼는 상황이 사실은 정상일지도 모른다는 생각이었다. 긴 터널과도 같은 시간을 힘겹게 버티고 있는 것이 아니라, 이것 역시 지극히 정상적인 내 삶의 일부라는 생각. 앞이 명확하게 보이지 않는다고, 주변에 나와 같은 길을 걷는 사람이 없다고 그 길이 잘못된 것은 아닐 것이다. 어쩌면 늘 남들이 닦아놓은 길로만 다녔던 내가 이제야 제대로 된 길을 걷고 있는지도 몰랐다. 산을 오르는 사람이 주변 사람들에게 내가 왜 산을 오르는지 설명하는 경우는 없다. 내가 산에 오르고 싶으면 그냥 묵묵히 올라가면 그만인 것이다. 다른 사람들이 이해할 수 없는 나의 삶을 굳이 그들에게 설득시킬 필요도 없다. 산을 오르듯 그냥 내 길을 가면 될 것이다.

그런 생각이 들자, 그동안 참 많은 시간을 남들을 위해 썼다는 생각이 들었다. 오롯이 내가 하고 싶은 것에만 집중할 수 있는 청춘의 특권을 낭비하고 있었던 것이다.

내가 종종 하는 이야기 중에 '안테나' 이야기가 있다. 나는 그동안 안테나를 바깥으로만 돌리고 살았던 것 같다는 이야기다. 늘 남들에게 비치는 내 모습을 신경쓰고, 그들의 평가에 촉각을 곤두세우고 살았었다. 그래서 이제는 그 안테나를 내 쪽으로 다시 돌리려고 한다. 남들에게 비춰지는 모습보다는 내가 스스로 느끼는 내 모습에 신경을 쓰고, 남들의 평가보다는 나 자신의 평가에 더 많은 무게를 실으려고 한다. 그러기 위해서는 혼자 있는 것에 익숙해져야 한다. 그 어떤 일이든 혼자가 아닐 때는 제대로 하기 힘들기 때문이다. 물론 다른 사람들과의 관계를 모두 끊는다는 이야기는 아니다. 산으로 들어가 혼자 살아야 한다는 것도 아니다. 관계의 중심을 '나'로 놓는다는 말이 맞을 것이다. 때로는 광장에 나가 많은 사람들과 어울리다가도 다시 나의 방으로 돌아와 혼자만의 시간을 가졌으면 하는 바람이다.

아무리 길고 어두운 터널이라도 그 길을 걷는 의미는 터널의 출구가 아니라 어두컴컴한 터널 안에 있을지 모른다. 그 자체가 과정이고 삶이다. 그래서 요즘은 터널 같은 시간이 빨리 끝나길 바랐던 스스로를 후회하고 있다. 그 자체로 소중했던 시간들을 너무나 가볍게 여겼던 것 같아서이다. 우리가 걷는 삶의 길이 언제나 똑같을 수 없다는 것을 우리는 잘 알고 있다. 인생이 언제나 레드카펫과 같을 수는 없는 것이다. 또 언제나 터널과 같을 수도 없다.

결국 행복한 인생이란 어느 지점에 도착해서가 아니라 자신의 걸어가

는 길 그 자체일 것이다. 내가 하고 싶은 일을 하는 것도 마찬가지일 것이다. 취미로 악기를 하나 배우는 데도 생각보다 많은 시간과 노력이 필요하다. 내가 하고 싶은 일을 하는 것은 더 많은 시간과 노력이 필요할 것이다. 청춘의 시간은 그것을 위한 것일지도 모른다. 겉으로 보기엔 달콤한 시간이 아닐지도 모르겠지만 그 안에서 의미와 행복을 찾는 건 본인의 몫일 것이다. 여유가 있는 사람은 힘든 산행중에도 구석에 핀 야생화를 발견할 것이다. 그렇게 지금의 이 시간들이 잘못된 것이 아니라고 생각하며 묵묵히 걸어가다보면 정상에 오를 수도 있고 다른 사람들도 박수쳐주는 날이 오지 않을까?

제주 올레길을 가본 사람들은 올레꾼들을 위한 '표식'들을 기억할 것이다. 길이 여러 개로 나뉘는 곳에는 리본이 달려 있거나, 조랑말을 본뜬 표지판이 세워져 있다(조랑말의 머리 부분이 향한 쪽으로 가면 된다). 그 표식들이 가리키는 올레길 코스를 자세히 살펴보면 빠르게 질러가는 길이 있음에도, 빙글빙글 돌아서 가게끔 되어 있다는 것을 알 수 있다. 그 길 위에서만 볼 수 있는 제주의 아름다운 풍경을 만끽하라는 의미이다. 하지만 완주에만 집중하는 사람들은 그 코스를 무시하고 빠른 길로 질러서 가기도 한다. 시간은 단축되겠지만, 그때부터 올레길은 아름다움이 빠진 그냥 길로 전락하고 만다. 우리의 인생도 그렇지 않을까? 많은 목표를 세우고 살지만 정작 중요한 것은 지금 내 눈앞에 있다. 버티는 것이 즐거울 수는 없다. 하지만 즐거울 때 버틸 수도 있다. 너무 먼 미래를 바라보지 말고 지금 이 순간 내가 누릴 수 있는 것들을 찾아보는 건 어떨까. 그래야 버틸 수도 있고 앞으로도 나아갈 수도 있을 테니까.

장기하와 얼굴들이 말하고 싶었던 것은 정말로 별일 없이 사는 것이 아니라, 별일을 별일이라 생각하지 말자는 게 아니었을까? 우리가 별일이라고 느끼는 게, 힘들다고 느끼는 게, 외롭다고 느끼는 게 사실은 정상일 수도 있다는 것. 그것이 인생 자체일 수도 있다는 것. 불공평하고 불합리하다고 느끼는 순간에는 그 어떤 즐거움도 생길 수 없다는 것. 정상의 기준을 다시 세우는 것은 마음의 여유를 주고, 그 여유는 즐거움을 불러온다. 당분간은 힘든 여정이 될 우리 청춘의 삶에서 그 즐거움은 여정을 버틸 수 있게 해주는 힘이 될 것이다. 오늘 하루도 즐겁게 버텨보자!

얼마 전 할부가 끝나지 않은 자동차를 팔고 스쿠터를 샀다. 일주일에 엿새는 주차장에 세워두면서도 언젠가 필요할 날이 있을지 모른다는 생각으로 '소유'하고 있었던 자동차였다. 자동차 대신 스쿠터를 타니 모든 것이 가벼워졌다. 언젠가 필요할 일보다 지금 당장 가볍게 쓸 수 있는 것이 더 소중하다는 걸 다시금 느꼈다. 내친김에 작은 텐트도 하나 샀다. 자동차가 있을 때도 가보지 않았던 캠핑을 가보려고 한다. 지금 이 순간 느끼는 만족의 최대치를 추구한다는 것, 내 삶에서 생각보다 많은 것들을 변화시킨다.

무하마드 알리에게서
배우는 '즐버'의 기술

—

재훈

복싱이나 레슬링, 이종격투기처럼 두 사람의 육박전으로 진행되는 운동 경기에서, '버티기'라는 것은 왠지 비겁한 태도처럼 보이기도 한다.

실제로 그레코로만형 레슬링(상반신만을 사용하여 공격과 방어를 하는 레슬링 경기 방식)에서는 2008년 베이징 올림픽을 기점으로 버티기만 해도 득점할 수 있었던 기존의 제도가 폐지되기도 했다. 그 대신, 두 선수 간에 점수가 나지 않으면 심판이 동전을 던져 공격권과 수비권을 번갈아 부여해준다. 어떻게든 '공격'을 이끌어내기 위한 규제인 셈이다. 선수들의 지나친 버티기—관중 입장에서는 '소극적'으로 비쳤을 태도—로 인해 '레슬링은 지루한 스포츠'라는 오명을 쓴 데 대한 레슬링계 나름의 강경책이었는지도 모르겠다. (레슬링은 올림픽 정식 종목 퇴출 위기에 처하기도 했었다.)

제도 변경으로 인해 레슬링은 체력의 싸움, 버티기의 싸움에서 기술의 싸움, 선방의 싸움 쪽으로 양상을 달리한 듯하다.

그런가 하면 '버티기' 자체가 승패를 좌우하는 경기도 있다. 링운동(flying rings)이다. 약 5미터 높이인 철봉에 끝 부분이 링으로 된 로프 두 가닥이 매달려 있고, 선수는 양손으로 링 하나씩을 붙잡은 상태로 경기를 진행한다. 링을 놓치는 순간 실패다. 이 경기의 핵심은 계속 매달려 있기, 즉 '버티기'다. 심지어 기술의 명칭조차 '십자 버티기', '정면수평 버티기', '배면수평 버티기' 등이다. 레슬링에서의 버티기가 수비의 목적이라면, 링운동의 버티기는 공격(기술 시연)을 하기 위해 반드시 선행되어야 할 절대 조건이다. 그렇다 해도 링운동은 1인 경기, 즉 자기 자신과의 싸움이고, 버티기로써 나 자신이라는 경계 바깥에 그 어떤 물리적 영향력을 행사하지 않는다는 점에서, '능동적 버티기'에의 지원군으로는 부족한 면이 있다.

그래서 눈을 돌려본 곳이 복싱이다. 매 경기마다는 아니지만(모든 선수에게 해당되는 것도 아니지만) 복싱에서 '버티기'는 승패를 가르는 주요한 요소로 작용한다는 사실을 무하마드 알리와 조지 포먼의 경기를 통해 알게 되었다. 마이클 만 감독의 〈알리〉에서도 이 경기를 극화한 인상적인 장면이 나오기도 했고, 복싱에 문외한인 나 같은 사람도 이 역사적인 명승부에 대해서는 알고 있다.

알리는 베트남전 참전을 거부했다는 이유로 법원에 기소되어 챔피언 벨트는 물론 선수 자격증까지 박탈당해 퇴물 복서로 전락했다. 그러나 그후 미국 전역에 반전 여론이 일면서 대법원으로부터 무죄 판결을 받고 다시 링에 설 수 있었다. 그 복귀전이 바로 조지 포먼과의 타이틀매

치. 서른두 살의 알리와 스물네 살의 싱싱한 세계챔피언과의 결투. 체력에서 게임이 안 된다는 사실을 누구보다 잘 알고 있던 알리는 궁극의 전략을 택했으니, 그것이 바로 '로프 어 도프(rope a dope)'라는 버티기였다.

로프에 기댄 자세로 상대의 주먹을 받아냄과 동시에 로프 반동을 이용해 충격을 완화하고, 주먹세례를 퍼붓는 상대의 체력을 소진시키는 작전이다. 상대 선수를 3회 안에 KO시켜버리기로 유명한 조지 포먼은 알리의 버티기 전술에 말려들며 서서히 기운을 축냈고, 결국 8회까지 경기를 끌었다.

8회 종료를 약 30초 남긴 상황에서 알리는 급격한 공수 전환을 이룬다. 그리고 폭발한 콤비네이션. 왼팔 훅에 이은 오른팔 스트레이트를 벌침처럼 쏜 뒤, 연달아 오른팔 어퍼컷을 꽂으려는 찰나, 40승 무패 기록의 젊은 챔피언은 링에 등을 기댄 채 허물어졌다. 그리고 부리나케 날아든 알리의 마무리 한 방. 8회 KO승이 결정나는 순간이었다.

알리의 버티기는 비단 링 안에서만의 이야기는 아니다. 그는 캐시어스 클레이'라는 이름으로 활동할 때부터 그는 기자들에게 '클레이'라는 성으로 자신을 부르지 말아달라고 강력히 요청했다. 노예였던 자기 조상에게 백인들이 멋대로 갖다붙인 성씨라는 이유였다. 흑인 인권운동가 맬컴 엑스와 절친했던 알리는 한때 제 이름을 '캐시어스 엑스'라고 자칭하기도 했다. 또한, 맬컴 엑스를 따라 '네이션 오브 이슬람'에 가입한 그는 종파로부터 부여받은 새 이름 '무하마드 알리'로 개명하여 이슬람교도로서의 신앙생활을 이어갔다.

당시 미국 사회에서 이슬람교는 대중적 종교가 아니었기에, 복싱 경기 프로모터들은 알리의 종교가 대중에게 알려지는 것을 꺼려했다고 한다. 알리는 인종차별과 관련해 종종 특유의 독설을 서슴지 않았는데, 베트남전 참전 거부의 이유 역시 "나를 깜둥이(nigger, 흑인을 낮잡아 이르는 말)라고 부르지 않는 베트남 사람들을 왜 죽여야 하냐"였다.

현재 일흔세 살인 알리는 모두가 알다시피 파킨슨병을 앓고 있다. 또다시 버티기의 삶이다. 그러나 '로프 어 도브'의 정신은 여전히 부동한 모양이다. 미국 애리조나 주의 세인트 요셉 병원에 '무하마드 알리 파킨슨 리서치센터'를 설립하고, 프로모터들의 무분별한 경기 주선으로 인한 선수들의 건강 악화를 보호하는 복싱 개혁안 마련에 힘쓰기도 했다. 유엔 평화의 메신저상을 받기도 한 알리는 거동이 불편해진 악조건의 링위에서도, 그 나름대로의 능동적 버티기를 시연하며 '나다운' 삶을 살고 있는 것처럼 보인다.

영화 〈록키 발보아〉에서 노년의 록키가 아들에게 일갈한 조언을 떠올려본다. "중요한 건 얼마나 세게 치느냐가 아니라, 얼마나 세게 맞고도 나아갈 수 있느냐다." 록키 역시 버티기의 가치를 높이 평가하고 있는 것이다. (직접 각본을 쓴 실베스터 스탤론의 마음가짐이기도 할 것이다.)

그러나 버티기는 만만한 게 아니다. 또한, 모든 버티기가 알리의 그것처럼 능동적이지는 않을 것이다. 관건은 '왜 버티느냐', 그리고 '어떻게 버티느냐'다. 알리가 8회까지 끈덕지게 '잘 맞고' 있었던 이유는 자기 전략(버티기)에 대한 확신 때문이 아니었을까. 저 녀석은 반드시 지친다, 저 녀석은 반드시 지친다, 저 녀석은 반드시 지친다······. 여기서 중요한 점은 알리의 버티기가 (내 눈에는) 힘겨워 보이지 않았다는 것이다. '맞았다'가 아니라 '맞아주었다'라고 표현하고 싶을 만큼, 그의 '맞기'에는 여유가 엿보였다. 남다른 동체시력(움직이는 대상을 보는 능력)을 가졌던 알리는 '피하기'의 달인이기도 하다. 조지 포먼전에서 보여준 그 경쾌한 스텝! 묵직하게 파고드는 상대의 강편치를 참 잘도 피해 다녔더랬다. 요컨대 잘 맞고 잘 피하는 기술이 뒷받침되었기에 알리의 능동적 버티기는 가능했던 것이다. 아마도 이 기술들이 있었으므로, 알리는 '즐거운 버티기'를 할 수 있지 않았을까.

무협소설에 등장하는 용어 중에 이정제동(以靜制動, 멈춘 상태로 움직이는 적을 제압함)과 후발제인(後發制人, 먼저 기다린 후에 적을 제압함)이라는 게 있다. 알리의 '버티기'를 설명하는 데 적합한 개념들이다. 단지 가만히 있는 것은 진정한 버티기라 할 수 없다. 한 방을 노리기 위한 날선 기다림, 그것이 능동적 버티기다.

우리가 어떤 시기를 '버틴다'라고 표현하는 때는, 그 버팀의 시간이 끝난 뒤 찾아올 자기만의 어떤 보상을 기대하는 경우다. 그 보상을 '목표'라든가 다소 추상적인 단어인 '꿈'이라고 바꿔 말할 수도 있을 것이다. 자문해봐야 할 점은, 자신이 어떤 기술들을 탑재했느냐이다. 특출한 동체시력? 8회쯤 기꺼이 맞아줄 수 있는 맷집? 기술이 있어야 잘 버티고, 잘 버텨야만 그 버팀이 즐거워진다. 8회까지 계속 맞고 있으려면 즐겁기라도 해야 한다.

경기는 이제 막 시작했고, 아직 1회밖에 안 되었다. 보이지도 않는 상대의 어퍼컷이 쑤욱 들어오려는 참이다. 피하거나 맞거나 둘 중 하나다. 그러나 어쨌든 둘 다 즐거워야 한다. 어떻게 즐거울 텐가. 맞고도 즐거울 수 있기 위해 어떤 기술을 연마할 텐가.

버틸 때 듣고, 보고, 읽으면 좋을 기댈 언덕들

플레이
감독·각본 남다정   **가수** 메이트   **수록앨범** 플레이 OST

정준일, 임헌일, 이현재 세 사람이 도로변 낡은 휴게소 건물 옥상에서 합주를 하는 장면이 기억에 남는다. 누군가는 기타를, 누군가는 베이스를, 누군가는 드럼을. 각자의 장기를 각자의 방식으로 '함께' 연주하며 '한 곡'을 완성해간다. 소외되었던 개별성들이 모여 보편성이라는 멜로디를 만들어가는 과정처럼 보인다. 밴드란 그런 것이 아닐까. '나'들의 합.

머니볼
감독 베넷 밀러   **각본** 아론 소킨   **원작** 마이클 루이스

홈런 잘 치고 잘생기고 자신감 넘치는 스타만 찾아대던 메이저리그 기성 스카우터들에게 "What the fu**"을 외칠 수 있는 패기. '일단 1루로 나가 2루, 3루를 거쳐 홈인을 해야 득점할 수 있음'이라는 본질에 의거하여 선수들의 출루율을 꼼꼼히 분석한 우직함. 출루율 외의 다른 요소들은 말끔히 내려놓는 대범함. 들어야 할 말과 듣지 않아야 할 말은 확실히 구분하는 개폐 조절 가능형 귀. 뜻대로 안 풀릴 때 자기 사무실 집기를 박살내며 화풀이를 하면서도 자기 주변 사람들에게는 결코 힘든 사정을 얘기하지 않는 어른스러움. 오클랜드 애슬래틱스 단장 빌리 빈에게서 배우는 덕목들.

모노 트레인
가수 데이브레이크   **수록앨범** SPACEenSUM

우리의 삶은 시작부터 끝까지 '단일선로'이자 '일방통행'일 수밖에 없다. 다시 처음으로 돌아갈 수도, 다른 선로로 바꿀 수도 없을 테니. 하지만 좌절하지는 말자. 그것은 나만의 문제가 아니라 '모두의 이야기'다. 그래서 아무도 가지 않는 외롭고도 머나먼 이 길을 달리고 또 달린다고 말해주는 데이브레이크의 외침은 더욱 고맙고 힘이 된다. 결국 혼자일 수밖에 없는 나의 궤도에서 '미지의 속도'로 나아가 '환한 빛'이 비추는 우주에 닿기를.

🎬 인디 게임 : 더 무비

감독·각본 리잔 파조, 제임스 스와스키

미국에서 인디 게임을 만드는 개발자들의 이야기. 이 다큐멘터리 영화는 '인디'로부터 '언더'를 사유하게끔 한다. under는 주로 위치를 설명할 때 사용된다. "under the moonlight", "under the sea"처럼. 위에서 아래로 내려온 것이 down이라면, under는 그냥 그 자체로 존재하는 공간이다. under는 이미 그러한 하나의 세계다. 그곳 사람들의 천성적인 독립성 덕분에 이른바 주류의 세계는 그나마 때때로 각성할 수 있다.

📚 고(GO)

저자 닉 페어웰(이규석)

클럽 디제이 겸 작가인 주인공이 등장하는 소설. 이런 작품이 브라질에서는 교육부 선정 청소년 권장도서가 되기도 한단다. 디제잉과 글쓰기를 병행하며 반복적으로 여자에게 차이는 남자는, 어떻게든 디제잉과 글쓰기를 병행하고 또다시 여자에게 차이는 생활을 지속해나가고, 그 속에서 나름의 기쁨과 행복을 찾는다. '버티기' 학습용으로 읽어볼 만하다.

📚 노인과 바다

저자 어니스트 헤밍웨이

"파멸당할 수는 있을지언정 패배하지는 않는다." 소설 속 문장과 비슷한 말을 이소룡도 남겼더랬다. "쓰러져 있기를 거부한다." 내 삶의 전원 버튼은 오직 나밖에 못 누른다. 내가 '종료'하지 않았다면, 종료되지 않은 거다. 헤밍웨이 특유의 간결한 단문이 마치 잽처럼 내 마음을 때려 단련시킨다.

3장

청춘의 외로움

〈라스트 모히칸〉이라는 영화를 본 뒤 괜히 쓸쓸해졌다. '모히칸'이라는 인디언 부족은 머잖아 백인들에 의해 궤멸될 위기에 처해 있다. 주인공은 모히칸의 연로한 부족장과 그의 아들을 어떻게든 살려내려고 안간힘을 쓴다. 그러나 계획은 결국 실패하고, 그는 '라스트 모히칸'이 된다. 나와 같은 가치를 나누던 공동체가 완전히 사라진 것이다. 이제 나와 같은 부족은 어디에도 없다. 라스트 모히칸. 세상을 바라보는 나만의 '시각'이라는 게 생긴 뒤부터 왠지 모르게 가족도 친구도 한 명씩 멀어져가는 느낌이었다. 어느새 서로 많이 달라져버린 생각과 지향점. 이렇게 나도 라스트 모히칸이 되어가는 걸까? 외롭다. 나의 동족은 어디에 있을까? 어딘가에, 있을까?

나의 동족은
어디에 있을까

재훈 슈퍼히어로 캐릭터들은 두 가지 부류로 나눌 수가 있는데, 배트맨처럼 초능력이 없는 부류가 있고 슈퍼맨이나 스파이더맨처럼 초능력을 가진 부류가 있겠죠. 배트맨은 변신을 하는 것도 아니고, DNA 세포가 어떻게 된 것도 아닌 그냥 재력가죠. 어린 시절에 부모님이 살해당하는 걸 본 트라우마를 가진 나약한 인간인데, 물론 돈은 많지요. 그 돈을 이용해서, 말하자면 슈퍼히어로로 된 셈이죠. 여기까지만 그치면, 배트맨은 쟤는 그냥 돈 많아서 자기가 가진 돈으로 자경단 활동을 하는 애 정도로 폄하할 수 있을 텐데, 크리스토퍼 놀런 감독은 여기서 한 단계 나아간 셈입니다. 마지막 시리즈였죠. 〈다크 나이트 라이즈〉에서 배트맨이 했던 의미심장한 대사. 누구나 배트맨이 될 수 있다. 마지막에 배트맨의 선택도, 자기는 스르르 퇴장하고, '배트맨'이라는 자신의 심볼을 로

빈에게 전승하면서 끝나잖아요. 누구나 다 영웅이 될 수 있다. 누구에게나 영웅성이 내재돼 있다, 뭐 이런 메시지를 던졌다는 점에서, 크리스토퍼 놀런의 배트맨 캐릭터가 갖는 함의성은 굉장히 크다고 볼 수 있죠.

진우 그 전작인 〈다크 나이트〉에서도 그 얘기가 나왔었어요. 나는 하나의 심볼이 되기를 원한다. 그렇기 때문에 유사 배트맨들이 막 나오잖아요. 그런데 도움을 주는 게 아니라 오히려 부작용이 생기기도 했죠. 하지만 한편으로는 성공했다고 볼 수도 있어요. 사람들 마음속에 진짜 배트맨(브루스 웨인) 없이도 배트맨처럼 그런 영웅심을 가질 수 있다는 걸 증명한 거니까요. 그게 〈다크 나이트〉 시리즈의 메시지가 아닐까 싶어요. 모든 히어로물의 특징, 특히 크리스토퍼 놀런 감독 히어로물의 특징이라 하면 주인공이 어마어마한 힘을 가지고 있지만, 그와 동시에 아주 평범한 보통의 인간의 모습도 갖고 있다는 거죠. 배트맨이 평소에는 브루스 웨인이잖아요. 브루스 웨인이 돈 많은 재벌 2세이긴 하지만, 성장의 아픔이나 트라우마처럼 보통의 사람들이 갖고 있는 것들을 똑같이 갖고 있죠. 놀런 감독이 우리한테 계속 그런 메시지를 주는 것 같아요. 우리 모두 히어로가 될 수 있다. 히어로의 또다른 이름은 인간이고, 인간의 또다른 이름이 히어로가 아니겠느냐. 거기서 저도 힘을 받았어요.

재훈 특히 〈다크 나이트 라이즈〉에서는 배트맨이 베인이랑 싸우다가 허리가 꺾이잖아요. 허리가 꺾이고, 깊숙한 우물 같은 감옥에 던져지는데, 그게 어떻게 보면 슈퍼히어로의 나약한 인간성을 강조해서 보여주는 대목일 수 있겠죠. 그런데 브루스 웨인이 그 우물 같은 감옥을 타고 올라

다시 밖으로 나오잖아요. 말 그대로 '라이즈'를 하잖아요. 그 장면이 저한테는 굉장한 힘이 되었습니다. 현실에도 대입할 만한 구석이 많아서. 나도 지금 내 상황을 생각해보면, 뭔가 너무 어렵고 힘들고 그래서 좀 허리가 꺾인 것 같고, 힘도 없고, 잘 일어설 수도 없고, 그렇지만 브루스 웨인처럼 그렇게 멋있게 라이즈하고 싶다, 이런 희망 어린 생각을 갖게 해줬죠.

진우 라이즈할 때, 그 해결법이 나왔었잖아요. 처음에는 밧줄을 매고 올라갔지만, 결국 우물 밖으로 나가는 유일한 방법은 죽을힘을 다하는 것. 밧줄을 허리춤에 동여매지 않고 맨몸으로 뛰었을 때, 죽음에 대한 공포가 너에게 힘을 줄 것이라는 거죠. 사실 배트맨은 그 이전까지 죽음을 두려워하지 않았었죠. 우리는 보통 죽음을 두려워하지 않으면 더 큰 힘을 발휘할 것 같은데, 실제로 우리에게 큰 힘을 주는 건 '살고 싶은 의지'라는 거예요. 결국 〈다크 나이트 라이즈〉에서 인간의 큰 힘은 죽음을 두려워하는 데서 비롯된다, 이런 메시지들도 찾아볼 수 있고요. 그런 걸 보면 히어로 영화들은 나랑 전혀 상관이 없는 얘기인 것 같지만 여러 가지 비유와 상징을 통해서 우리 삶 속에 다 알알이 박혀요.

재훈 죽음을 두려워한다는 건, 곧 살고 싶다는 거잖아요. 삶에 대한 의지, 삶이라는 것에 대한 굉장히 깊은 철학을 배트맨이라는 캐릭터를 통해서 보여준 게 아닌가 싶습니다. 그러고 보니까 재미있는 사실이 하나 있는데, 이 배트맨이나 아이언맨처럼 초능력이 없는 슈퍼히어로들 말고, 초능력을 가진 캐릭터들 있죠? 스파이더맨이라든가 슈퍼맨, 헐크, 엑스맨. 이런 캐릭터들의 영화를 좀 보다보면 공통점이 하나가 있어요. 그들의 힘인 초능력이 곧 그들의 약점이 된다는 거예요. 스파이더맨을 보면 피터 파커는 거미한테 물려서 초능력을 갖게 되는데, 초능력을 갖게 되고 난 다음에 피터 파커의 삼촌이 "너의 가장 큰 힘은 너의 가장 큰 책임감이 될 것이다" 이런 얘기를 하거든요. 초능력이 곧 책임감이 된다는 얘기죠. 또 헐크, 브루스 배너 박사는 유전자 변형 때문에 헐크로 변한 것인데, 그 사람에게는 그게 상당한 '장애'거든요. 헐크로 변하는 DNA를 어떻게든 제거해버리려고 노력하고요. 또 엑스맨에서는 어떻게든 돌연변이 유전자를 없애는 '큐어' 주사를 맞으려는 돌연변이들이 등장하기도 하고요.

진우 초능력자이지만 그게 사실은, 우리 인간의 모습을 형상화하고 있다는 거죠. 슈퍼맨 얘기도 진짜 하고 싶은데, 슈퍼맨 같은 경우는 외계인이잖아요. 저랑 재훈이랑 자주 얘기한 건데, 가끔은 나 스스로가 외계인이라는 느낌이 들 때가 있어요. 어떤 생각이나, 나만의 철학 같은 것들이 보편적이지 않다는 걸 느꼈을 때죠. 아마 이건 흡사 슈퍼맨이 자기가 지구인인 줄 알고 있었는데 어느 날 알고 보니 크립톤 행성에서 온 외계인이었다는 걸 알았을 때의 충격처럼, 아마 저는 지난 일이 년 동안 그랬던 듯해요. 제 나름대로 이런저런 생각들을 하고, 철학들을 가지려고 노력했는데 생각보다 그게 일반적이지 않다는 걸 느꼈거든요. 그래서 그때 받았던 고립감, 약간의 쓸쓸함, 이런 것들이 〈맨 오브 스틸〉을 보면서 너무 이입이 되는 거예요. 클라크 켄트가 결국엔 세상을 구하는 히어로가 되지만, 그전까지는 왕따, 어떻게 보면 굉장히 이상한 사람 취급을 받으면서 살아왔잖아요. 그렇다고 자기가 가진 힘을 가지고 복수를 할 수도 없는 노릇이고요. 그런 모습들을 보면서 우리가 세상의 일반적인 생각과 다르게 생각하는 것 때문에 스스로 외계인처럼 느껴지는 부분이 있을 것 같다, 하지만 '단점'이라 느껴지는 그 '능력'이 세상을 구하는 힘이 될 수도 있다는 거죠. 그게 핵심 메시지, 참 와 닿는 메시지였어요.

재훈 자기가 외계인이라는 것. 자기의 정체성, 나는 지구인들이랑 다르다는 인식, 나는 이 사람들이랑 다른 생각을 갖고 있다는 걸 '외계인'과 '지구인'이라는 메타포로 표현한 것일 텐데, 자기가 남들과 다르고 남들도 자기와 다르다는 것, 나를 비롯한 많은 사람들의 다양성을 스스로 인정하는 순간, 그것이 초능력이라는 걸로 폭발해서 하늘로 날아오르는 거죠. 이게 우리에게 던져주는 희열, 카타르시스가 어마어마했어요. 내가 지금은 주변 사람들한테 "쟤 좀 특이해, 쟤 좀 사차원 같아" 이런 얘기를 듣지만, 자기가 그걸 극복하려고 하는 게 아니라 자기 스스로 인정해주는 거죠. "그래, 나는 저 사람들이랑 좀 달라. 하지만 난 이런 나를 부끄럽게 여기지 않겠어" 하고 자신을 받아들여주는 순간, 날아오른다는 거죠. 나다워지는 순간이죠.

진우 〈맨 오브 스틸〉의 슈퍼맨이 쪼그려 앉아서 주먹을 땅에 대고 있다가 확 날아올라서 수직상승하는 장면이 참 인상 깊었어요. 그걸 보는데 미치겠더라고요. 외계인처럼 느껴지는 나만의 부분들을 절대 타협하지 말아야겠다는 생각이 들더라고요. 슈퍼맨도 외계인이긴 하지만 지구

인들과의 관계가 적대적인 건 아니에요. 그렇다고 해서 완전히 같은 편도 아니죠. 서로가 지구인이고 크립톤 행성 외계인임을 인정하고 각자의 위치를 지키는 거죠. 그래서 마지막 장면이 더 인상 깊었어요. 클라크가 안경을 쓰고 언론사에 취직을 했다는 거.

재훈 심지어 언론사 이름도 '데일리 플래닛'이에요. 행성.

진우 이야기 곳곳에 상징적인 부분이 많이 심어져 있더라고요. 재훈이가 이 영화 리뷰를 쓰면서 "이것은 성장영화다"라고 했는데, 저는 그 말이 와 닿았어요. 우리의 어릴 때 모습과 너무나 닮아 있어서죠. 슈퍼맨의 어린 시절을 보면 초능력이 있음에도 불구하고, 자기도 모르게 그 힘이 발휘되지만, 본인도 그 힘이 왜 생기는지, 그게 뭔지도 모르는 상황이 있잖아요. 또 이런 장면도 있었죠. 클라크 켄트가 아이들한테 괴롭힘 당할 때 손으로 꽉 쥐고 있었던 쇠기둥이 구부러져 있잖아요. 자기를 때린 아이들한테 힘을 쓴 게 아니라, 참으면서 혼자 그렇게 감춰둔 거죠. 그러다 나중에 정말 중요한 순간에 초능력을 발현합니다. 우리 성장 과정이 다 그런 것 같아요. 각자 초능력 같은 능력들, 좀 이상해 보이는 능력들이 다 있을 거예요. 우리는 누구나 다 외계인일지도 모르겠어요. 그걸 잘 간직하고 있다가 발현시키는 사람은 슈퍼맨이 되는 거고, 그걸 사장시키거나 혼자 스스로 없앤 사람은 그냥 평범한 사람으로 사는 거죠. 그런 생각들이 들면서 〈맨 오브 스틸〉 볼 때 저도 힘을 많이 받았어요. 지켜가야겠다, 이 힘을.

재훈 저는 이 영화에서 케빈 코스트너가 연기한 조나단 켄트. 그는 외계에서 보내진 어린 슈퍼맨 아기를 입양해서 기른 셈이잖아요. 양부모. 양아버지. 조나단 켄트는 계속해서 아들에게 너의 능력을 보이지 말라고 종용합니다. 어느 날 스쿨버스가 물에 빠져 사고가 나자 클라크 켄트가 능력을 발휘해 친구들을 구합니다. 아버지는 아들을 다그치죠. 네힘을 함부로 보이지 말라고 하지 않았냐고요. 아들이 "그러면 아이들을 죽게 둬요?"라고 되묻자 아버지는 이렇게 말하죠. "메이비(maybe)." 현실에 대입하면 이런 느낌인 거예요. 음악을 엄청 하고 싶어하는 아들이 있어요. 어쩌면 이 음악이라는 건 아들의 초능력일 수 있겠죠. 그런데 아버지는 얘가 음악 안 하고 그냥 평범하게 잘 지내면서 남들 눈에 띄지않게 취업도 하고 그냥 자연스럽게 살기를 바라는 거죠. 끊임없이. 그런데 아들은 계속 반항하는 거죠. 나는 이 음악으로 사람들에게 즐거움을주고 싶고, 희망을 주고 싶고 나 자신도 행복하고 싶다고. 영화 속에서마치 클라크 켄트가 자기 힘으로 사람들을 구하고 싶다고 말할 때처럼요. 이런 생각들이 막 드니까, 영화인데도 남 이야기 같지가 않은 거예요. 슈퍼맨이 날아올랐을 때, '얘는 자기 자신을 찾은 것과 더불어서 아버지라는 존재로 대변되는 자기 인생의 큰 뭐랄까 벽이랄까 심리적 장애를 훌훌 떨쳐버렸구나' 하는 느낌이 들어서 카타르시스가 더 컸어요.

진우 저는 또 비슷한 관점에서, 클라크 켄트가 학교 다닐 때, 어느 순간자기한테 모든 것이 보이고 모든 것이 들린다는 걸 인지하는 순간이 있어요. 사람을 보면 엑스레이 화면처럼 뼈도 보이고, 저멀리 잡음까지도다 들리는 거죠. 사실 그게 크립톤 행성 외계인이었기 때문에 생긴 일이었고요. 나중에 크립톤 행성 외계인들이 슈퍼맨을 찾기 위해서 지구에 왔을 때 똑같은 경험을 하게 되죠. 그건 뭐냐면, 보고 싶지 않은 것까지 봐야 하고, 듣고 싶지 않은 것까지 들어야 한다는 거예요. 이것도 꽤 큰 메시지였어요. 저도 사실 가끔씩 그런 느낌이 들거든요. 굳이 보고 싶지 않은 것까지 눈에 보이고, 듣고 싶지 않은 말도 들리곤 하는 거죠.

재훈 페이스북 타임라인이랑 비슷하네요.

진우 저의 의지와 상관없이 뭐가 계속 올라오는 거죠. TV, 인터넷도 마찬가지예요. 그런데 슈퍼맨이 의미심장한 대사를 날리잖아요. 자기 행성에서 온 외계인들한테 나는 이제 보고 싶지 않은 것은 안 보고 듣고 싶지 않은 것은 안 듣는 훈련을 했다고 말하죠. 그 말이 저한테 와 닿았어요. 그렇지, 그건 '훈련'이 필요한 거다. 보이고 들리는 걸 바꿀 수는 없는 거고, 들었지만 흘려듣거나 하는 훈련을 쭉 하면, 슈퍼맨처럼 그런 타성적인 것들에 흔들림 없이 자기 능력을 다 발휘할 수 있겠구나 싶었어요.

재훈 이 영화는 참 뽑아낼 게 많아요. 슈퍼맨 얘기를 하다보니까, 슈퍼맨과 반대에 서 있는 캐릭터가 생각나네요. 바로 울버린입니다. 울버린은 원래 태어날 때 기형이라 뼈가 손에서 튀어나오는, 돌연변이 유전자를 갖고 있었는데, 어떤 군인 집단에 의해서 아다만티움이라는 쇠가 몸안에 채워지게 됩니다. 그래서 울버린 손에서 칼날 세 개가 촤악 하고 튀어나오게 되죠. 그런데 이 울버린 캐릭터를 보면, 사회부적응자에다

떠돌이, 늘 외톨이예요. 이게, 억지로 주입된 스펙 같다는 생각이 드는 거예요. 자기는 원하지 않았는데, 누군가에 의해서 굉장한 아다만티움이라는 쇳덩어리로 대변될 수 있는 스펙이 자기한테 주입이 된 거죠. 그래서 이 울버린은 뼈가 부러질 일이 없죠. 본인은 그 삶을 너무나 싫어하는 거고요. 그래서 더 외톨이가 되는 거고. 이런 걸 보면서 약간, 요즘 우리 시대 청년들. 청년들뿐만 아니고 직장인들의 자화상 같기도 하다는 생각이 들더라고요. 자기가 원해서 한 게 아니고, 어떻게 하다보니까 자기 안에 최강 무적의 스펙이 채워진 거예요. 그래서 엄청난 대기업에도 가고, 고액 연봉을 받는 천하무적의 사회인이 된 건데, 정작 본인은 공허한 거죠. 이 사람의 손에서 나올 수 있는 건 칼날밖에 없는 거예요. 누군가의 손을 잡으려 할 때마다 칼날이 튀어나오는 거죠.

진우 그게 어떤 목적성을 가진 사람들에게는 써먹기 좋겠죠. 전쟁을 하는 군인 입장에서 보면 울버린만 데리고 나오면 일당백으로 싸우게 할 수 있으니까요. 하지만 한 인간으로서는 저주거든요 사실. 울버린 얘기가 나왔는데, 사이클롭스를 언급하지 않을 수 없죠.

재훈 사이클롭스는 정말 대단한 캐릭터예요. 엑스맨에서 가장 대단한 캐릭터입니다. 사이클롭스. 이 캐릭터가 왜 울버린처럼 스핀오프 시리즈가 안 나오는지 이해할 수가 없어요.

진우 눈에서 빔 나가는 친구잖아요. 평생 특수 안경을 써야만 눈에서 빔 나오는 걸 제어할 수 있는 캐릭터죠.

재훈 대단한 메타포를 갖고 있습니다. 사이클롭스는 본인 스스로 눈에서 에너지가 뿜어져 나오는 걸 자제를 못해요. 그래서 엑스맨 학교의 원장인 자비에 교수가 사이클롭스한테 특수 고글을 제작해준 거예요. 이 고글은 사이클롭스 안에 내재된 에너지가 뿜어져 나오는 양을 조절할 수 있고, 나오지 않게 해줄 수도 있는 용도인 거죠. 우리와 비슷한 면이 있어요.

진우 〈청춘철학〉 팟캐스트 녹음을 할 때는, 어느 정도 필터링 과정이 있어요. 일종의 사이클롭스의 고글과 같은 겁니다. 우리 안에서 올라오는 소리를 어느 정도 수위 조절을 하는 거죠. 그런데 재훈이랑 저랑 술 마실 때는 좀 달라요. 우리만의 이야기이니까 수위 조절을 할 것 없이 다 얘기하죠. 필터링 없이 다 내뿜은 거 같아요.

재훈 분노 게이지가 많았었죠, 그때는.

진우 그게 꼭 사이클롭스 같더라고요. 그 에너지를 날것으로 그냥 내보내면 위험하죠. 사이클롭스도 안경을 안 쓰면 파괴자예요. 영웅이 될 수가 없죠. 안경이 장착되는 순간, 바로 히어로로 변모하는 거죠. 저희도 그때, 사이클롭스를 본받아서 속에서 올라오는 에너지를 우리만의 '안경' 필터링을 통해서 조절하고 바깥으로 내보내자는 얘기를 했었죠.

재훈 이 사이클롭스가 진짜 오묘한 캐릭터예요. 영화 속에서, 어떤 악당이 사이클롭스랑 싸우다가 약점을 발견한 거죠. 그 약점이 바로 안경이라는 걸. 이 악당은 혀가 마치 도마뱀처럼 길게 나오는데, 그 혀를 날름거려서 사이클롭스의 고글을 낚아채버려요. 그 순간에 사이클롭스는 눈을 뜨고 있었으니까. 싸우고 있던 장소가 기차역이었거든요. 고글이 벗겨지자마자 그 어마어마한 에너지가 방출돼버려서 기차역 전체가 산산조각 나죠. 그런 장면을 보면서 또 이런 생각이 드는 거예요. 토론을 할 때, 토론 스킬이 뛰어난 사람들은 상대방을 분노하게 만들잖아요. 이성을 잃게 만드는. 그 생각이 나더라고요. 분노는 우리에게 에너지가 될 수 있고 창조력의 근원이 될 수도 있겠지만, 사이클롭스처럼 자제력을 잃고 광분하게 되면, '지는 거다'라는 생각이 들더라고요. 그래서 그 장면에서 사이클롭스는 눈을 감아버려요. 이게 정말 대단한 장면이에요. 자기 안에 에너지가 있는데, 눈을 뜨는 순간 다른 사람들에게 피해가 가고, 그렇게 하는 순간 그는 영웅이 아닌 거잖아요. 그래서 아예 눈을 감아버리는 거죠.

진우 우리로 치면 입을 다무는 거죠. 말을 안 하고 가만히 있는 것. 재훈이랑 저랑 사적으로 대화를 할 때는 막 분노할 때도 있지만, 우리 늘 결론은 '분노를 다른 에너지로 바꿔보자'거든요. 최종적으로는 '품자'라는 거. 이런 얘기를 참 많이 했죠.

재훈 "그럼에도 우리는 그들을 품어줄 용의가 있다."

진우 그게 우리 대화의 늘 마지막 결론이었어요. 사이클롭스를 보면서 우리가 가져야 할 게 무엇인지, 말하자면 시각화가 된 거죠. 관념으로만 있던 것이 사이클롭스를 통해서 시각화된 거예요. 시각적인 게 이해가 더 빠르잖아요. 아, 저게 우리의 모습이구나, 지향해야 할 모습이구나 하는 생각이 들었죠. 이렇게 저희는 히어로물을 통해서 참 많은 것을 배웠어요.

재훈 우리의 궁극적인 지향점은 어쩌면, '이성화된 헐크'가 아닐까 생각해봅니다. 브루스 배너는 '박사'잖아요. 굉장히 이성적이고 논리적인 인물이죠. 그런데 그런 사람이 '헐크'라는 괴물로 변함으로써 자신의 이성과 논리력을 다 상실하게 되는 거죠. 그런데, 〈어벤져스〉에 나오는 헐크는, 헐크로 변한 뒤에도 말귀를 다 알아듣고 대답도 하더라고요. 저런 헐크면 괜찮겠다 싶었어요. 영화 〈록키 발보아〉에 이런 대사가 나와요. 할아버지가 된 록키가 다시 권투를 하고 싶다고 고백하는 장면이에요. "내 안에 괴수가 있는데, 그놈이 빠져나오고 싶어서 안달하고 있다. 그걸 모르는 척할 수가 없다." 이렇게 말하면서 울어요. 록키가 말하는 '괴수'는 '헐크'와 일맥상통할 수 있겠죠. 자기 안에 꿈틀대는 욕망. 나 진짜 이거 하고 싶다, 나 이렇게 되고 싶다, 자기의 꿈, 어떤 이상향, 그런 것들을 그냥 풀어주는 거죠. 헐크가 되도록. 그런데 헐크가 되는 게, 괴물처럼 변하는 게 아니고 이성적으로, 아주 이성적으로 자신의 꿈을 이뤄나가는 모습들이, '우리가 어쩌면 지향하는 바가 아닐까. 그 헐크가 우리의 '나다움'이라고 말할 수 있죠.

진우 여기서 이성적이라 함은, '감성적'의 반대라기보다, '분간할 수 있는' 능력이랄까. 상황을 분간하고 파악할 수 있는 걸 말하겠죠.

재훈 사이클롭스의 고글 같은 거죠.

진우 고글을 쓴 사이클롭스, 말귀를 알아듣는 헐크. 저희한테는 이렇게 '시각화'가 참 중요하더라고요. 관념적인 언어는 말 그대로 관념적이잖아요. 실제로 적용되기가 꽤 어려울 수 있거든요. 눈에 보이게 계획표를 붙여놓는 것처럼 우리가 지향하는 바를 슈퍼히어로 같은 캐릭터들을 통해서 한번 투영해보는 것도, 우리가 원하는 방향으로 갈 수 있는 방법들 중 하나가 아닐까 싶어요.

재훈 우리 모두에게 내재된 나다움이라는 능력, 그 초능력, 그걸 어떻게 잘 살려볼까 하는 방법을 연구해보자는 거죠.

진우 배트맨에게는 재력입니다. 슈퍼맨에게는 초능력이고요. 헐크에게도 일종의 변하는 초능력, 어떤 야수성. 사이클롭스한테는 어마어마한 눈의 레이저. 사람마다 결국에는 각자 가진 나다움, 어떤 개성은 다 다를 거예요. 그러면 그걸로 어떻게 가장 나답게, 기왕이면 세상에 도움이 될 수 있게 쓸 수 있을까를 고민해봐야겠죠. 아마 그게 인간의 본성인 것 같아요. 내 능력이 세상에 도움이 되었으면 좋겠다는 것. 누구나 배우기 이전에 기본적으로 가지고 있는 본능인 것 같은데 지금은 그런 생각을 갖기엔 세상이 빡빡하죠. 이런 것들을 다 다방면에서 고민을 해봤으면 좋겠어요. 히어로물은 우리에게 멀리 떨어진 얘기 같지만, 어찌 보면 우리에게 가장 실질적인 얘기를 들려줄 수 있는 장르예요.

재훈 슈퍼히어로 영화들 보면서 자기 자신의 삶과 대입해보면, 더 재미있지 않을까요?

진우 가장 인간다운 게 히어로 같아요. 인간이 아닌 경우도 있지만. 자신에게 내재된 속성을 낮게 보지도 가벼이 보지도 않고, 그걸 살리면서 또 그걸 어떻게 해야 좋은 방향으로 사용할 수 있는지 고민하는. 우리 인간들이 가장 고민해야 할 점을 영화 속 히어로들, 외계인들이 더 많이 고민해주는 것 같은. 오히려 영화 속에선 인간들이 그 고민들을 막죠.

재훈 그럼에도 히어로들은 그 인간들을 구해줍니다. 품어주죠. 진정한 대인배.

진우 슈퍼맨도 그러잖아요. 수갑을 그냥 차고 있잖아요. 슈퍼맨 힘 정도면 풀 수 있는데. 수갑을 차고 있음으로써 인간들에게 심적 안정을 줄 수 있다면 내가 그냥 차고 있겠다. 그게 어느 정도 여유입니까. 훨씬 위에 있는 레벨이잖아요.

재훈 이건 마치, 얼마 전 〈무한도전〉에서 소지섭씨가 무도 멤버들한테서 뺨을 맞고도 웃을 수 있었던 그런 대인배스러움이 아닐까. 나다움 잃지 마시고, 나다움을 '큐어'하지 마시고.

진우 나다움이 우리의 초능력이니까요.

외롭고 외롭고
또 외롭고

진우야, 너도 그렇고 나도 그렇고 서로 외롭다는 말을 한 지가 꽤 오래된 것 같다.

어제는 그래서 외로웠고, 오늘은 이래서 외롭고, 내일은 저래서 외로울 것이고. 우리가 만나서 술 한잔씩 하거나 전화로 이야기할 때면 늘 외롭다는 말을 한 번 이상은 했던 것 같아. 그러다가 자연스럽게 '여자', 즉 '이성친구' 쪽으로 화제가 옮겨가곤 했지.

그때의 우리는, 외로움의 근원적 이유를 '여자친구'의 부재에서 찾았는데, 어느 순간 그게 핵심이 아니라는 걸 알았어. 너도 나도 거의 동시에 알게 된 거야. 언젠가 술 마시다가 네가 그랬지. 단순히 여자가 없어서 외로운 것 같지는 않다고 말이야. 그렇게 우리는 깨달았어. 우리가 외로운 까닭은, 우리가 '엑스맨'이기 때문이라는 걸.

영화 〈엑스맨〉에 보면, 자비에 교수가 정신을 집중에서 전 세계에 퍼져 있는 '동족들', 즉 엑스맨들을 찾아내는 장면이 나오잖아. 외따로 떨어져 숨어 사는 그들을 발견해내고, 규합하고, 하나의 연대를 만드는 게 자비에 교수가 평생을 걸고 하는 일이지.

엑스맨에 동질감을 느끼게 된 연유는 뭘까? 가만히 생각해보니, 너랑 내가 우리 스스로를 꽤 오랫동안 감춰왔다는 결론에 이르게 됐어. 예를 들어 나의 경우에는, 언젠가 소개팅에 나갔을 때 겪었던 일을 잊을 수 없는데 말이야. 상대 여성분에게 있는 그대로의 내 생각을 무덤덤하게 이야기를 했을 뿐인데, 돌아온 응답이 좀 매서웠어. 나는 고급 차를 타고 싶은 욕심도, 크고 넓은 집에 살겠다는 계획도, 연봉 높은 회사에 다니리라는 포부도 없고, 다만 지금 이 순간을 충실히 느끼고 즐기며 사는 것만 생각한다고 말했었지. 그랬더니 그분은 이렇게 답하더군. "남자치고 비전이 없네요." 비전이 없다. 그래, 비전이 없는, 그런 사람으로 보였던 거야, 그분에게 나는. 당시에는 굉장히 자존심도 상하고, 부끄럽기도 하고, 내가 정말 비전이 없는 사람인가 하는 자괴감도 들었지만, 그런 고민들 끝에 내가 내린 결론은 언제나 그렇듯 '이게 나인데 어떡하란 말이야'라는 거였어. (그 이후로 소개팅은 하지 않고 있어.)

울버린처럼 내 안에 아주 날카로운 아다만티움 같은 칼날이 돋아난 느낌이 들 때도 있어. 내가 누군가에게 내 생각들을 말할 때 그 칼날은 갑자기 튀어나와. 특히 부모님이나 선배들 같은 윗사람들과 이야기하는 순간에는 여지없이 쑤욱 불거져 나오더라고. 마치 짐승이 울부짖듯이 나의 이상과 사고방식을 쏟아내고 나면, 상대방은 어느새 피를 흘리고 있는 듯한 모양새야. 내가 나를 너무 강하게 드러내고, 내 생각으로 대화 상대를 압박하려든 탓이겠지. 나를 보여주려는, 내가 틀리지 않고 다르지 않다는 것을 증명해 보이려는 내 욕망이 바로 나의 아다만티움일 거야.

자비에 교수는 성난 야수 같은 울버린이 스스로 힘을 조절할 수 있는 방법을 가르쳐주잖아. 그걸 하지 못하면, 울버린은 엑스맨들 사이에서도 소외될 테고, 결국 영영 혼자 살아가게 되겠지. '나다움'이라는 것이 남을 해치는 무기가 되지 않으려면, 나 역시 자비에 교수의 가르침대로 나를 더 다스릴 줄 알아야 하는지도 몰라. 남과 대화할 때 나도 모르게 내 안의 칼날이 튀어나오지 않도록 말이야.

그런데 따지고 보면, 과연 나는 '동족'을 찾기 위해 얼마나 힘을 들였나 하는 반성도 하게 돼. 나는 나를 제대로 보여주는 방법을 몰랐으니까. 칼날만 휘두를 줄 알았지, 나를 있는 그대로 노출하는 데에는 젬병이었던 거야.

자비에 교수와 대치를 이루는 캐릭터가 매그니토인데, 그는 엑스맨들을 모아 군대를 조직하고 자신들을 탄압하는 인간들과의 전쟁을 선포하지. 지금까지의 내가 나다움을 표현하는 방식은 매그니토와 별반 다를 게 없다는 생각이 들어. 어느 순간 나는, 나와 다른 사람들을 전부 '에너미'로 규정하고 있었는지도 모르지. 엑스맨들을 대하는 인간들의 방식(그들은 엑스맨들을 '돌연변이'라고 부르지)과 그런 인간들을 대하는 매그니토의 방식은 본질적으로 같아. 그걸 아는 자비에 교수는 끊임없이 인간들과 교류하려 하고 먼저 손을 내밀어. 엑스맨들의 개성(인간들이 '돌연변이'라 부르는)이 엑스맨들뿐만 아니라 인간들과도 충분히 공유될 수 있는 가치임을 조용히, 그러나 끈질기게 증명하지. 물론 쉽지는 않아.

자비에 교수는 끊임없이 인간들에게 상처받고, 그럴 때마다 매그니토는 함께 싸우자고 설득하려 해. 그럼에도 자비에 교수는 뚝심 있게 자신만의 방식을 고수하고.

우리가 동족을 찾고, 작게나마 연대를 만들고, 그로 인한 성과들이 '엑스맨'인 우리는 물론이고, 나의 소개팅 상대나 부모님 같은 사람들까지 기분 좋게 해줄 수 있다면, 너나 나나 외로울 일은 없을 것 같은데 네 생각은 어때?

카페에서 조용히 차 마시다가 갑자기 써내려간 편지야. 행간에 혹시나 아다만티움이 비어져 나올까봐 걱정이다. 외로우면 더 잘 흥분하는 것 같아. 얼른 평정심을 되찾고 싶다. 자비에 교수처럼.

일요일 오후, 한적한 카페에 혼자 앉아 있는 재훈

Reply to

재훈아, 우리가 자주 했던 말 중에 사람에게도 '색깔'이 있다는 얘기가 있었잖아. 말이 잘 통하고 생각이 비슷한 사람들을 '색채가 비슷한 사람'이라고 얘기하기도 했었지.

어쩌면 우리의 외로움은 그 색깔 때문인지도 모르겠어. 내 주변에 아무리 사람이 많아도, 나에게 말을 걸어오는 사람이 많아도 나와 색채가

다르다면 우리는 외로움을 느끼게 되곤 해. 반대로 세상 사람 중 단 한 명이라도 나와 아주 비슷한 색채를 가진 사람을 만나게 된다면 우리는 외로움을 덜 느낄 거야. 어쩌면 우리는 그 단 한 사람을 찾기 위해 살아가고 있는지도 모르겠어.

그래서 그런지 언제부터인가 사람들을 만나면 '색깔'부터 보게 되더라고. 이 사람은 나와 색채가 맞는 사람인가 아닌가. 혹은 얼마만큼이나 비슷하고 차이가 나는가를 늘 생각하곤 했지. 그러다보니 오랜 지인들이든 새롭게 알게 된 사람이든 조금씩 거리감을 두게 되더라고. 사실 한동안 나의 가장 큰 고민은 그거였어. 살면서 다른 사람들과 어울리는 문제에 대해서 크게 고민해본 적이 없었는데, 어느 순간 여기에도 저기에도 어울리지 못하고 있는 나를 발견하게 된 거지.

괜히 상대방을 원망하기도 했어. 내 이야기를 이해하지 못한다고, 나의 삶을 공감하지 못한다고 말이야. 어느 순간에는 스스로 자책감을 느끼기도 했었지. 왜 갑자기 이렇게 된 걸까 하면서 스스로 계속 깊은 수렁에 빠져들고 있었지. 그렇게 되니까 정말로 큰 외로움이 오더라고. 앞으로 나는 아무하고도 제대로 된 관계를 맺지 못하게 되는 건 아닐까 하면서 말이야.

그러면서도 나는 색깔을 구분하는 일을 멈추지 않았어. 나의 머릿속엔 내 주변 사람들에 대한 색깔 분석이 이미 끝나 있었지. 이 사람들은 빨강색 그룹으로 모으고, 저 사람들은 파랑색 그룹으로 모으고, 새롭게 만나는 사람들도 그 색깔범주에 넣기도 하면서 말이야. 그런데 사실 나와 똑같은 색채를 가진 사람들이 어디 있겠어?

내가 같은 범주에 넣은 사람들도 사실은 같은 색깔을 가졌다고 보기도 힘들고. 나는 내 의식 속에 있는 색깔로 사람들을 규정하려고 했지만, 사람들은 모두 설명할 수 없는 자신만의 색깔을 갖고 있었던 거지. 굳이 나눈다고 해도 어두운 계열이냐, 밝은 계열이냐. 혹은 따뜻한 색이냐, 차가운 색이냐 정도로 나눌 수 있을 거야.

나 역시 어느 부류에도 섞이기 어려운 색깔인 게 아니라, 그냥 그 모습 그대로의 고유한 색이 아니었을까? 빨강도 파랑도 아닌 그냥 초록인 거지. 애초에 같은 색깔을 가진 사람이란 없는 거였어. 세상에 존재하는 색깔이 무한대이듯 사람의 색깔도 무한대인 거야. 그럼에도 서로의 색깔을 확인하고 내 편과 네 편을 나누는 것은 '외로움' 때문일 거야. 하지만 그건 임시처방밖에 되지 않는 거 같아. 지금 잠깐은 그 사람과 동질감을 느껴서 외로움이 해소되겠지만, 기대감이 큰 만큼 실망감도 커져서 결국 나와 다른 색깔을 발견하고 더 심하게 외로워할 수도 있지.

사실 재훈이 너와 나도 다른 점들이 꽤 많잖아. 우리를 처음 본 사람들은 두 사람이 함께 무언가를 만들어가고 있다는 게 신기하다고 말한 경우도 많았고 말이야. 지금 와서 생각해보면 우리는 서로의 '색채'를 인정하고 있었던 것 같아.

서로의 색채가 다름을 인정하고, 굳이 그걸 통일시키려고 하지 않은 거지. 내가 너에게 색깔을 맞추거나, 네가 나에게 색깔을 맞추지 않고 서로의 색깔을 재료로 아예 새로운 색깔을 만들어낸 게 아닐까 싶어. 너와는 지금껏 그렇게 잘 지내놓고, 왜 다른 사람들에게는 이렇게 하지 못했을까 싶기도 해. 내 주변 사람들 혹은 새롭게 만난 사람들과도 누가 누구의 색깔로 '통일'시키는 게 아니라, 각자의 색깔을 서로 인정하면서 아예 새로운 색깔을 같이 만들어갈 수 있다면 좋은 관계를 계속 이어갈 수 있을 거 같아. 그렇게 된다면 우리의 '외로움'도 어느 정도 해소될 수 있지 않을까?

네가 예전에 했던 말 중에 '세련된 불협화음'이라는 말이 있었잖아. 난 이제야 그 말의 의미를 알게 된 거 같아. 우리가 지금까지 좋은 관계를 유지해온 이유도, 다른 사람들과의 관계를 개선하는 방법도 모두 그 말에 담겨 있어. 사람과 사람 간의 '불협'을 인정하고, 기꺼이 '화음'을 같이 만들어가보는 거야. 그건 아마 사랑하는 사람과의 관계에서도 마찬가지일 거야. 서로의 다름을 인정하면서 가장 가까운 사람이 되어보는 거지.

결국 외롭지 않으려면 같은 색깔을 찾을 것이 아니라, 각자의 색깔을 인정해야 할 거야. 애초에 색깔이 달랐음을, 같은 색깔이란 존재할 수 없음을 인정해야 돼. 그렇게 현실을 제대로 인식할 때 불필요한 외로움과 슬픔도 없어질 수 있겠지. 우리의 '불협화음'도 끝까지 이어가보자. 그 것도 아주 세련되게 말이지.

만나고 싶은 사람이 많아진 어느 저녁, 진우

우울은 증상 아닌 정상,
그리고 나와 너의 색채

재훈아, 얼마 전에 인상 깊은 인터뷰를 본 적이 있어.

인터뷰에 나온 사람은 선천적으로 왜소증이 있는 이십대 친구였는데 성인이 되어서도 키가 크지 않아서 많은 어려움을 겪고 있었지. 가장 큰 방황의 시기가 언제였냐는 질문에, 가장 큰 방황은 지금이라고 말하더라고. 그러면서 장애는 평생의 숙제 같다면서 예전에도 방황을 했고, 지금도 방황하고 있으며 앞으로도 방황을 할 거라고 말하더라. 그 인터뷰를 보면서 남의 이야기가 아니라는 생각이 들었어. 구체적인 상황은 다르겠지만 우리도 언제나 '지금 이 순간'이 가장 큰 방황의 시기이고 우리의 '방황'도 결코 쉽게 끝날 이야기는 아니니까.

난 우리의 '방황'의 밑에는 외로움과 우울감이라는 감정들이 자리잡고 있다고 생각해. 다른 누군가에게 나의 존재를 인정받지 못할 때 생기는 감정들이잖아. 그럴 때 우리는 방향을 잃은 배처럼 바다 한가운데서 표류를 하기도 하고 말이야. 그래서 다들 외로움이나 우울감을 싫어하는 거겠지. 나 역시도 그랬으니까. 그런 감정들이 올라오면 내 자신이 너무 힘들어지고, 또 스스로 잘못 살고 있는 게 아닐까 하는 불안감마저 들기도 했어. 그래서 그런지 요즘엔 다들 '우울증'이라는 말을 자주 하는 거 같아. 현대인의 우울증이 큰 문제라고 하면서 TV에서도 스스로 우울증인지 테스트해보는 방법을 알려주기도 하고 말이야. 맞아, 지나친 우울감은 사람을 힘들게 하고 스스로 탈진하게 만들기도 하지. 그 사람의 능력을 깎아버리기도 할 거야. 더 나아가 사회의 생산력도 감소하겠지. 그런데 우울감 역시 우리 인간이 느낄 수밖에 없는, 아니 느껴야만 하는 감정이 아닌 걸까? 우리가 좋아하는 긍정적인 감정들만큼이나 이런 부정적인 감정들도 중요하지 않을까 싶은 거야.

그래서 나는 요즘 '우울증'이라는 말을 계속 곱씹게 되더라고. 우울'증'이라는 건 사람이 느끼는 감정을 일종의 병리적인 증상으로 본다는 말이잖아. 특히 요즘엔 '조울증'이라는 말도 많이 쓰고 말이야. 기분이 좋았다 나빴다 반복하는 증상을 말한다고 하는데 사람의 감정이란 게 기복이 있는 게 당연한 거 아닐까. 학문적으로는 그 기복의 정상과 비정상 경계를 나눠놨겠지만 그건 어디까지나 사람이 상대적으로 만들어놓은 기준이지. 그런 학문적 기준들이 생기기 전에는 그게 병이 아니던 시절도 있었으니까. 인종차별이 심하던 시절엔 우월한 인종과 그렇지 못한 인종이 나뉘어 있다고 생각했었지만, 지금은 아무도 그렇게 생각하지 않잖아. 인간의 감정도 비슷하지 않을까 싶어.

그래서 나는 요즘 감정에 대한 이런 병리적 개념들을 조금 경계하려고 해. 특히 우울감이나 외로움처럼 사람들이 별로 좋아하지 않는 감정들에 대한 우리의 인식을 조금 바꿔야 하지 않을까 싶기도 하고. 예전에 내가 잠깐 대안학교에서 아이들하고 수업을 했다고 말했었잖아.

그 학교엔 저마다의 이야기를 안고 입학한 친구들이 많았는데 그중에 많은 친구들은 ADHD라는 것을 앓고 있었어. 주의력 결핍 과잉행동장애라고 하는데 평소에 태도가 조금 산만하고 머릿속에 떠오른 생각들을 가감 없이 그대로 말하는 경향이 있는 거야. 나랑 수업을 같이하던 친구 한 명은 그것 때문에 약까지 먹고 있었거든. 사실 그때만 해도 나는 ADHD를 잘 모를 때라 그냥 그런가보다 했었는데, 시간이 조금씩 흐르면서 생각이 바뀌더라고.

그 친구가 주의가 산만하고 말을 많이 하기 때문에 수업 진행이 조금 어려웠던 건 사실이야. 하지만 그 친구가 대답하는 것들, 자기 생각을 표현하는 것들은 굉장히 창의적일 때가 많았어. 나는 그게 세상의 통념에 때묻지 않았기 때문이라고 생각하거든. 주의가 산만하다는 것은 주변을 신경쓰지 않는다는 말이기도 하지. 오롯이 나의 생각이 주인 노릇을 한다는 뜻일 거야. 그리고 그것을 그냥 표현하는 것일 테고.

하지만 주의가 산만하지 않다는 것은 늘 주변을 신경쓴다는 것이고, 모든 것의 중심이 내가 아닌 타인이라는 얘기이기도 하잖아. 그런 사람의 생각이 당연히 '남다를' 수가 없겠지. 나는 시간이 흘러 그 ADHD를 앓은 친구가 어른이 된다면 정말 대단한 일을 할 수 있을 거라고 생각해. 지금껏 세상을 바꾸는 사람들은 대부분 그런 모습들이었으니까.

그렇게 본다면 외로움이나 우울감도 꼭 나쁜 것만은 아니겠지. 세상의 좋은 작품들은 모두 혼자 있을 때 완성되니까 말이야. 세상에 이름을 날린 화가들이 사랑하는 사람과 붓을 함께 잡고 그림을 그리지 않았고, 우리를 감동시키는 좋은 글들은 모두 작가 혼자 있을 때 완성된 것들이니까. 물론 사람이 평생 혼자 살아갈 순 없고 그래서도 안 될 거야. 하지만 기쁜 감정만큼이나 우울하고 외로운 감정도 우리에게 필요하다는 것 아닐까. 좋은 것을 생각하고 만들어내기 위해서는 꼭 혼자 있어야 하고 약간의 우울감도 필요하니까.

그리고 더 중요한 건 우리가 느끼는 감정의 주인은 나지만, 그렇다고 모든 감정을 기계처럼 조작할 수 없다는 거겠지. 그러기에 우리의 모든 감정들을 조금 더 품어줄 수 있어야 할 것 같아. 그러기 위해서는 정상과 비정상의 경계, 좋은 것과 나쁜 것의 기준을 다시 한번 생각해볼 필요가 있어. 세상에서 나눠놓은 기준 말고, 내가 스스로 내 감정을 살펴보고 그 기준을 다시 세워보는 거지. 정말로 우울증이라는 것이 있고 그걸 해결하는 방법이 있다면 나는 그게 약 또는 일시적인 기분 전환으로 해결되는 것이 아니라 스스로 비정상이 아니라고 생각하는 것에서 출발하는 것 같아. 환절기에 감기 걸렸다고 스스로 잘못된 사람이라고 생각하지 않는 것처럼 말이야.

회사 밖에 나오면 모든 일상이 행복해질 줄 알았었거든. 근데 회사 밖 생활도 쉽지만은 않아. 우울할 때도 많고 외로울 때도 많아. 아마 내가 좋아하는 일을 하게 되어도, 사랑하는 사람과 결혼을 하게 되어도, 눈에 넣어도 아프지 않은 자식을 낳게 되어도, 그 어떤 일을 이루게 되더라도 우리가 숨을 쉬는 한 우리는 이따금씩 외롭고 우울해질 거야. 그러다 또 환희에 가득찬 시간이 다가올 테고. 이 사이클이 끝났다는 것은 우리의 삶도 끝났다는 것이겠지. 지금이 가장 '방황'이라고 느끼는 이 시기를 버텨내는 게 정말 쉬운 일은 아니지만, 우리 기꺼이 받아주자. 이 시간들조차 우리의 소중한 삶이라는 것을 인정해주자.

겨울이 오고 있는 어느 저녁, 진우

진우야, 이런 표현이 적절한지는 잘 모르겠는데, 그냥 편의상 '동족 아닌 사람들'이라고 칭하기로 하자. 우리와 뭔가 '다른 색깔'을 가진 이들 말이야. 회사에서, 혹은 이런저런 모임에 나갔을 때 나는 그런 차이를 많이 느끼거든. 아무튼 좀 기분이 이상해.

언젠가는 지인들이랑 술 마시는 자리에서 독서에 대한 이야기가 나왔어. 한 멤버가 먼저 요즘 젊은 사람들이 책을 너무 안 읽는다고 운을 띄웠고, 그 의견에 동조하는 사람들의 후렴구가 이어졌지. 나는 사실, 책 많이 읽는 게 뭐 그리 큰 자랑인가 싶거든. 제대로 음미도 못하면서 그저 양만 채우는 독서법보다는, 차라리 자기한테 인상 깊었던 책 한 권을 여러 번 읽는 게 낫다는 주의야. 그런데 당시 술자리 분위기는 '젊은 사람들은 책을 많이 읽어야 한다. 하지만 요즘 아이들은 너무 안 읽는다'가 주된 테마였고, 거기에 반론을 제기한다는 것이 왠지 술자리 흥을 깨는 듯한 모양새라서 나는 잠자코 있을 수밖에 없었어.

그런데 후배 한 녀석이 "책 많이 읽는 게 좋은 거예요?"라면서 나름대로 반박의 태세를 갖추더라고. 아니나 다를까, 그 모임의 리더 역할을 자처하는(어느 모임이나 그런 사람 한 명쯤은 꼭 있잖아?) 선배가 귀찮다는 듯이 이러더라. "넌 안주나 더 시켜." 그럴듯한 반론이 제기되는가 싶었던 분위기는 싱겁게 순류로 흘렀고, 후배는 그야말로 '깨갱', 선배가 시킨 대로 안주를 시키고는 가만히 있더군.

색깔에도 강약이 있는 걸까? 예를 들어, 검은색 물감에 노란색 물감을 섞으면 노랑의 존재는 미비하지. '검은색 안의 노란색', 즉 검은색에 먹혀버리는 셈이야. 책 많이 읽는 게 좋은 거냐고 반박했던 후배 녀석은, 그러니까 노랑이었던 거고, 그날 모임의 주된 컬러는 검정이었던 것이지. 그렇다면 나는? 음, 나는 시종일관 동조도 안 하고 반박도 안 했으니, '무색'이었겠지. 선거로 따지자면 무효표, 토론에 빗대자면 중립, 다시 말해 이도 저도 아닌, 죽도 밥도 아닌, 천국도 아니고 지옥도 아닌 어중간한 '림보' 상태랄까.

직장생활을 하는 동안 내가 유일하게 익힌 기술이 있다면, 그건 아마도 '탈색'일 거야. 나의 본색을 일순간에 빼내는 대단한 스킬! 이걸 '처세술'이라고, 뭇사람들은 부르더라. 시나브로 '처세'라는 걸 하고 사는 속물이 되어버린 것 같아서 꽤 울적했던 적도 있었는데, 다행히 그 시기는 넘겼어. 어쨌든 내가 '월급'이라는 걸 받으려면 어쩔 수 없이 감내하고 희생해야 하는 요소라고 생각하기로 했거든. 뭐, 그렇다 해도 마음이 허해지는 건 막을 수가 없더라. 아닌 걸 아니라고 말하지 못하고, 맞는 걸 맞다고 말하지 못하는 나의 유약한 성정!

요즘 드는 생각은, 이런 상태라면, 우리가 '동족'이라 칭하는, 우리와 같은 '색채'를 가진 부류를 만난다 해도 나는 여전히 나의 색을 제대로 노출하지 못할 것 같아. 너도 알다시피 '파란색'이 딱 한 종류만 있는 게 아니잖아. 네이비블루, 스카이블루, 코발트블루, 인디고 등등 계열이 많잖아. 인디언들도 여러 부족으로 분파되어 있고. 우리의 동족도 어쨌거나 저들만의 고유색을 지니고 있을 텐데, 과연 나는 그들의 색으로부터 단독적으로 존재할 수 있을까?

이런 고민들 때문에 더 뭔가를 '쓰려고' 하는지도 몰라. 확실히 나는 말하기보다 글쓰기 쪽이 더 편하거든. 말할 때 정리가 안 돼서 목 언저리에 꽉 얹혀 있던 것들이 글을 쓸 때 토사물처럼 다 쏟아지더라고. 그래서 내가 쓰는 글은 어떤 면에서는 '해명'이야. "당신과 낮에 대화하며 내가 정말 하고 싶던 말들이 실은 바로 이거예요"라고 해명하는 글쓰기인 것이지. 그나마 글이라도 써서 다행이라고 해야 할까. 어떻게든 나의 '억울함'을 풀 길은 있는 셈이니. 다만, 글 쓸 때 늘 얼마간은 '억울한' 심정이라는 게 문제이긴 하지만. (너무 찌질하잖아.)

지금으로서는 내가 쓴 글을 지속적으로 불특정 다수에게 노출시키는 방법(내 경우는 블로그 운영)이 가장 효과적일 것 같아. 나의 본색을 드러내고, 나의 동족을 유인하는 데 말이야. 얼른 이놈의 유약한 사회인 모드, 처세술 모드를 오프해버리고, 당당하게 어디에서나 누구에게나 내 본연의 컬러를 발현할 수 있는 건강한 인간이 되고 싶다. 노력하고 있으니까, 언젠가는 그런 인간이 될 수 있겠지? 마음 편히 지낼 수 있는 동족들과 어울려 살며 연대도 이루고, 사랑도 하고. 그렇게 살 수 있겠지?

진우 너라는. 실체적 질감으로서의 동족이
늘 나와 함께하고 있다는 사실이 든든한 재훈

외로움은
나의 힘

—

진우

드로잉을 시작하게 된 것은 아주 우연한 기회였다. 사실 나는 미술을 정식으로 배워보기는커녕 미술에 대한 관심조차 없었다. 스스로의 의지로 전시회나 미술관을 가본 적도 없었고, 미술은 나와는 전혀 관계가 없는 것이라 생각하며 살아왔다. 그러다 미술, 정확히는 그림에 관심을 갖게 된 것은 한 외국작가 덕분이었다. 나는 사람과 책도 운명적인 인연이 있다고 믿고 있다. 운명적인 사람을 만나고 '이 사람이다'라고 느끼는 것처럼, 책도 '이 책이다'라고 느낄 수 있다고 믿는다.

내가 그 외국 드로잉작가의 책을 집어든 것도 그런 인연이었다. 당시 꽤 큰 규모로 열리고 있던 도서전에서 정말 우연히 본 책이었다. 그림에는 큰 관심이 없었지만, 왠지 그 책이 끌렸었다. 대니 그레고리의 책 『모든 날이 소중하다』와의 인연은 그렇게 시작되었다.

그는 뉴욕에서 광고를 만드는 사람이었다. 스타일리스트인 아내와 사랑스러운 아이도 하나 있었다. 뉴욕에 살고 있는 광고쟁이와 스타일리스트, 굳이 설명을 하지 않아도 그들의 바쁜 일상이 떠오른다. 그러던 어느 날, 바쁜 뉴요커로 지내던 그들의 인생을 뒤바꿔놓는 사건이 생긴다. 지하철을 기다리던 아내가 선로에 떨어져 하반신이 마비되는 사고를 당하게 된 것이다.

대니 그레고리는 그때부터 모든 삶이 느려졌다고 회상한다. 그 어떤 사람이라도 쉽게 감당할 수 없는 일이었다. 아내가 재활병원에 있는 동안 매일 밤 아이를 재우고 나서 그는 소파에 앉아 골똘히 생각을 했다. 갑자기 들이닥친 위기를 받아들였어야 했고, 앞으로 어떻게 살아가야 할지 고민해야 했기 때문이다.

그러던 어느 날, 그는 그림을 그려봐야겠다고 생각한다. 언제나 종이가 있으면 낙서를 하곤 했지만, 이제 눈앞에 보이는 것을 제대로 그려봐야겠다고 생각했다. 그는 집에서 그림을 그리면서 아주 놀라운 경험을 한다. 마음이 비워지고 호흡이 느려졌으며, 내 손으로 이렇게 아름다운 것을 만들 수 있다는 사실에 놀랐다고 한다. 그때부터 그는 집 안에 있는 모든 물건들을 그리기 시작했고, 더이상 그릴 것이 없어졌을 때 드로잉북을 들고 밖으로 나갔다고 한다.

그림을 그리는 것으로 마음의 위로를 받을 수 있다는 사실은 나에게 아주 신선한 이야기였다. 그의 책은 자신이 그림을 그리면서 느꼈던 것들을 솔직하고 자세하게 표현했고, 그런 그의 글과 그림을 보면서 나도 위로를 받는 듯했다. 언젠가 나도 그림을 한번 그려봐야겠다고 생각을 하게 된 것도 그때쯤이었다. 하지만 본격적으로 그림을 그리게 된 것은 그로부터 꽤 오랜 시간이 지나서였다. 아직 나에겐 그림 말고도 할 것들이 많이 있었기 때문이었다. 하지만 어려운 일들은 겹쳐서 온다고 했던가. 일, 연애 그리고 스스로를 믿는 마음까지 모든 것들이 한꺼번에 어려움에 처하게 된 때가 있었다. 깊은 상실감과 우울감으로 아무것도 할 수 없는 날들이 이어졌다. 차라리 바쁘게 일이라도 하면 잠시라도 잊을 수 있었을 텐데 가늘게라도 이어지던 일감까지 뚝 끊어진 그 당시에는 도저히 아무것도 할 수 없었다. 그때 문득 생각이 난 것은 '그림 그리기'였다.

예전에 사뒀던 드로잉북을 다시 꺼냈고 무작정 눈앞에 있는 것들을 그리기 시작했다. 그랬더니 나에게도 기적이 일어나게 되었다. 그림을 그리는 동안 마음이 가라앉고 호흡이 느려지는 경험을 했다는 대니 그레고리처럼 나도 그림을 그리는 동안 잠시 마음을 내려놓을 수 있었다.

어차피 폭풍은 시간이 지나면 사라지는 것이었고, 나에게 갑자기 찾아온 폭풍을 견디는 데 있어서 그림 그리기는 정말 큰 도움이 되었다. 나의 드로잉은 잘 그린 그림으로 다른 사람을 기쁘게 해주는 드로잉이 아니었다. 오로지 나를 위로하고 나의 마음을 편하게 해주는 드로잉이었다.

남을 위한 드로잉이 아니라 '나를 위한 드로잉'이었다. 오히려 가끔씩 나의 그림을 보고 누군가 좋은 이야기를 해주면 그건 보너스였다. 차츰 그림이 나의 삶에서 차지하는 비중이 높아지면서 미술, 그림에 대한 나의 생각들도 많이 달라지기 시작했다. 그동안 내 생각을 표현하는 방법은 말하기, 그리고 글쓰기라고만 생각했었다. 하지만 이제는 '그림'이라는 도구가 하나 더 늘어난 것이었다. 굳이 얼굴을 보고 말하지 않고도, 그 이야기를 글로 장황하게 설명하지 않아도 그림 한 장으로 내 정서와 생각을 전달할 수 있었다. 그림을 정식으로 배우진 않았지만 생각보다 내 손에 잘 맞는다는 생각이 들었다. 때로는 그림으로 인해 누군가와 대화할 수 있었고, 기대하지 않았던 동족을 만나기도 했다.

누군가 나의 이야기에 귀를 기울여주고 나름의 코멘트를 해줄 때 우리는 외로움을 느끼지 않는다. 반대로 아무도 나의 이야기를 들어주지 않고 관심조차 없다고 느껴질 때 우리는 커다란 외로움을 마주하게 된다. 다른 사람들에게 사랑과 관심을 받고 싶다는 인간 본연의 본능을 채우기 위해서는 다른 사람과의 소통이 필수적이다.

의사소통의 도구는 여러 가지이다. 말을 잘하는 사람에게는 '대화'일 것이고, 가수에게는 '노래'이고, 화가에게는 '그림', 작가에게는 '글'이었을 것이다. 그런 생각이 들기 시작한 때부터 세상 모든 것들이 도구로 보이기 시작했다. 잘 생각해보면 우리가 좋아하는 사람들은 모두 자신에게 '잘 맞는' 도구를 선택한 사람이었다. 우리는 평생 남들에게 나의 이야기를 들려줄 '도구'를 찾고 그 사용법을 익히기 위해 사는 것인지도 모른다. 세상 모든 사람들이 각기 다른 일을 하고 다른 삶을 사는 것 같지만 결국 그 본질은 같다.

그런 의미에서 청춘의 시기에 찾아오는 외로움은 아직 내 손에 잘 맞는 도구를 찾지 못했을 때, 찾았지만 아직 그 도구의 사용이 익숙지 않아 아무도 관심 가져주지 않을 때 오는 것이다. 하지만 나에게 맞는 도구를 찾고 손에 익히는 것은 오롯이 혼자서만 할 수 있는 일이다. 어쩌

면 청춘과 외로움은 필연적으로 함께 있을 수밖에 없는 것인지도 모른다. 내가 그림을 그리면서 깨달은 것은 테크닉은 시간이 지날수록 자연스럽게 늘어간다는 것이다. 하지만 우리는 그 시행착오의 시간을 가볍게 여기는 경향이 있다. 그 시간을 단축하기를 바라기도 한다. 하지만 오히려 더 중요한 것은 자연스럽게 테크닉이 늘 수 있도록 그 작업을 꾸준히 이어갈 수 있는 진심을 갖는 것이다. 나에게 진정 맞는 도구라면 내가 힘들다고 해서 내려놓고 싶은 게 아니라 힘들수록 더 붙잡을 수밖에 없을 것이다. 내가 우울하고 외로운 날이면 어김없이 드로잉북을 펼쳤던 것처럼 말이다. 그러다보면 어느새 테크닉도 늘어가고 나만의 그림 스타일도 만들 수 있지 않을까?

외로움을 극복하는 것도, 흔히 말하는 '성공'을 하는 것도 다 이런 게 아닐까 싶다. 나에게 맞는 도구를 찾고 그것이 익숙해질 때까지 작업을 이어가야 한다. 그러다보면 내 이야기를 들어주는 사람들이 생기게 되고, 성공이라는 것도 할 수 있을 것이다. 우리는 외로운 것이 아니라 나의 도구를 쓰는 연습을 해보고 있는 것이다. 지금 이 순간에도 혼자만의 공간에서 묵묵히 나만의 도구를 갈고닦고 있을 모든 청춘들에게 응원을 보낸다.

브루스 웨인에게서
배운 교훈

—

재훈

영화 〈배트맨 비긴즈〉의 인상적인 대사를 음미해보자. 무력하고 부패한 공권력을 대신해 범죄를 소탕하는 배트맨, 브루스 웨인은 제 정체를 숨기기 위해 박쥐 가면을 벗고 있는 낮시간에는 개차반 행세를 한다. 고급 차에 모델 같은 미녀들을 태우고 이런저런 공식적인 자리를 돌아다닌다. 말 그대로, '보란듯이' 말이다. 브루스 웨인 같은 탕아가 배트맨일 리 없다, 라는 확신을 시민들에게 심어줌으로써 의심의 레이더망으로부터 멀찌감치 벗어나 있겠다는 취지다.

여느 때처럼, 흥청망청 미녀 둘을 데리고 어느 호텔 레스토랑에서 놀고 있을 때, 맙소사, 어린 시절 친구이자 지금은 지방검사가 된 레이첼과 마주친다. 이 순간 브루스 웨인은 자신의 '연기'를 해명하려 한다. 레이첼에게만큼은 가면을 벗은 모습도, 가면을 쓴 모습도 잘 보이고 싶기 때문이다. 그가 구차하게 말한다. 지금 네가 보고 있는 내 모습은 진짜가 아니라고. 내 안에는 더 깊은 뭔가가 있다고. 입꼬리에 냉소가 걸린 레이첼이 나직하게 말한다. 너를 정의 내리는 건 너의 내면이 아니라 너의 행동이야(It's not who you are underneath. It's what you do that defines you). 브루스 웨인은 멍해진다. 딱히 반박할 말이 떠오르지 않는다. 우두커니 선 그를 뒤로 하고 레이첼은 획 가버린다. 이 사건이 못내 브루스 웨인의 마음에 응어리로 남았던 걸까. 레이첼이 악당들에게 위협당하고 있을 때, 박쥐 가면을 쓴 브루스 웨인, 즉 배트맨은 그녀를 구한 뒤 이렇게 말하며 억울함을 푼다. "나를 정의 내리는 건 나의 내면이 아니라 나의 행동이지(It's not who I am underneath, but what I do that defines me)."

내게 이 대사는 '나를 표현하기의 중요성'이라는 차원에서 아주 날카롭게 들렸다. 나의 감성, 내가 가진 포부, 나만의 '나다움', 이런 것들은 분명히 지금의 나를 구성하는 요소들이기는 하지만, 어디까지나 나만 아는 것들 아닌가. 밖으로 표현하지 않는 한, 남들이 나의 구성 요소들을 알아챌 확률은 희박하다.

예전에 머리를 길러 포니테일을 한 적이 있었다. 남대문 시장 한가운데를 지나가는데 한 상인이 재래김을 흔들어대며 내게 일본 말로 뭐라 뭐라 외쳤다. 표정과 제스쳐로 보아 한번 맛보라(그리고 사라)는 뜻이었던 것 같다. 상인은 내가 일본인 관광객인 줄 알았던 거다. 나는 짐짓 모르는 체하고 아리가또 고자이마스, 라고 대답하는 허풍까지 떨어봤었다. (김은 받아먹지 않았다.)

나의 본색은 한국 사람인데, 나의 생김새와 포니테일 때문인지 외부적으로는 일본 사람으로 오인받았던 경험. 이 순간에 내가 한국말을 하지 않으면, 나는 계속 일본 사람인 채로 이해될 것이다. 그런데 나는 장난삼아 일본어로 응하기까지 했으니, 아마도 그 상인에게 나는 일본인으로 인식되어 있을 것이다. (물론, 아직도 나를 기억한다면 말이다.) 브루스 웨인이 나는 배트맨이다, 하고 밝히지 않는 한, 레이첼을 비롯한 뭇시민들에게 그는 개차반 갑부 청년으로 남아 있을 것이듯 말이다.

'동족'이 없어서 외롭다고 느낀다면, 그것은 '표현'의 문제일 수 있다. 가면을 쓰고 벗고의 문제이기도 한데, 그와 동시에 가면의 '크기' 문제이기도 하다. 외국 영화에서 종종 가면무도회 장면을 본 적이 있을 것이다.

가면 종류가 엄청 다양하다. 얼굴 전체를 다 가리는 게 있는가 하면, 눈 부분이나 코까지만 가리는 것도 있다. 내 정체를 가리고는 싶은데, 그렇다고 존재감이 완전히 묻혀버리는 건 원하지 않을 때, 가면의 크기를 조절하는 방법을 사용할 수도 있을 것이다. 가면을 벗든 쓰든 반만 쓰든, 자존감이 높다면 당사자는 별 상관이 없다. 오히려 가면 쓰고 벗기를 하나의 정서적 놀이처럼 여기는 사람들도 많지 않은가. 기름을 만나면 기름이 되고, 물을 만나면 물이 되는, 마치 순식간에 여러 가면을 교체하는 변검처럼. 그런데 여기서 핵심은 자존감이 아니다. 자존감은 기본이고, 그다음의 문제, 즉 '어떻게 나를 표현할 것인가' 하는 물음이 바로 핵심이다.

정의 수호의 결연한 의지를 가진, 레전드급 자존감을 가진 브루스 웨인은 술 마시고 여성들과 즐기고 온갖 허세(웨이터에게 "이 호텔을 사버리 겠소"라고 말하는 따위)를 부리면서도 꿀릴 게 없었다. 배트맨이니까. 그러다가 운 나쁘게 레이첼을 만나는 바람에 어그러지고 말았다. 그의 자존감이 흔들린 것일까? 아니다. 그 순간에 브루스 웨인은 '레이첼한테 내가 '히어로'라는 사실을 어떻게 표현해야 하는가'라는 생각 때문에 쩔쩔매지 않았을까?

배트맨의 모티브는 정의 수호, 즉 부패 척결인데, 아이로니컬하게도 그 부패 자체가 배트맨의 존재 조건이기도 하다. 애초에 고담 시라는 공간에 '악'이 없었다면 배트맨은 나타나지 않았을 것이다. 브루스 웨인은, 브루스 웨인인 거다. 그에게 박쥐 가면은 악당들에게 '두려움'을 느끼게 하기 위한 표현 수단이다. 그와 동시에 고담 시민들에게는 '정의'의 상징이다. 위기 상황에서 고담 시는 박쥐 형태의 서치라이트를 상공에 비추어 배트맨을 부른다. 하늘에 걸린 박쥐 신호를 보고 누군가(시민들)는 안심하고, 누군가(악당들)는 두려워한다. 그런데 시민들이라고 전부 배트맨을 좋아하는 것은 아니다. 배트맨만 나타났다 하면 기물 파손, 공공질서 훼손 등의 문제가 발생한다. 악당들을 물리쳐주는 건 좋은데, 콜래트럴 데미지가 만만찮다. 배트맨이 망가뜨려놓은 공공재들을 복구하는 데 드는 비용을 차라리 공권력 강화에 투입하는 게 나을지도 모른다. 영웅 배트맨마저도 만인에게 사랑받는 존재는 아닌 것이다. 그러나 사랑받지 않는다 해서 배트맨이 배트맨이 아닌 것은 아니다. 사랑을 받든, 미움을 받든, 배트맨의 정체성에는 변함이 없다. 다만, 스스로 좀 외로울 때가 있을 따름이다.

'표현'의 대가가 '외로움'이라고 말한다면 어떨까. 브루스 웨인은 레이첼에게 자신이 배트맨임을 밝힌 대가로, 그녀와 이루어지지 못하는 쓰라린 아픔을 감내해야 했다. (레이첼은 "고담 시에 배트맨이 필요없어지는 날, 우리는 함께할 수 있을 거야"라고 말하며 브루스 웨인과 친구로 남기로 한다.)

브루스 웨인의 사례에서 배울 수 있는 교훈은 두 가지다. 첫째, '나'를 표현하되, 필요에 따라 어떤 이에게는 군이 표현할 필요가 없다는 사실을 인식하도록 한다. 고담 시민 전부에게 "내가 배트맨이다"라고 알릴 필요는 없다. 아니, 그렇게 해서는 안 된다. 브루스 웨인이 배트맨이려면, 시민들은 그가 배트맨이라는 사실을 몰라야 한다. 회사생활을 하면서 개인 작품 활동을 병행하는 예술가가 있다고 생각해보자. 회사에 자신의 외부 활동을 말하는 순간, 사규에 의해 불이익을 당할 수도 있고, 직장 동료들로부터 "OO씨, 요새는 어떤 작품 만들고 있어요?"라는 귀찮은 질문들을 들어야 할지도 모른다. 결과적으로 매우, 피곤한 일상이 될 것이다.

둘째, 표현의 대가가 꽤 가혹할 수 있다는 점을 받아들여야 한다. 쉽게 말해, 모든 사람에게 사랑받지 못한다는 사실을 감당해야 한다는 뜻이다. 바꿔 말하면, 나를 사랑하지 않는 이들을 제외한 나머지 사람들은 나를 사랑하거나 적어도 배척하지는 않는다는 것. 나의 동족은 아마도 그들 가운데 있을 것이다. 자명하다.

나만 외로운 건 아니구나, 하고 안심하게 해주는 작품들

올 이즈 로스트

감독·각본 J.C. 챈더

지금은 기억나지 않는 어떤 액션영화에서 들었던 대사다. "다 잃어봐야 정신을 차리지?" 어쩌면 진리일지도 모르겠다는 생각을 한다. 〈올 이즈 로스트〉시나리오에는 남자 주인공이 'our man'이라고 표기되어 있다고 한다. 우리의 남자는 그렇게 모든 걸 다 잃고 정신을 차린다. 진짜로, 살아내야 한다는 정신을 말이다.

고독한 항해

가수 김동률 **수록앨범** Shadow of Forgetfulness

외로움이란 '나 홀로 느끼는' 감정이 생겼을 때 돋아난다. 어쩌면 그 감정이 무엇인지는 별로 중요하지 않다. 반대로 아무리 힘든 감정도 나 혼자 느끼는 게 아니란 걸 알게 되면 우리의 외로움은 사그라진다. 김동률의 〈고독한 항해〉라는 음악이 위로로 다가온 건 그 이유 때문이었다. 나 말고도 '나와 똑같은 것을 느끼는 사람'이 있다는 것을 알게 해주었기에.

그 시절 우리가 사랑했던 장국영

저자 주성철

장국영을 사랑하는 어느 영화 기자가 쓴 책이다. 생각해보면 1980~1990년대 홍콩 스타들에게는 어느 정도 고독이 짙게 깔려 있었다. 주윤발, 유덕화, 장국영, 양조위, 여명, 금성무, 임청하, 오천련, 장만옥, 유가령 등 화려한 외모 어딘가에서 느껴지던 알 수 없는 공허. 이 책은 그 '알 수 없음'에 관하여 탐구하고 있다. 장국영을 만나러 가는 길. 그 길을 가려면 필연적으로 지독한 고독을 지나야 한다.

극지에서
저자 이성복　수록시집 래여애반다라

'무언가 안 될 때가 있다'로 시작하여 '무언가, 무언가 안 되고 있다'로 끝나는
시. 피곤할 때는 당이 필요하지만, 외로울 때는 이런 쓴맛이 효과를 발휘하기
도 한다.

유리에게
저자 김기택　수록시집 태아의 잠

'언제고 깨질 것 같은 너를 보면', '네가 약하다는 것이 마음에 걸린다'. 유리
마음을 걱정하는 시. 시인의 시선과 배려를 느끼며 눈가가 젖어든다. 이 뜨
거운 눈물로 차라리 녹아버릴 수 있는 유리라면 좋겠다. 그렇게 스르르 녹아
무심해진 다음, 다시 새 마음을 주조해보는 건 어떨는지.

그녀
감독·각본 스파이크 존즈

우리가 그리워하는 것은 '특정한 대상'일까, 아니면 '그런 존재'일까? 영화가
감독과 단둘이 대화를 나누는 것이라면 두 시간 동안 계속 질문을 받은 느낌
이다. 영화가 끝날 때쯤 각자의 대답은 모두 다르겠지만, 어쨌든 우리는 우리
감정의 본질에 한 발자국 더 다가갈 수 있다.

엑스맨 – 최후의 전쟁
감독 브렛 래트너　각본 자크 펜 외

돌연변이들을 '치료'한다는 명목 아래 정부는 '큐어' 접종을 실시한다. 돌연변
이들 사이에 분열이 생긴다. '평범해지고 싶다 vs 우리의 본래 모습을 잃어서
는 안 된다'. 외로운 울버린은 동족들(돌연변이들)과 함께 싸우지만, 동족으로
부터 이탈한 자에게 보복하지 않는다. 자신의 개별성은 '선택'할 수 있고, 울
버린은 그 선택을 존중하는 어른이니까.

4장

사랑하다 이별하다 사랑하다

언젠가부터 연애가 굉장한 학습을 요구하는 것처럼 인식되고 있다. 방송, 책, 그리고 주변 지인 모두가 연애 코치를 자진한다. 타인의 연애를 '사연'으로 접한 뒤, 이것을 리뷰하고 심지어 평론까지 한다. 뭔가 좀, 연애의 단맛이 확 줄어든 기분이 든다. 물론 관계라는 측면에서 이런저런 것들을 알고 있으면 좋다. 하지만 그 앎에 끝이 있을까? 많이 알면 알수록 상대방에 대한 본능적 애정은 감소하고 그 대신 서글픈 계산들이 증가하지 않을까. 모르면 모르는 대로, 알면 아는 만큼 저 사람이 진짜 좋다, 라는 본능에 따라가보는 건 어떨까? 단, 헤어짐에 대해서는 스스로 받아들여야 한다. 우리 왜 헤어진 거죠? 누구의 잘못이죠? 누군가에게 물으며 평론을 구하고 싶지는 않다. 우리 연애에 별점을 매길 수 있는 사람은 아무도 없으니까.

우리가
정말 사랑했을까?

재훈 제 첫사랑은 초등학교 6학년 때였는데, 같은 반이었던 친구가 있었어요. 초등학교에서는 조별 활동 이런 거 자주 하니까, 색종이 같이 접고, 점토로 같이 인형을 만들다가 어린 마음에 그 친구한테 반했었나봐요. 그때의 저는. 그래서 크리스마스 때 카드도 주고받고, 어리고 치기 어린 마음에 방학 전에 그 아이의 이름을 반에서 큰 소리로 불러보기도 하고. 그랬던 알콩달콩한 기억들이 있습니다. 물론 그 친구는 지금 어디에서 무얼 하는지 잘 모르죠. 이 얘기를 왜 하느냐면, 그 친구가 어디에서 무얼 하고 있는지 모른다는 건, 연애의 감정이 아니잖아요. 연애 후의 감정이지. 그 친구와 제가 연애를 했었는지 지금은 잘 기억이 안 나지만, 어쨌든, 그 친구도 저한테 카드를 주었으니 서로의 마음이 오갔던 것이었겠죠.

진우 그때는 어쩌면 초등학교 6학년의 방식으로 연애를 하고 있었던 것인지도 모르겠네요.

재훈 그때는 '내가 지금 연애하고 있구나' 하는 생각이 들지 않았었겠지만요. 그런데 어쨌든, 중학교에 가면서 서로 헤어지고, 지금 벌써 십칠 년이 흘렀는데 그 이후에 그 친구의 소식은 모르잖아요. 모르는 것은 연애의 단계가 아니고, 그전이 연애의 단계인 건데 요새 연애 이야기들 주변에서도 그렇고 많이 들어보면 연애 전과 연애 후를 전부 통틀어서 추억하는 것 같더라고요. 예를 들면 이런 식이죠. '아. 예전에 만났던 그 사람, 얼마 전에 연락 왔는데 애가 셋이래' 뭐 이런 얘기들. 그러면서 술 한잔 마시고. 물론 아름다울 수는 있겠는데, 달달하지는 않잖아요. 요새 트렌드가 사랑과 이별에 대한 어떤 굉장히 쓰고 현실적인 면이 부각되고 있어요. 그런데 거기서 벗어나서 연애는 원래 달달해야 하는 거잖아요, 물론 언제나 그럴 수는 없겠지만, 좀 달달한 측면에 주목을 많이 했으면 좋겠어요, 다시. 요새는 너무들 다 '해석'을 하려고 하고, 너무 현실적으로만 말을 많이 하는 것 같아서, 연애의 어떤 기원, 그 달달함의 기원을 우리가 다시 한번 찾아봤으면 좋겠다는 생각을 하게 돼요.

진우 달달함의 기원. 그 말 괜찮네요. 연애의 본질을 많이 놓치고 있다는 생각이 들기는 해요. 요즘에는 지금 재훈이가 말한 대로, 연애가 트렌드가 되고 있어요. 연애는 인간의 탄생과 함께 시작되었을 텐데, 요즘에는 마치 하나의 트렌드처럼 여기잖아요. 음악 차트도 보면 요즘 뜨고 있는 트렌디한 키워드들이 들어간 노래가 많은데. 한동안 '썸'이 굉장히 핫한 키워드였잖아요. '썸 타고 있다' 이런 말. 그런데 '썸'이라는 말을 보면서 지금 재훈이가 말한 대로, 연애는 그 자체로 달달하고, 돈으로도 살 수 없는 희열감, 만족감을 주는 건데 우리는 계속 남들에게 보이는 '포장'에만 신경쓰고 있지 않나 싶더라고요.

재훈 그냥 누군가가 관심이 가고 궁금해지고 해서 그 사람과 몇 차례 만나고 밥도 먹고 차도 마시고 얘기도 하고 또 어디 놀러가기도 하고. 그냥 그 자체에 집중하는 것이 아니라, '어? 얘랑 나랑 지금 썸 타고 있나?' '어, 썸이네?' '나 지금 썸남(썸녀)이랑 어디 가고 있어' 이렇게 나의 현재 상황을 객관화시키려고 하죠.

진우 마치 연애라는 게 1기 2기 3기 4기…… 무슨 과학 실험실에서 어떤 기수가 지나가듯이, 아니면 봄 여름 가을 겨울 계절이 지나가듯이 어떤 단계를 밟는다는 거죠. 그리고 요새는 연애 코칭 프로그램이 많다보니까, 자신이 처한 연애 문제를 환자가 의사를 찾아가 몸을 보여주고 치료를 받듯이 하는 듯 보여요. 그렇다보니, 계속 사랑이라는 것, 연애라는 것의 본질 자체는 놓아버린 채 결국 보이는 것들에 집중하고 있는 게 아닌가 싶어요. 연애의 본질로 다시 돌아가야 하지 않을까요?

재훈 제 나름대로 연애라는 걸 정의해본다면 '달달함을 유지하는 일'이 연애라고 생각해요. 서로 첫눈에 반하고, 아니면 좀 지내다보니까 연애 감정이 싹터서 두 사람이 연인이 되고, 물론 초반에는 그냥 마냥 좋죠. 달달하고요. 만나기만 해도 좋잖아요. 얼굴만 봐도 웃음이 나오고. 그러다가 연애를 하면 서로 굉장히 긴밀해지죠. 긴밀해지면서 연인이 아닐 때는 절대 볼 수 없었던 그런 모습들을 보게 되고, 그게 어떤 거부감으로 시간이 흐름에 따라 변화하면서 이 사람에 대해서 다시 생각하게 되고, 자연스럽게 멀어지고, '아…… 이 사람 질린다. 이 사람 더이상 못 만나겠다' 이러다가 이별하고, 다른 사람 만나고. 혹은 이런 감정적인 문제가 아니고 정말 현실적인 문제들, 예를 들면 서로가 결혼을 너무나 원하고 있지만 양가 부모님의 반대에 부딪혔다거나, 기타 등등의 현실적인 문제들도 있을 텐데. 이런 모든 과정들이 다 연애인 거죠. 처음의 그 달달함을 계속 유지시켜나가는 것. 파울로 코엘료가 쓴 『연금술사』에 나온 말인데 '초심자의 행운'이라는 거 있잖아요. 어떤 일을 하든 초심자에게는 얼마간 일이 잘 풀리는 것. 그걸 그 작가는 '초심자의 행운'이라고 명명한 건데, 연애에서도 통합니다. 연애하면, 한 육 개월 정도는 초심자의 행운 비스무리한 게 통하죠. 서로에게. 남녀에게. 하지만 그 시기가 지나고 나면 서로의 몰랐던 모습들, 즉 달의 뒷면이 보이기 시작하면서 트러블이 생기는데, 그 이후의 연애는 달의 뒷면을 보러 가는 일이죠. 달의 뒷면에서도 달달함을 느끼게 되어가는 과정이 아닐까 싶어요.

진우 그러려면 한 사람만의 노력으로 되는 것도 아니고, 서로가 많이 노력해야겠죠. 서로가 서로를 의심해야 할 것 같아요.

재훈 연애 초반에, '저 사람이 지금은 엄청 친절하고 잘해주는데 분명히 뒷면이 있을 거야' 뭐 이런 거. 그러면 서로가 마음의 준비를 하게 되잖아요. '과연 저 사람의 뒷면은 어떤 모습일까. 어떤 음습한 것일까' 하면

서 그 사람의 공개적으로 노출되지 않았던, 공식화되지 않았던 모습을 탐험하는 거죠. 사실 그 모습들을 사랑해주는 것이 달달함을 유지할 수 있는 비결이라고 생각해요. 물론 쉽지는 않지만 그 어려운 일들을 해내는 분들이 꽹장히 많습니다. 그래서 결국 해피엔딩, '엔딩'이 아니죠. '엔딩'으로 나아가는 초석을 다지는 분들이 많이 계시고. 그러니까, 한 면만을 보지 말고, 그 사람의 뒷면을 예상해볼 것. 의심해볼 것. 그런다면 달달함이 꽤 오래 지속될 거라고 생각해요.

진우 아까 말한 '초심자의 행운'과 같은, 초반 백일에서 육 개월까지의 기간은 일단, 논외로 쳐야 합니다. 그때는 어떤 걸 봐도 서로가 꽹장히 배려를 하고, 워낙 좋은 관계가 유지될 수 있으니까. 언젠가 저는 그런 생각이 들더라고요. 우리는 과연 그 사람을 사랑하는 것인가? 저도 연애를 하고 이별을 하고, 이런 경험들이 쌓이면서 어느 순간 그런 생각을 하게 되더라고요. 상대방은 나를 사랑한 것인가, 나의 다른 걸 사랑한 것인가. 나 역시 그 사람을 사랑한 것인가, 그 사람의 다른 것을 사랑한 것인가. 이런 의문이 들면서 생각해보니 지금 재훈이 말대로 달의 앞모습과 뒷모습이 있다 쳤을 때, 앞모습을 보고 사랑에 빠진 후에 뒷모습을 보고도 여전히 사랑을 할 수 있으려면, 달 자체를 좋아하면 돼요. 그런데 예를 들어 우리가 달 자체를 좋아하는 게 아니라, 달이 밝다는 것 때문에 좋다 치면, 태양이 나타나는 순간 갈아탈 수 있죠. 더 밝으니까. 그런 것처럼 우리가 그 사람 자체를 좋아하는 게 아니고, 어떤 '조건'을 좋아하는 것일 수도 있는 거죠. 외적인 조건, 내적인 조건 모두 포함해서요. 성격이 어떠했으면 좋겠다는 것도 다 조건이잖아요. 그런 식으로 시작된 사랑은, 만일 그 사람이랑 똑같은 사람, 또는 더 나은 사람이 나타나면 바뀔 수 있기 때문에 달달함이 오래 지속되기 어려워요. 쉽지는 않아요. 그 사람 자체를 사랑하는 것은. 솔직히, 죽을 때까지 경험하지 못할 수도 있어요. 노력이 필요하고, '눈'도 갖고 있어야 하니까. '사람' 자체, 이런 사람은 이 사람밖에 없다. 이 사람은 오리지널. 딱 한 명이다. 그런 확신이 있어야 우리가 연애를 오래할 수 있지 않을까. 저의 바람이기도 해요. 그런 만남을 꿈꾸죠.

재훈 연애하는 남녀 관계를 태양과 달에 비유하면 좋을 것 같아요. 밤에 달이 뜨잖아요. 그런데 달은 스스로 빛을 내는 게 아니고 태양을 통해서 은은하게 빛나죠. 밤이 되면 달이 빛나지만 태양은 안 보이죠. 낮에는 태양이 뜨고 달은 안 보여요. 그런데 달이 안 보인다고 해서 달이 없는 건 아니잖아요. 낮에는 태양이 너무 강하기 때문에 달이 묻히는 거죠. 밤에는 태양이 지구의 다른 곳을 비추고 있기 때문에 달만 은은하게 빛나죠. 어쨌든 둘은 같이 떠 있죠. 낮과 밤이 교차되면서 밤에는 달이 보이고, 낮에는 태양이 보이고. 낮과 밤에도 그들은 늘 함께 떠 있는 겁니다, 하늘 위에. 서로가 서로를 배려해주는 거겠죠.

진우 상호 배려. 참 좋죠. 정말 중요한데, 여기에 방점을 '상호'에 찍어야 할 것 같아요. 그렇게 못하는 경우가 많으니까요.

재훈 이렇게 해석하고 싶어요. 낮에는 달이 자기 모습을 좀 감춰주고, 밤이 되면 태양이 그 뜨거운 열을 내려놓아서 달이 은은히 빛날 수 있게 뒤에서 지켜봐주는. 남녀 관계도 이런 식이라면 계속, 오래오래 지속될 수 있지 않을까, 그런 생각도 들어요.

진우 연애라는 것은 일종의 시소게임 같은 거라는 생각을 하거든요. 무게중심이 5 대 5로 딱 맞춰지면 좋겠지만, 대부분은 한쪽으로 치우치는 경우가 많거든요. 누구는 적극적이고, 흔히 말해서 '더' 좋아하는 쪽이 있는 경우도 있고. 그럼 무게중심이 어느 쪽으로든 기울어질 텐데, 그렇다고 해서, 상대적으로 불리한 위치에 있는 사람만이 배려를 해야 하는 건 아니에요. 우리는 남자와 여자가 만난 것이기도 하지만, 한 존재와 존재가 만난 것이기 때문에 서로가 배려를 해야 한다는 걸 잊지 않았으면 좋겠어요. 어느 시점이 되면 내가 또 불리해질 수 있거든요. 꼭 그 이유 때문에 상대방에게 잘해줘야 한다는 얘기는 아니지만요. 가끔 어떤 사람들을 보면, 늘 연애에서 본인이 상대적으로 '유리한' 지점에 있어요. 연애 상대가 바뀐다 하더라도 변하지가 않아요. 쉽게 말하자면 인기가 많은 사람인 거죠. 다른 사람들에게 매력 어필도 잘해요.

재훈 그런 분들은 예를 들어 이런 거죠. '네가 나를 만나려면 이 정도는 해야지. 감수해야지.' 이런 생각을 하는 분도 계시는데. 저는 이게 굉장히 위험하지 않은가 생각해요.

진우 그건 연애도 아니고 사랑도 아니지 않을까요. 이런 모습을 볼 때면 연애의 본질이 무엇일까 생각을 해봤으면 좋겠어요. 사랑에 대한 나만의 '청춘철학'을 만들어야 한다는 거죠. '사랑은 OO다' 자기가 어느 정도 생각을 정립해서, 이게 지속 가능하고 좀더 연애의 본질을 붙잡고 희열감을 잘 느끼기 위해서는 어떻게 할 것인가를 고민해봤으면 좋겠어요. 그런데 우리는 너무 일반적인 세상의 담론대로 흘러가는 게 있다는 거죠. 연애조차도. 예를 들면, 연애 상담 프로에 이런 게 나와요. 어떤 상황(사연)이 나옵니다. '제가 잘못했나요? 상대방이 잘못했나요? 저는 어떻게 대처해야 하죠?' 이런 식의 사연이 많은데, 이렇게 가면 안 된다는 거죠. 내 일인 거잖아요. 나의 일이기 때문에, 누군가와 내가 매번, 연애가 시작될 때마다 전혀 새로운 연애가 시작되는 건데, 자신의 예전 과거의 경험도 크게 도움이 안 될지도 모르잖아요. 그러니까 매번 고민을 하고 있어야죠. 연애를 안 하고 있는 순간조차도 계속 '연애는 이런 게 아닐까?' '사랑은 이런 게 아닐까?' 그런 생각을 하면서 준비를 하고 있다가 그때그때 자기가 대처해서 답을 찾고 상대방과 대화를 나눴으면 좋겠는데, 우리는 그런 고민의 시간은 갖지 않으려는 것 같고, 그걸 자기가 고민을 안 해봤기 때문에, 흔히 말하는 '연애 전문가'라는 사람들한테 코치를 받으려는 경향이 있어요. 그런 것보다는 스스로, 결국 시간을 들이는 수밖에 없죠. 아까 노력이 필요하다고 했는데, 스스로 노력을 해야죠. 지불을 해야죠. 얻으려면.

재훈 언젠가부터, '연애 코칭' 프로그램들이 우후죽순 생겨나면서 연애라는 게 굉장히 분석을 요하고 리뷰가 필요한 어떤 텍스트처럼 인식이 되고 있는 것 같아요. 어느 순간부터. 요새 인기 있는 프로그램들 중에도 연애 관련, 연애 코칭 프로그램들도 있고, 팟캐스트만 검색해봐도 연애 관련 방송들 엄청 많이 나오잖아요. 그런데 제 생각에 연애가 이런 식으로 가면 별로 좋지는 않을 것 같아요. 서로에게. 연애는 사실 본능적인 거죠. 저 사람이 좋은데, '저 사람이 왜 좋아?' 하고 누가 물어오면 딱히 할말은 없어요.

진우 이유가 없을 거예요. 없지 않을까? 저 사람이 좋은데, 그냥 좋은 거죠. 이유야 뭐 있겠지만, 언어로 표현될 수 없는 지점들이 있겠죠.

재훈 그 언어로 표현될 수 없는 지점들이 '본능'인 건데, 우리가 배고플 때 '너 왜 배고파?' 물으면 딱히 할말이 없잖아요. '어제 굶어서.' 뭐 그럴 수는 있겠죠. 그런데 이건 생리적으로 어제 밥을 안 먹었으니까 배가 고픈 거잖아요. 오늘 왕창 먹는다고 내일 정말 배가 안 고파지겠냐고요. 연애도 마찬가지죠. '나, 저 사람 내일부터 좋아해야지' 그러고서 오늘까지 좋아했던 사람 따위는 잊고 저 사람과 내일부터 연애의 감정을 싹 틔우는 건 안 되잖아요. 계산적이거나 해석으로 풀리지 않는 게 연애인 거죠. 이런 본능적인 것을 자꾸만 리뷰하고 분석하고, 이런 것들이 콘텐츠화되고, 트렌디하게 각종 매체에서 노출되다보니까, '연애란 그런 건가 보다' 하는 생각이 들죠. 밀당도 나오고, 그러니까 연애는 게임인가봐, 이렇게 생각하기도 하죠. 물론 게임이기도 합니다. 때로는 고도의 심리전을 필요로 하기도 하니까요. 하지만 그것보다는 '배고픈 것'이 먼저잖아요. 우리가 과자 먹을 때, 과자 봉지 태그에 작은 글씨로 적힌 성분들 잘 안 읽어보잖아요. 그냥 먹잖아요. 맛있으니까. 연애도 그런 식으로 했으면 좋겠어요. 아까 진우가 말했던 것처럼 '이번에 저랑 제 남자친구랑 관계가 안 좋은데……' 이러면서 막 사연을 보내고 '누가 더 잘못했나요?' 물어보고. 방송하는 사람들은, 방송을 해야 하니까 어떻게든 대답을 해주겠죠. 근데 그게 마치 굉장한 '통찰'인 것처럼 연출이 되고. 그러면서 연애라는 것이 점점 이상해지는 건데. 이제는 그런 조언보다 자기 본능에 따랐으면 좋겠어요.

진우 수능시험을 보면, 언어영역에 '문학' 지문 나오잖아요. 거기에 유명한 일화가 있죠. 시 한 편이 문제로 나왔는데, 그 시를 쓴 시인도 그 문제를 못 맞혔죠. 인터뷰에서 그러더라고요. 나도 못 풀겠다, 이게 왜 정답인지도 모르겠다. 시는 시로써 읽혀야죠. 열 명이 읽었으면 열 명 다 다르게 해석이 되는 게 당연할진대, 정답을 정해놓았다는 것부터 위험한 거 아닐까요.

재훈 네, 게다가 우리는 시를 분석하잖아요. 여기에는 이런 비유가 들어가고, 여기에는 시적 자아가 누구다 이런 식으로요. 형광펜, 빨간 펜으로 줄 그어가며 표시도 하고. 자기만 알아볼 수 있는 필기를 하고요. 저도 그렇게 했죠.

진우 그런데 그게 과연 시일까요? 그때는 시가 생명력을 잃는 거 같아요. 그 시를 쓴 시인은 참 슬플 거예요. 우리의 연애와 사랑도 각자 다 답이 있는 건데 마치 그, 수능시험에 나온 시처럼 분석되고 정답이 요구되잖아요. 연애라는 건 계획적인 여행이라기보다 아주 즉흥적이고 우발적인 여행이기 때문에, '사고'에 더 가깝기 때문에, 분석한다는 것부터가 속성에 맞지 않죠. 불안하죠, 물론. 나의 평화로웠던 일상에 갑자기

돌발사고가 일어나는 거니까. 당황스럽기도 하고, 일상이 뒤엉킨 느낌이고, 마음도 오르락내리락하면서 힘들어지고. 그런데, 이걸 못 참으니까 상담도 받게 되고. 전문가의 조언을 구하는 건데. 아까도 말했지만, 스스로가 지불해야죠. 마음고생 끝에 연애나 사랑의 결실을 이루었을 때, 그때 느껴지는 쾌감은 이루 말할 수 없잖아요. 그래서 우리가 연애를 하는 거고요. 근데 아무래도 현대를 사는 사람들은 감정 소비에 대해서는 굉장히 보수적인 경향이 있는 것 같아요. 다들 내 일상생활이 빡빡하고, 오늘 할 일 내일 할 일도 있고, 계획된 대로 삶이 살아져야 한다고 믿으니까요. 갑자기 감정의 기복이 생기는 것에 민감한 거죠. 저도 그럴 때가 있었고요. 그렇게 보면 연애는 감정기복의 최고봉이죠. 오늘밤 갑자기 싸워서 새벽 세시, 네시까지 잠도 못 자고요. 내일 출근인데 밤새 싸우다가, 극적으로 새벽 다섯시에 화해하고. 그런데 화해를 하고 보니, 두 시간 자고 출근해야 하고. 회사 가서 일도 많은데 졸려서 힘들어하고. 어떻게 보면 이런 게 연애의 본질인 거잖아요. 그렇게 서로의 모습을 알아가는 거죠. 누구는 그럴 수 있어요. '나는 그런 거 싫다' 그럼 뭐 어떡해요. 평생 연애 안 하고 살 수밖에요.

재훈 결국 연애는 하고 싶고, 감정 기복은 겪기 싫을 때 '전문가'에게 상담을 하려고 하는 거 같아요.

진우 '답정녀'(답은 정해져 있고 넌 대답만 하면 돼) 같은 매뉴얼도 만들어 놓고 '우리 쓸데없는 감정 소비는 하지 말고 매뉴얼대로 가자.' 이렇게 되는 거죠. 점점 연애가 비즈니스적인 관계가 되어가는 것 같아요. 결국 감정 소비를 안 하려는 마음에서 비롯된 것 같은데, 그건 연애의 본질을 대단히 크게 놓치고 있다고 생각해요. 혹시 지금 연애하시면서 감정 기복 때문에 힘들어하시는 분들은 지극히 정상이니까 너무 그것 때문에 힘들어하지 마시고, 기꺼이 지불해주시고, 또 다음에 올 환희를 마음껏 누리셨으면 좋겠어요. 저도 그렇게 할 거고요.

재훈 감정 기복이 가장 극단적으로 일어나는 게 연애인 건데. 그게 정상인 거니까. 물론 힘들겠지만. 사람과 사람이 만나는데 그 정도의 충돌도 없으면 안 되죠. 서로 살을 부대끼는 사이인데. 구름과 구름이 만나면 천둥번개가 치잖아요. 하물며 사람과 사람이 만나는데 감정적인 충돌이 없겠어요? 그런 걸 다 감안해야죠. 그럼에도 불구하고 그 사람이 그냥 좋은 거죠, 연애란. 『위대한 개츠비』라는 소설 있잖아요. 개츠비가 아직도 위대하게 보이신다면, 연애는 조금 힘들 것 같아요. 개츠비는 평생 한 여자만 좋아하잖아요. 그 여자를 위해서 재산을 축적한 건데, 대단히 소극적이고 소심한 연애 방식인 거죠. 그 여자에게 다가가지는 않으면서, 물론 그 여자를 찾기 위한 노력은 했지만, 그 여자가 어디 살고 있는지 알고 난 뒤에도 그 여자를 찾아가는 게 아니고, 계속 파티를 열어서 그 여자가 자기의 성공한 모습을 보게끔 만들잖아요. 그래서, 어떤 소설가가 『위대한 개츠비』를 번역하면서 평론에 이렇게 썼더라고요. 개츠비는 그 여자를 사랑한 게 아니고, 그 여자를 사랑하는 자기 자신을 사랑했다고. 한 여자만 바라보는 자기 자신의 모습을 사랑한 거. 그거 아직 연애할 준비가 안 돼 있는 거죠. 그 여자를 만나고 싶지만, 만날 준비가 안 돼 있었던 게 아닌가. 다들, 남자도 그렇고, 여자도 마찬가지고, 너무 '위대해지려고' 안 했으면 좋겠어요. 어떻게 위대해집니까, 연애하는데. 찌질해지죠. 그 찌질함을 건전하게 인정을 해줄 때 연애 초기의 달달함이 아주 오랫동안 지속될 수 있을 것 같아요.

진우 우리가 흔히 '사랑은 용기다' 이런 말을 하는데, 이게 잘못 해석되면, '객기'가 될 수 있어요. 객기를 부리란 얘기가 아니라, 그런 것도 감수하겠다는, 내가 설령 찌질해 보일 수 있다는 것도 감수할 수 있다는 용기. 또 아까 말한 대로 내 일상의 평온함이 깨짐도 감안하겠다는 그 용기. 내가 오늘 한 시간 자고 출근하더라도, 그래서 내 하루가 엉망진창이 되더라도 괜찮다. 나에게는 그 사람과의 만남이 더 중요하다고 생각하는 그 용기. 저는 사랑의 '용기'란 그런 거 같아요. 그래서 우리는 사랑에 대한 정의를 자신의 필터링으로 전부 재정의 내릴 필요가 있다고 생각해요. 나만의 사랑철학을 만들어야 하는 거죠.

내가 너를? 내가 나를?
네가 나를? 네가 너를?

재훈아, 우리는 서로의 연애사를 알고 있잖아.

누군가를 만나게 된 이야기, 또 헤어지게 된 이야기 모두 말이야. 뭐 당연한 얘기겠지만 모든 이별에는 나름의 이유가 있었어. 이유는 그때 그때마다 달랐지. 나에게 이유가 있을 때가 있었고 상대방에게 이유가 있을 때도 있었어. 혹은 둘 다에게 이유가 있을 때도 있었고. 처음엔 그 이유들의 공통점들을 찾아보려고 노력했었어. 그건 나의 성격과 취향을 알아가는 일이기도 했어. 하지만 얼마 가지 않아 나는 그것들에는 공통 의 패턴이 없음을 알게 됐지. 나는 매번 같은 모습으로 사랑하는 것 같 았지만, 사실 매번 다른 모습으로 사랑하고 있는 것 같기도 했어.

그럴수록 '사랑'이라는 감정에 대한 의문은 계속 커지더라고. 과연 존 재는 하는 것인지조차 헷갈리기도 했어. 답답한 마음에 펼쳐 든 책이

나 영화에서도 그 모습은 제각기 달랐지. 답답함이 체념으로 변하고 있던 즈음 그 고민의 벽을 뛰어넘어볼 수 있는 두 가지 이야기를 듣게 되었어. 그것은 다름 아닌 우리가 사랑을 하는 순간, 그 사랑을 받고 있는 '대상'에 대한 이야기였어.

영화 〈위대한 개츠비〉가 개봉했을 때 우리 술 한잔 하면서 개츠비 이야기를 했었잖아. 그때 재훈이 네가 김영하 작가가 『위대한 개츠비』를 번역했을 때 썼던 글 얘기를 해줬지. 나중에 나도 찾아서 다시 읽어봤는데 이런저런 생각들이 많이 들더라고. 거기엔 데이지는 인간 개츠비가 아니라 영국제 셔츠를 사랑하는 여자, 사랑하는 사람이 아니라 사랑 그 자체와 사랑에 빠지는 여자다. 개츠비는 사랑할 가치가 없는 여자를 지독하게 사랑하는 것, 더 나아가 그런 자기 자신을 사랑하는 남자로 표현을 했었지.

또 요즘 읽고 있는 『저스트 키즈』의 패티 스미스는 자신의 연인이자 예술적 동반자인 로버트 메이플소프가 동성애자임을 알게 된 이후에도 두 사람만의 '특별한 관계'를 계속 이어나갔지. 더구나 오랜 친구 이상의 감정으로 말이야. 일반적인 사람들은 도무지 이해하지 못할 관계일 거야. 하지만 난 이 두 가지 이야기의 힘을 빌려 그동안 내가 늘 고민해왔던 문제의 답에 조금 더 가까이 다가갈 수 있었어.

내가 누군가를 '사랑'할 때 그 사랑을 받는 '대상'은 누구일까? 너무나도 당연한 이야기였기에 단 한 번도 의심하지 않았던 질문. 사실 그 한마디에 모든 이별의 이유는 들어 있었어. 우리는 누군가와 사랑에 빠지면 당연히 '그 사람'을 사랑한다고 생각하고 있지. 하지만 그 대상은 상대방이 아닌 '나'일 수도 있어. 아니, 사실 대부분이 그런 것 같아. 누군 가를 사랑한다는 것은 그 사람의 '특정 모습'을 사랑한다고 말하는 게 맞을 거야. 웃는 모습이 예쁘거나 일할 때 모습이 매력적일 수도 있고, 나와 취향이 비슷하거나 가치관이 같을 수도 있지. 내가 평소에 추구하 거나 꿈꿔왔던 모습과 생각을 가진 사람에게 호감을 느낀다고 생각하 지만, 사실 그 사람을 '매개체'로 우리의 만족을 채우고 있는 거야. 이걸 확인하는 방법은 만약 내가 상대방에게 호감을 느낀 부분이 없어진다 면, 다시 말해 상황이 지금과 달라진다면 나의 감정은 어떻게 될 것인가 를 상상해보면 알 수 있어. 예컨대, 패티 스미스처럼 연인이 동성애자임 을 알게 됐을 때처럼 말이야. 상황이 바뀌었음에도 불구하고 여전히 그 사람이 좋다면 내가 사랑하는 대상은 정말로 '그 사람'인 거지.

결국 우리가 보통 누군가를 사랑한다고 하는 것은 사실 내 만족을 채우는 것과 같은 거야. 그것은 곧 '나를 사랑하는 일'인 거지. 그런 식 의 사랑은 조건부 계약과도 같아. 사람에 따라 따지는 조건의 개수가 많을 수도 있고 적을 수도 있겠지만 최소한 한 개 이상의 조건이 만족될 때 그 사랑을 유지할 수 있어. 만약 그 사람을 만나고 있는 만족도가 내 기준치보다 아래이거나 아예 없다면 더이상 그 사람을 만날 이유를 찾 지 못하게 되어 결국 이별로 이어지게 되겠지. 여기서 말하는 '조건'이란 꼭 물질적인 것만을 말하지 않아. 돈이나 직업과 같은 물질적인 조건 말 고도 나에 대한 관심이나 애정, 그 밖에 취향, 가치관, 비전 등 눈에 보 이지 않지만 사랑에 꼭 필요하다고 여기는 모든 것들이 포함될 거야.

우리는 지금까지 연애를 하면서 과연 나보다 그 사람을 더 사랑했던 적이 있었을까? 나조차도 선뜻 대답이 나오지 않는 질문이야. 내가 좋아하던 모습이 이제 보이지 않는다며, 내가 예전과 상황이 달라졌다며, 이제는 그 사람이 예전만큼 '내 만족'을 채우지 못한다는 이유로 상대방에 대한 애정을 거둔 적이 없었을까. 사랑이 힘들다고 하는 건 이렇게나 자신보다 다른 사람을 사랑한다는 것이 정말 어려운 일이기 때문일 거야.

물론 우리는 모두 타인이야. 아무리 사랑하는 사람이라고 할지라도 본질은 타인이지. 어떠한 상황에서도 변함없이 상대방에 대한 애정을 유지해야 할 의무나 권리를 갖고 있지 않아. 하지만 꿈꿔볼 수는 있을 거야. 내가 사랑하는 대상이 '내'가 아닌 '그 사람'이 되는 진정한 사랑을 말이야. 그 사람의 모습이 바뀌거나 내 상황이 변하더라도 어쩔 수 없이 그 사람에게 끌리게 되는 사랑을. 정말 쉽지 않을 것이고, 평생에 단 한 번도 경험하지 못하는 사람도 많을 거야. 그런 의미에서 이 편지는 매우 우울하게 끝을 맺게 될 것 같아. 하지만 나는 부족한 글로나마 그동안의 사랑을 반성하고 싶었고, 그 사람을 원망하고 싶었고, 앞으로의 진정한 사랑을 꿈꿔보고 싶었어.

내가 매력적으로 느끼는 상대방의 어떤 부분들이 사랑을 시작하는 '단초'가 될 수 있지만 그것만이 그 사랑을 유지하는 '조건'이 되지 않기를 바라고, 내 만족을 채우기 위해서가 아니라 그저 '그 사람'이기에 유지되는 사랑을 할 수 있길 간절히 바라본다.

이 글을 처음 썼던 그날 밤을 다시 떠올리며. 진우

우리가 비록 많은 나이는 아니지만, 이런 말은 해도 괜찮을 만큼 살아온 것 같기는 해. 어떤 말이냐면, 한 해 한 해, 한 살 한 살 먹어갈수록 관대의 폭이 조금씩 넓어진다, 라는.

내 경우에는 사랑에 관해서 특히 그래. 결혼 정보 회사도 많이 생겼고, 상대방의 연봉이나 집안 환경을 따져가며 결혼하는 일이 이제는 흔한 일이 되었잖아. 작년까지만 해도 나는 이런 세태(?)에 대해 무지 날카로웠거든. 생각해보면 사실 내 일도 아닌데 남들 얘기 들으면서 괜히 흥분하고, 쓸데없이 핏대 세워가며 "그건 사랑이 아니야!"라고 토로해보기도 하고. 그런데 요즘은 그냥 '그럴 수도 있지 뭐' 하고 넘기게 돼.

더 재미있는 건 말야, 사람을 만날 때 연봉과 집안을 중요하게 생각하는 개념도 어떤 면에서는 '사랑'일 수도 있겠다고 여기게 되었어. 한 사람을 구성하는 요소들이 여러 가지가 있을 거 아냐. 성격이라든지, 마음씀씀이라든지, 매너라든지, 지식이라든지 등등. 그렇다면 어떤 회사에 다니고, 돈은 얼마나 벌고, 부모님은 뭐 하시는 분이고, 사는 데는 어디인지 따위의 것들도 충분히 그(그녀)라는 완전체를 이루는 각각의 조각들이 될 수도 있지 않겠냐는 거야.

우리가 종종 여자 얘기 많이 하잖아. 너랑 내가 공통적으로 만나고 싶어하는 사람의 모습은 겹치는 면이 꽤 많지. 그중에서 1순위를 매기자면 '예술적 감수성'일 거야. 그렇지? 예술가인 척하는 사람들 말고, 남들 별로 신경 안 쓰면서 자기 욕망을 잘 자족할 줄 아는 창작자들을 너랑 나는 모두 원하고 있어. 〈플레이〉라는 영화에서 전시 기획자 솔미(우리의 여신 정은채님)가 "자기 짐은 자기가 들어야지"라는 대사를 읊었을 때, 우리 둘은 몹시 흥분했더랬지. 그래, 바로 저런 사람이다! 그리고 〈비긴 어게인〉의 주인공 그레타(우리의 여신 할리우드 버전 키이라 나이틀리님)가 "나는 나를 위해서 곡을 써요"라고 말했을 때, 우리는 또 괜히 설레었어. 우리가 함께 그 영화를 봤던 것도 아닌데, 나중에 전화로 영화 이야기를 하면서 서로가 같은 지점에서 '심쿵' 했었다는 걸 알게 됐잖아. 전진우와 임재훈은 말하자면 꽤 비슷한 '이상형'을 마음에 품고 있는 셈이지. 오 우리의 여신님, 솔미와 그레타!

스스로에 대한 '객관화'가 과연 가능할까 싶지만, 그래도 어느 정도 멀찌감치 떨어져서 우리를 바라보니까, 왠지 "남자 삼십대면 연봉 5천에 차는 있어야 결혼 생각을 하지"라고 말했던 나의 동기와 비슷하다는 결론에 이르렀어. 어쨌든 너도 나도 내 동기도 '조건'이라는 걸 달고 있는 거니까. 너나 나나 내 동기나 '조건부 만남'을 원하고 있다는 거지. 우리는 '감수성'을, 동기는 '돈'을 최상의 조건으로 염두에 두고 있는 것이고. 생각이 여기까지 확장되고 나니까 내 머릿속은 몹시 혼란스러워졌어.

'돈'과 '감수성'이라는 것을 한 사람에 대한 구성 요소로 본다면, 과연 그 둘을 놓고 저울질하는 것이 가능할까? 애인 사귈 때 돈을 많이 따지는 누군가를, 너랑 내가 과연 비판할 수 있을까? 물론 이쪽과 저쪽을 바꿔놓아도 이 질문은 성립해. 애인 사귈 때 감수성을 많이 따지는 너와 나를, 누군가가 과연 비판할 수 있을까? 그래서 나는, 결국 사랑이라는 건 '취향'의 문제일 뿐이라는 싱거운 결론을 내려야 하는 건지 고민하게 되고, 그렇다면 우리가 사랑이라 부르는 관계란, 본래 '싱거운 것'이겠구나 하는 시니컬한 태도가 돼버려.

자, 다시 정리해보자. 가설을 세워보는 거야. 사랑은, 누군가의 '속'으로 들어가는 관계 맺기다, 라고. 그 속으로 들어가는 입구는 한 가지일 리 없겠지. 감수성이라는 문을 열고 입장할 수도 있고, 혹은 돈이라는 통로를 통해 접근할 수도 있을 거야. 그 사람의 '속'에 입성하는 데 성공하기만 한다면, 어디서 시작했든 그게 무슨 큰 차이가 있을까. 누구나 저마다의 사정이라는 게 있을 테고, 그 사정에 맞게 누군가를 만나서 스스로 만족할 만한 관계를 유지해나갈 수 있다면, 그런 관계에 대하여 제삼자들이 이렇다저렇다 판단하고 떠들 이유는 없지 않을까? 다만, 어떤 커플이든 "우리는 진정한 사랑으로 맺어졌어요" 같은 포장은 하지 말아야겠지. '만났고', '만나고 있을 뿐'이라는 것만이 명확한 사실이니까.

이번 편지는 써내려갈수록 산으로 가는 기분이다. (지금까지 보낸 다른 편지들도 마찬가지겠지만.) 아마도 내가 사랑이라는 것에 대해 몹시 고민하고 있어서인지도 모르지. 그런데 이거 하나는 좋아. 우리가 추구하고 있는 이상향들이 별것 아닐 수도 있다는 가능성을 발견하는 일 말야. 뭐랄까, 너와 내가 오래도록 특출한 '별종'으로만 남는 게 아니라, 가능한 한 많은 부류들(이 세계의 다양한 '부족들')과 소통할 수 있다는 증거이니 말야.

사랑에 대한 너의 요즘 생각들이 궁금하다. 나는 점점 싱거워지는 쪽으로 기울고 있는데 진우 너는 어떨는지. 짠맛 단맛보다 싱거운 게 몸에 좋다는 어느 건강 프로그램을 떠올려보는 지금이다. 답장 기다릴게.

사랑을 고민하는 삼십대 재훈

사랑,
그런데 말입니다

진우야, 요새 나는 누군가를 사랑한다는 것과 누군가를 좋아한다는 것이 별개의 문제라는 생각을 하게 된다.

〈맨 인 블랙〉의 한 장면이 떠올라. 맨홀 뚜껑에 아주 작고 예쁜 꽃 한 송이가 피어 있고, 그걸 발견한 제이(윌 스미스)가 꽃을 만지려고 하니까 갑자기 땅이 흔들리면서 쩍 갈라지잖아. 그러고는 맨홀 밑에 숨어 있던 거대 외계 괴물이 튀어나오지. 그 꽃은 괴물의 머리카락이나 체모(?) 정도 되는, 말하자면 괴물의 '일부'였던 거야. 좀 괴팍한 비유이긴 한데, 누군가를 좋아해서 사랑하는 과정이 어쩌면 〈맨 인 블랙〉의 한 장면이랑 비슷한지도 모르겠어.

처음에는 '꽃'만 보이지. 지금까지 본 적 없는 여리고 곱고 순결한 꽃 한 송이. 얼마 지나지 않아 그 꽃을 좋아하게 돼. 그리고 소유하고 싶어

지지. 그래서 그 꽃을 뽑으려는 순간! 갑작스러운 지각변동과 함께 괴물이 깨어나는 거야. 아뿔싸, 머리에 꽃을 대롱대롱 달고 있는 그 괴물을 나는 감당할 자신이 없어. 괴물은 나의 당혹스러운 표정을 눈치 빠르게 알아채고는 눈물을 흘려. 그렇게 괴물은 다시 맨홀 밑으로 숨어버리지. 하지만 여전히 사랑받고 싶은 괴물은 자기의 아름다운 부분, 즉 꽃 하나만은 만인에게 노출시킨 채로 누군가가 다가와주기를 기다려.

중학생 때였나, 〈슈렉〉을 보며 눈물을 흘린 적이 있어. 슈렉과 사랑에 빠지는 피오나 공주는 자기가 저주를 받아서 지금의 흉한 초록색 외모를 갖게 되었다고 생각하지. 그런데 막상 저주가 풀렸을 때, 피오나 공주의 육체에는 변화가 없어. 어라? 미녀로 변해야 하는데? 그때 피오나 공주는 안 거지. 지금 이 모습이 자기 본색이라는 걸. 슈렉은 내심 기뻐. 피오나 공주가 미녀로 변하면 더이상 자기를 사랑해주지 않을까봐 걱정했는데, 알고 보니 피오나의 본래 모습도 자기와 비슷했던 거야. 부담이 사라진 거지. 좌우지간 슈렉과 피오나는 해피엔딩. 두 사람, 아니 두 몬스터는 서로 아끼고 사랑하며 행복하게 살았답니다.

남자든 여자든 누구나 저마다의 '괴물'을 숨기고 있고(물론 자기만의 '꽃'을 갖고 있다는 뜻이기도 해), 그 괴물의 본성은 '저주'가 아니라 자연스러운(혹은 인간적인) 속성이기 때문에, '사랑'이라는 마법을 통해 풀려나거나 해제되는 성질의 것이 아니다, 즉 쭈-욱 지속되는 것이다, 라는 말을 하고 싶어서 너한테 이 편지를 쓰는 거야. 낯선 타인을 쉽게 좋아하거나 사랑하지 못하는 나의 소심한 성격을 일종의 병이라고 진단한다면, 그 처방전은 〈맨 인 블랙〉의 괴물이나 〈슈렉〉의 피오나 공주에게서 찾아야 한다는 결론에 이르게 돼. 그런 면에서 나는 많이 '아픈' 사람이라는 생각도 하게 되고.

나의 '괴물'을 남에게 보여주지 못한다면, 남의 괴물을 안을 수 없을 거야. 타인의 입장에서도 마찬가지지. 매번 '꽃'만 보여주려 하고, 매 순간을 꽃으로만 기억하려 한다면, 아마 영영 그(그녀)의 괴물은 받아들이지 못할 거야. 물론 일반적인 경우는 아니겠지만, 내 주변의 커플들을 관찰해보면, 시도 때도 없이 장소 안 가리고 '잘' 싸우는 쪽이 훨씬 오래가더라고. 싸우고 화해하고, 싸우고 화해하고. 괴물이었다가 꽃이었다가, 괴물이었다가 꽃이었다가. 서로의 '괴물'과 '꽃'에 익숙해진 덕분에, 본인들은 "사랑은 이제 식었어"라고 너스레를 떨지만, 어쨌든 둘이 함께 잘 갈 수 있는 게 아닐까.

지금까지의 몇 안 되는 내 연애에서, 나는 늘 꽃만을 바랐던 것 같아. 상대가 정말 조심스럽게 어렵사리 제 안의 괴물을 꺼내 보이려는 찰나에, 나는 언제나 그걸 바라보기를 거부했었어. 사실 그게 사랑인 것일 텐데. 나는 늘 '좋아하는' 단계에서만, '꽃'의 수준에서만 머물다가 안타깝게 관계를 끝맺곤 했어. 참 고왔던 그녀는 헤어지는 순간에 내게 그러더군. "고지가 바로 저 앞에 있었는데 오빠가 견디지 못하고 돌아섰다고." 나는 그 말에 아무런 대꾸도 할 수 없었어. 맞는 말이었거든. '괴물'과 맞서지 못한 나 자신이었으니까. '사랑의 힘'으로 모든 상황을 오래도록(어쩌면 영원토록) 꽃으로 변화시킬 수 있다는 미숙한 믿음을 가진 나 자신이었으니까. 진짜로 사랑의 힘 같은 것이 실재한다면, 그건 나와 타인 모두의 괴물을 마주할 수 있는 넓고 담담한 가슴을 서로에게 주지 않을까 싶어.

다시 혼자가 되고 나니, 매일같이 나의 '괴물'과 만나고 있는 느낌이다. 이 괴물을 부끄러워하지 않고 온전히 품어줄 수 있게 될 즈음, 새로운 사람을 만났을 때 나도 '사랑'이란 걸 할 수 있지 않을까 예상하고 있어. 남들에게 내 꽃과 괴물을 적절히 노출하는 기술도 익혀야 할 테고. 아무튼, 할 일도 많고 갈 길도 첩첩이다. 외롭기는 한데, 그래도 어쨌거나 여전히 다시 한번 시작해보고 싶은, 잘 살아보고 싶은 마음이 더 강해서 다행이야. 너와 나의 꽃을 위해, 그리고 괴물을 위해 오늘 하루를 또 살아낸다. 조만간 만나서 우리의 괴물을 마음껏 소환해보자.

어느 시끄러운 카페에 혼자 앉아 있는 외로운 괴물, 재훈

Reply to

재훈아, 살면서 이성한테 거절을 당해보지 않은 사람이 있을까?

물론 있을 수도 있을 거야. 단, 조건이 하나 붙겠지. '아직까지는'이라는 조건. 모든 사람은 평생 몇 번의 거절을 경험하게 되지. 우리에게도 많은 경험이 있잖아. 누군가에게 내 마음을 고백하는 것이 힘든 건 고백 자체가 힘든 것이 아니라, 거절을 당했을 때 내가 느낄 좌절감이 무섭기 때문일 거야. 안정적인 연애를 하는 도중 갑자기 거절을 당하게 되더라도 마찬가지일 거고. 사실 나이가 한 살씩 들어가면서 거절의 공포는 더 커져가고 있는 거 같아. 난 내 나이의 숫자보다 이런 생각이 들 때 오히려 나이가 들어감을 실감하고 있어.

아무튼 나도 지금까지 살아오면서 거절의 객체가 되어보기도 하고, 주체가 되어보기도 했지만 그후에 일어난 일들은 조금씩 차이가 있었던 것 같아. 생각보다 거절의 여파가 크지 않았던 적도 있었고, 나의 모든 생활이 마비될 정도로 큰 충격을 받았을 때도 있었지. 거절이 치명타로 다가오는 때는 예상하지 못했을 때야. 멍 때리고 있다가 뒤통수를 맞은 것처럼 정신이 혼미해지고 어떻게 대처해야 할지 눈앞이 깜깜해지지. 거절을 당했을 때 나를 제일 힘들게 했던 것은 마치 이 세상 모든 사람들에게 거절을 당한 것 같다는 느낌이 들어서였어. 사실 나에게 거절을 했던 그 '단 한 사람'의 의견이었음에도 불구하고 말이야. 그 사람이 전 국민을 상대로 설문조사를 한 것도 아니었고 자신의 생각을 뒷받침해줄 전문가를 대동했던 것도 아니었는데도 말이야. 그럼에도 불구하고 나는 이제 아무도 만나지 못할 거 같다는 생각이 들기도 했지.

하지만 난 변한 게 아무것도 없었어. 내가 극적으로 승낙을 받았던 순간에도, 오히려 누군가에게 거절을 했어야 할 순간에도, 갑자기 거절을 받아들여야 했던 순간에도 나는 언제나 똑같은 사람이었어. 근데 이렇게 당연한 사실도 그 당시에는 생각하기 어려웠지. 아마도 다른 사람의 평가에 기준하여 스스로의 가치를 매겼던 오랜 습관 때문일 거야. 누군가에게 승낙(긍정적 평가)을 받아내면 스스로 가치 있는 사람으로 느껴지고, 거절(부정적 평가)을 당하면 가치 없는 사람으로 느껴지는 습관 말이야. 어쩌면 행복한 인생은 그 습관에 달려 있는지도 모르겠다. 다른 사람의 평가에 의해 나의 가치를 매기는 습관이 바뀌지 않는다면 행복한 인생은 물론 진정한 사랑도 하지 못할 거야.

물론 언제나 말했듯이 우리는 다른 사람의 평가에서 완전히 자유로울 순 없어. 단, 그 데미지를 줄이는 방법은 있을 거야. 우리는 상대방의 의견이 '모든 사람'의 의견이 아니라 '한 사람'의 의견이라는 것을 주목할 필요가 있어. 그 말은 그렇게 생각하지 않는 사람도 분명 존재한다는 것이지. 그녀 혹은 그가 탐탁지 않게 생각한 나의 '단점' 때문에 오히려 나에게 호감을 갖는 사람이 있다는 거야. 단, 서로가 '아직' 만나지 못한 거지. 물론 사람마다 그 확률은 조금씩 다르겠지만 말이야. 데미지를 줄이는 또하나의 방법은 거절을 '그냥' 거절로만 받아들이는 거야. 거기에 부가적인 이유를 스스로 덧붙이지 말고 말이지. 하늘에 신이 있다고 믿던 시대에는 엄청난 폭우가 내리거나 극심한 가뭄이 들면 신께서 노했다고 생각했다고 하잖아. 날씨에 사람의 정서를 부합시켰던 거지. 하지만 이제는 아무도 세차게 내리는 폭우를 보고 그렇게 생각하지 않아. 그저 '현상'으로만 받아들일 뿐이지.

삶에서 갑자기 맞게 되는 '거절'의 순간에도 마치 갑자기 폭우를 만난 사람처럼 행동할 수 있다면 우리의 슬픔은 조금 더 가라앉을 수 있을 거야. 오히려 이 비가 그치면 당분간은 쨍쨍하겠다는 기대감을 갖고서 말이야. 반대로 예상치 못한 승낙에 너무 기뻐할 것도 없어. 언제 또 그것이 반대의 모습으로 우리에게 다가올지 모르니까.

우리 삶에서 수없이 많은 '승낙'과 '거절'이 오고 갈 거야. 매번 그 결과에 휘둘리면 우리는 제대로 된 만남을 이어갈 수 없겠지. 근거 없는 피해의식 혹은 자신감으로 스스로를 가두거나 상대방에게 상처를 주기 때문이야. 결과에 휘둘리지 않고 버티기 위해서는 상대방의 판단과 내가 스스로 생각하는 판단을 분리해서 생각해볼 필요가 있어. 모든 사람은 어느 하나의 모습만 갖고 있지 않아. 보는 각도에 따라 달리 보이는 홀로그램처럼 수많은 모습을 모두 담고 있지. 착한 남자, 혹은 나쁜 남자란 세상에 없는 거야. 착하고도 나쁜 남자, 나쁘고도 착한 남자가 있을 뿐이지. 자신의 좋은 모습, 안 좋은 모습을 모두 포용할 수 있는 사람이 정말 멋진 사람이지 않을까 싶어.

우리가 좋아하는 키이라 나이틀리가 얼마 전에 상반신 누드 화보를 찍었다고 하더라고. 근데 그걸 찍으면서 했던 인터뷰 내용이 압권이었어. 그동안 내 몸은 파파라치나 영화 포스터 사진 등을 통해 여러 가지 이유로 조작됐다고 하면서 가슴을 더 크게 만들거나 리터치하지 않는 조건으로 상반신 누드 촬영을 해도 좋다고 했다는 거야. 모든 배우들이 조금이라도 자신의 결점을 가리기 위해 애를 쓰는 것과는 정반대의 모습이지. 그러면서 여성의 몸이 전쟁터처럼 된 것은 사진 때문이며 우리 사회가 '사진'처럼 사물의 다양성을 못 보고 있다고 말했다는 거야. 아, 정말로 날카로운 시선이고 멋있는 말이기도 했어. 역시 우리가 좋아할 만한 배우였어.

맞아. 우리는 다양한 모습을 가지고 있지만, 다른 사람이 우리를 볼 때는 마치 '사진'을 보듯 제한된 구도밖에 볼 수 없어. 너의 편지에서 말했던 〈맨 인 블랙〉의 머리에 꽃이 달려 있는 괴물과도 비슷한 거지. 근데 사람의 마음이란 게 좋은 모습만 보여주고 싶잖아. 언젠가는 나의 본모습을 보여줄 수밖에 없더라도 일단 지금은 그 사람에게 좋은 인상을 주고 싶은 마음이 드니까. 그렇기 때문에 키이라 나이틀리의 이야기가 더 대단하게 들리는 거지. 있는 그대로의 나의 모습을 세상 사람들에게 보여주고 싶다는 거잖아. 스스로에 대한 자신감일 수도 있지만, 있는 그대로의 나의 모습을 받아들이겠다는 것이기도 하지. 어쩌면 진정한 의미의 자신감, 스스로를 믿는 마음일 수도 있겠다.

살면서 사랑을 하다보면 많은 시련을 겪을 수밖에 없을 텐데 그것을 견뎌낼 수 있는 맷집은 있는 그대로의 나의 모습을 받아들이는 것과, 나에게 일어난 일에 너무 많은 의미 부여를 하지 않는 것일 거야. 애초에 나의 모든 모습을 다 사랑해줄 수 있는 사람, 또 내가 모든 것을 사랑할 수 있는 사람을 만나는 것은 쉽지 않은 일이었으니까. 그 인연이 완성될 때까지 우리는 우리의 자리를 지키며 버텨가야만 할 거야. 우리 그때까지 맷집을 키워보자.

많은 생각이 드는 어느 새벽, 진우

개츠비와
연애 프로그램의 단상

—

재훈

개츠비가 정말로 위대해 보였던 때가 있었다. 그때의 나는 단 한 번의 연애 경험도 없었던 터라, '단 한 사람만을 평생 사랑하는 남자'에 대한 로망을 품고 있었다. 『위대한 개츠비』의 주인공 개츠비는 대표적인 자수성가형 재산가인데, 그 성공의 모티브가 첫사랑 데이지다. 개츠비와 데이지는 한때 뭇 연인들처럼 달달한 시절을 보내다가 이별을 맞았다. 서로가 헤어지려고 해서 헤어진 게 아니라, 개츠비가 전쟁터로 싸우러 나가면서 갈라지게 된 것이다. 자의적인 선택이 아니라 '참전'이라는 타의적인 상황으로 말미암아 잘 만나고 있던 둘은 찢어졌다.

어떤 철학자가 "사랑은 둘의 경험"이라고 말했다고 한다. 이 철학자의 견해에 따르면, 개츠비와 데이지의 사랑은, 즉 '둘의 경험'은 전쟁이라는 타성이 틈입하면서 어긋난 셈이다. 연애 시절의 개츠비는 애송이었다.

언젠가 이 여자를 행복하게 해주리라는 당찬 포부 말고는 가진 게 없는 남자였다. 그는 군인이 되어서도 그 포부를 안고 지옥 같은 전쟁을 겪어 냈다. 〈아이언맨 3〉에서 토니 스타크가 고장난 아이언맨 슈트를 질질 끌고 한밤의 눈밭을 기어가던 장면이 오버랩되는 대목이다. 개츠비의, 데이지를 향한 그 포부는, 토니 스타크의 아이언맨 슈트 같은 게 아니었을까.

제대하기 전까지는, 전쟁이 끝나기 전까지는, 개츠비의 포부는 시동이 꺼져 있다. 비록 지금은 작동하지 않지만, 언젠가 재가동시킬 순간을 그리며, 개츠비는 그 포부가 잘 있는지 수시로 확인한다. 데이지에게 숱한 편지를 보냄으로써 말이다. 날아오르지 못하고 힘을 잃은 포부를 이고 있는 동안, 데이지는 새 남자인 톰 뷰캐넌을 만난다. 재벌 가문의 일원인 그는 파티와 폴로 경기를 즐기며, 결혼 후에도 또다른 여자와 사귀고 파티에 취할 줄 아는, 그야말로 재력과 정력의 소유자다. 에너지가 넘치는 그는, 어떤 의미에서 데이지의 아이언맨이다. 문제는 데이지뿐만 아니라 다른 여자들까지 번쩍 안고 날아다니는 과도한 에너자이저라는 점이다. 개츠비의 아이언맨 슈트는 전쟁터에서 녹슬어가고 있건만, 데이지는 또 한 명의 아이언맨과 어쨌거나 살 만한 삶을 살아가는 중이다.

군복을 벗고 다시 민간인이 되었을 때, 개츠비는 자신의 포부를 재가동시켜 훨훨 비행하고자 안간힘을 쓴다. 갖은 수단과 방법을 동원하여 악착같이 돈을 그러모아, 부와 명성을 얻고, 데이지와 톰 부부의 집 근처 대저택에 터를 잡는다. 그렇게 극적으로 데이지와 재회하고, 다시 오래전으로 돌아간 듯 행복한 시간을 보내지만, 둘의 결말은 독자들이 아는 것처럼 처절한 비극이다. 톰의 내연녀가 개츠비와 데이지가 탄 차량에 치어 사망하고, 개츠비는 운전자였던 데이지를 보호하기 위해 그녀의 뺑소니 과실을 떠안기로 한다. 설상가상, 톰의 내연녀에게는 남편이 있었고, 그가 복수를 한답시고 개츠비를 총으로 쏴 죽인 뒤 곧바로 자기에게 방아쇠를 당기고 만다. 데이지는 황망한 가운데 다시 톰과 함께하는 삶 속으로 복귀하여 그녀대로의 평온을 찾기로 한다.

내가 몇 번의 만남과 이별을 겪은 뒤 개츠비를 다시 만났을 때, 녀석은 참 찌질해 보였다. 소설 속 화자라 할 수 있는 닉 캐러웨이는 개츠비를 위대하다고 치켜세웠는데, 닉의 의견에 동의하기가 어렵다. 개츠비는 데이지를 사랑한 게 아니라 자신의 포부를 사랑한 게 아니었을까 하는 생각 때문이다. 어쩌면, 데이지를 지고지순하게 사랑하는 스스로의 이미지를 사랑했는지도 모른다. 데이지의 경우라면, 누군가에게 사랑받는 자기 모습을 사랑한 여자 같다. 결과적으로, 개츠비와 데이지 둘 다 서로를 사랑한다고 말은 했지만, 실은 각자 자기 자신을 사랑하고 있었던 모양새다. "사랑은 둘의 경험"이라는 말을 다시 꺼내보자. 개츠비와 데이지는 둘이기는 하지만, 둘의 경험이 아니라 각자 혼자만의 경험을 쌓아갔던 것이다.

내가 만약 개츠비를 위대한 남자라고 인정한다면, 나의 미숙했던 연애사를 곱게 포장하는 꼴밖에는 되지 않을 것이다. 떠나려는 사람을 붙잡으려고도 해봤고, 나를 붙잡으려는 사람에게 등돌려보기도 했다. 이별의 객체도 되어보고, 주체도 되어본 셈인데, 보통의 연애 패턴이 대개 이렇지 않을까 싶다. 사랑은 주객일체지만, 이별은 개별적인 경험이다. 둘이 함께여야 사랑은 가능하지만, 혼자서도 이별은 할 수 있다. 차거나, 차이거나. 둘 중 하나다. '합의'하에 헤어졌다는 말은 흡사 두 사람이 함께 이별했다는 이야기 같지만, '헤어져야겠다'라는 각자의 선택이 일치된 것이다. 한쪽에서 "우리 헤어지자"라고 말했을 때 이미 그 사람은 헤어지기로 선택한 상황이고, 이에 "그러자"라고 응한 쪽 역시 헤어짐을 받아들인 것, 즉 헤어짐을 선택한 것이다. 그래서 "우리 사귀자"와 "우리 사귈까?"는 모두 납득이 되는데, "우리 헤어질까?"라는 제안의 말은 좀 부자연스럽다. 이별은 "우리 헤어지자"라는 (한 사람의) 선언, 혹은 선택으로 비롯되는 것이다. "우리 헤어질까?"라고 제안했는데 상대방으로부터 거절당하여 "그래? 그래. 그러면 다시 잘 만나자"라고 이어가는 상황은 아무래도 어색하다.

사랑의 문제에서, 남자든 여자든 위대해지려는 데에서부터 균열이 시작된다. "이상형이 어떻게 되세요?"라는 질문은 "잘 먹는 음식이 뭐예요?", "좋아하는 색깔이 뭐죠?"와 같은 맥락이다. 결국, '나'에 대한 얘기일 뿐이다. 이상형, 잘 먹는 음식, 좋아하는 색깔 등등은 '나'라는 내면을 구성하는 요소들 아닌가. 우리가 누군가와 사랑을 할 때, 그(그녀)가 잘 먹는 음식을 주고 싶고, 그(그녀)가 좋아하는 색깔의 옷이나 액세서리를 선물하고 싶은 마음이 생긴다. 그때, '나'는 사라져 희미하다. 철학자의 말대로, 우리는 "둘의 경험"을 하는 중이기 때문이다.

이쯤에서, '개츠비는 어떻게 했어야 했나?'라는 궁금증이 생긴다. 개츠비가 어떤 선택을 했어야 데이지와 계속 사랑할 수 있었겠느냐 하는 문제 말이다. 그런데 이 질문은 성립이 안 된다. 개츠비 혼자 어떻게 한다고 될 일이 아니기 때문이다. '개츠비가 데이지와 사랑을 한다'가 아니라, '개츠비와 데이지가 사랑을 한다'여야 하기 때문이다. 게다가 두 사람은 각각 자기 자신을 사랑하는 사람들인데, 어떻게 '둘의 경험'이 이루어지겠는가.

아직 많지 않은 만남과 이별을 겪은 탓인지, 아직도 누군가를 만났을 때 '나의 경험'에만 함몰되어 있을지 모르는 나 자신을 걱정하게 된다. 하지만 걱정만 한다고 해결될 문제는 아니다. 계속 '둘의 경험' 속으로 나를 던져봐야 하지 않을까. '나의 경험'으로부터 나를 자유롭게 하는 일 말이다. 나를 나로부터 자유롭게 하는 것, 그것만이 진짜 '사랑'이다. 자유롭지 않게 사랑하는 자, 모두 유죄다.

사랑에는
'표준 계약서'가 없다

—

진우

연애 코칭 프로그램의 홍수다. '연애'는 영원한 방송의 주제이겠지만 요즘처럼 많았던 적이 있었을까 싶기도 하다. 예전과 달라진 게 있다면 코칭의 범위와 수위가 더욱 깊어졌다는 것이다. 스마트폰 메시지를 보내는 것부터 그동안 방송에서는 잘 다루어지지 않았던 섹스에 대한 이야기까지 그 스펙트럼이 매우 넓어졌다. 다양한 패널들이 자신만의 연애 철학은 물론 노하우를 바탕으로 현재 연애의 어려움에 처한 사람들에게 조언과 코칭을 아끼지 않는다.

연애에 대한 이런 관심은 음악에도 반영되었다. 남녀가 정식으로 사귀기 직전의 관계를 지칭하는 '썸'을 주제로 한 노래들이 한동안 가요차트를 가득 채우기도 했고 '연애'만을 포커스로 맞춘 드라마도 여러 편 나와 많은 인기를 끌기도 했다.

이렇게 '연애'가 다시금 주목을 받게 된 이유는, 연애를 풀어내는 방법이 이전과는 달라졌기 때문이다. 연애의 역사는 인류사와 함께했지만 언제나 정답이 없는 문제로 인식되어왔다. 아직 그 누구도 연애는 이런 것이다, 사랑은 이런 것이라고 속시원하게 정리해준 적이 없었다. 그런데 이제는 상황이 달라졌다. 스스로 혹은 대중들에게 연애 전문가라고 지칭되는 사람들이 연애에 대한 구체적인 가이드를 해주고 있다. 마치 점집 무당처럼 연애 당사자들보다도 그 문제를 잘 알고 있고 그에 따른 적절한 솔루션까지도 제시해준다는 것이다. 그 누구도 풀어내지 못했던 어려운 수학문제 같았던 '연애'를 마치 중간고사 수학문제를 풀듯 술술 풀어내고 있는 것이다.

문제를 풀어내기 위해서는 개념정리가 최우선이다. 수학문제를 풀 때 문제에서 무엇이 변수이고, 어떤 것이 미지수인지 정의를 하고 그에 맞는 공식을 대입하는 것과도 같다. 사람들이 '썸'이라는 단어를 좋아한 이유도 그것이다. 사귀는 사이도 아니고, 그렇다고 아예 아무 사이가 아닌 것도 아닌 그 '애매모호함'을 지칭할 수 있는 새로운 용어가 생겼기 때문이다. 마치 숫자 '0'을 처음으로 발견한 것처럼. 그렇게 새롭게 만들어진 개념은 더 많은 공식들을 만들어낸다. 썸남에게 연락 오게 하는 방법이나, 썸 타고 있을 때 하지 말아야 말과 행동들 같은 것들 말이다.
연애를 하는 입장에서는 예전보다 연애가 쉬워졌다고 생각이 들 수도 있다. 갑자기 닥친 연애 문제로 혼자서 밤잠 못 자며 고민할 것이 아니라, 내 상황에 맞는 적절한 연애공식을 찾아서 대입만 하면 문제가 의외로 쉽게 풀릴 수도 있기 때문이다. 이제 연애도 사랑도 규격화, 표준화가 되어가고 있는 것이다.

신윤복 선생의 그림 중에 〈월하정인〉이라는 작품이 있다. 초승달이 떠 있는 어스름한 밤, 등불을 들고 있는 남자와 여자가 담모퉁이에 서 있다. 여인은 쓰개치마를 두르고 아래를 보고 있고, 남자는 주변을 의식하는 표정이 역력하다. 야심한 밤 두 남녀의 모습만 보고도 우리는 많은 이야기들을 떠올릴 수 있을 것이다. 하지만 신윤복 선생은 그런 생각을 비웃기라도 하듯 그림 가운데에 이런 글귀를 적어놨다.

달빛이 침침한 한밤중에,
두 사람의 마음은 두 사람만이 안다.

그렇다. 남녀 사이에 생기는 일은 오직 그 두 사람만이 안다. 나는 내가 모르는 사람은 물론이고 주변 지인들의 연애에 대해서도 되도록 코멘트를 하지 않으려고 한다. 누가 봐도 뻔한 상황이라고 하더라도 당사자가 아닌 사람들은 절대 알 수 없는 이야기가 있기 때문이다. 친한 친구가 자신의 남자친구 혹은 여자친구에게 화가 난 이야기를 내 앞에서 기관총처럼 풀어놓은 경험이 있는 사람은 알 것이다. 그 이야기만 듣고 나면 그 두 사람은 지금 당장 헤어지는 게 맞다. 세상에 그렇게 나쁜 사람도 없는 것 같다. 그런 사람과 만나고 있는 내 친구가 안타까울 정도다. 하지만 친구는 나의 조언을 듣지 않는다. 대부분은 얼마간의 시간이 흐른 뒤 예전과 같은 만남을 이어간다. 그건 내가 잘못된 판단을 했던 것이 아니라 나는 그들의 모든 이야기를 듣지 못했기 때문이다. 두 사람에게 일어난 일들 중에 극히 일부분만을 들었기 때문에, 나는 올바른 결론을 도출하지 못했던 것이다. 숫자의 일부분이 지워져 있는 수학문제를 푸는 것과도 같다.

    연애와 사랑의 표준화, 규격화가 위험한 것은 이런 이유 때문이다. 모든 사람의 인생이 다르듯 연애의 모습도 다르다. 당사자가 아니고서는 절대 알 수 없는 수많은 변수들이 두 사람의 연애에 개입되어 있다. 본인들도 자신의 마음이 어떤지 모르겠다고 말하는데, 제삼자가 나는 알고 있다고 말하는 게 더 웃긴 거 아니겠는가. 그럼에도 불구하고 연애코칭을 받고 싶어하는 마음에는 나의 연애를 객관화시켜서 명확한 모습을 보고 싶은 욕구가 숨어 있다. 지금 우리가 사귀는 사이인지 아닌지, 이번 일은 내가 잘못한 건지 네가 잘못한 건지, 이번 기념일은 누가 챙기는 것이 맞는지에 대한 '명확한' 진단과 답을 원하는 것이다. 연애에도 멘토가 필요한 것이다. 더 나아가 그 마음속에는 남들이 우리를 어떻게 볼 것인가 하는 염려도 함께 들어 있다. 하지만 연애는 수학이 아니다. 딱 부러지는 답이 나오지 않으며, 때로는 답이 여러 개일 수도 있다. 그러니 당연히 연애공식이란 없는 것이며, 그 어떤 연애도 '표준 계약서' 같은 것도 없는 것이다. 연애는 우리를 행복하게 만들기도 하지만, 우리를 절망의 수렁으로 몰아가기도 한다. 세상에서 가장 빛나는 존재로 만들기도 하지만, 세상에서 가장 보잘것없는 존재로 만들기도 한다. 하지만 나 아닌 다른 누군가 때문에 잠을 설치고 좋았다 실망했다를 반복하는 것도 연애에서만 느낄 수 있는 경험들 아니겠는가.

    각각의 개인에게 '나다움'이 필요하다면, 연인에게는 '우리다움'이 필요하다. 두 사람의 관계를 일반적인 세상의 기준에 맞추려고 하거나 비교

해서는 안 된다. 오로지 두 사람밖에 모르는 우리들만의 이야기를 만들어 가야 한다. 다른 사람을 위해서 연애를 하는 게 아니라면 다른 사람들이 우리를 어떻게 보는지 신경쓸 필요도 없을 것이다. 연애는 살아 있는 생명과도 같다. 작은 변화에 쉽게 영향받기 마련이고 이 아이가 앞으로 어떤 모습으로 클지 모르는 것이다. 그사이 우리를 힘들게 하는 감정들은 '사랑'이라는 감정을 느끼고 싶다면 당연히 지불해야 할 것들이 아닌가 싶다. 그런 지불 없이 공식과 다른 사람의 도움을 받은 연애는 당연히 내 것이 될 수 없고 '우리다움'도 지켜낼 수 없을 것이다. 결국 내 연애의 가장 믿음직한 전문가는 세상에 단 한 명, 나 자신밖에 없다.

사랑과 이별로 너덜거리는 마음을 다림질해주는 작품들

여름바다
가수 정은채 **수록앨범** 정은채

"긴 여행을 마치고 또 돌아가야 할 시간. 참 그리울 거야 너와 함께 보낸 지난 그 여름의 바다." 이 노랫말에서 "또 돌아가야 할 시간"에 밑줄을 그어본다. 또, 돌아가야 할 시간. '또'. 바다는 그대로인데, 내 옆의 '너'만 '또' 바뀌어 있다. 사랑은 그렇게 계절처럼 순환하고…….

Here I Stand For You
가수 넥스트 **수록앨범** Here I Stand For You

"그저 지쳐서 필요로 만나고 생활을 위해 살기는 싫어." "난 나를 지켜가겠어. 언젠가 만날 너를 위해. 세상과 싸워 나가며 너의 자릴 마련하겠어." 신해철이 노래하는 사랑은 타인에 대한 것이면서 동시에 나 스스로에 대한 것으로 들린다. 그가 떠나기 전에 남긴 곡 〈단 하나의 약속〉과 한 묶음으로 들어야만 한다.

NoNoNo
가수 에이핑크 **수록앨범** Secret Garden

사랑이 별거던가, 연애가 별거던가? 사실 우리가 만나고 싶고, 듣고 싶던 이야기는 이런 것이었다. '다들 그만해 라고 말할 때' 바라볼 수 있는 사람, 넌 '혼자가 아냐'라고 말해줄 사람. (심지어 'No'를 세 번이나 외친다.) 그런 복된 사랑 속에서 우리(나)는 무럭무럭 자란다.

Free Fallin'
가수 톰 페티 **수록앨범** Full Moon Fever

새로운 사랑이 시작되기 전까지는 계속 '이별중'인지도 모른다. 톰 페티가 고향의 여자친구를 버리고 새로운 삶을 찾아온 이야기를 토대로 만들었다는 이 곡엔 'good girl(그녀)'과 'bad boy(톰)'가 나온다. 사실 우리는 매번 'good'과

'bad'를 번갈아 맡고 있다. 의식이 잠들지 않는 한, 우리는 영원히 그 꼬리표를 떼지 못하겠지만 새로운 사랑을 위해서 다시 Free Fallin' 해야 한다.

저스트 키즈
저자 패티 스미스

패티 스미스와 로버트 메이플소프. 서로가 서로에게 영감이면서 희망이었던 커플. 그들의 사랑과 결말. 어른들은, 예술가들은 이렇게 사랑하고 이별하며 또 사랑한다. 그 사람이 다른 누구도 아닌 그 사람의 모습으로 존재하도록 놓아주기, 그리고 바라보기, 또한 끝까지 함께하기. 사랑 자체가 예술이 될 수 있다는 가능성을 믿게 해준 책이다.

여자 없는 남자들
저자 무라카미 하루키

예순이 넘은 작가는 여전히 '남자'와 '여자'에 대하여, 고독에 관하여 글을 쓰고 있다. 사랑에 대한 리뷰가 아니라 현재진행형 이별을 담담히 관찰하고 있다는 점. 사랑을 해봤던 사람이라면 누구나 '이별 그후'의 삶을 살고 있는 셈이다. 이 단편소설집은 '왜 없을까'를 실망하기보다 '없음'에 익숙해져보라는 권유처럼 읽히기도 한다.

H2
저자 아다치 미츠루

수없이 많은 일본 야구만화 중에 단연 대표작. 연애를 소재로 한 '야구만화'인지, 야구를 소재로 한 '연애만화'인지 헷갈린다고 한다. 하지만 무엇이든 상관없다. 어차피 우리의 청춘도, 사랑도 애초부터 경계 지어져 있지 않았으니까. 다만 야구를 좋아해서 본 사람은 연애 이야기에 빠지고, 연애 이야기를 좋아해서 본 사람은 야구에 빠질 수도 있다. 『H2』를 모티브로 만든 델리스파이스의 〈고백〉을 함께 들으며 보길 강력히 추천한다.

5장

행복의 시대

니코스 카잔차키스의 소설 『그리스인 조르바』에 이런 구절이 나온다. "자기 자신 안에 행복의 근원을 갖지 않은 자에게 화 있을진저." 나에게는 나만의 행복의 근원이 있는지 모르겠다. 그거 있어야 안 휘둘리고 잘 산다. 휘둘린다는 거, 남들이랑 비교하고 비교되는 거다. 싫다. "우리가 무엇을 정상이라고 생각하느냐에 따라 우리의 행복이 결정된다." 하버드 대학교 철학 교수 윌리엄 제임스가 한 말이다. 그렇다. 어찌 보면 우리의 행복은 우리가 무엇을 성취했느냐가 아니라 무엇을 기준으로 보느냐에 따라 결정되는 것 같다. 이제 우리는 행복의 정의를 다시 내려야 할 때가 된 것 같다. 나만의 행복의 근원, 꼭 갖고 싶다.

나만의
행복 레시피 연구

재훈 행복. 행복에 대해서 정확하게, '나는 이럴 때 행복해', '내 행복의
기준은 이거야'라고 명확하게 말할 수 있는 사람이 얼마나 될까 싶어요.
그래서 우리 둘이서 이야기를 나눠보면, 소소하면서도 재미난 것들이
튀어나오겠다 싶었습니다.

진우 나 스스로 행복의 정의를 다시 내려야 할 필요가 있지 않을까요?
잘못 알고 있었다고 하기엔 뭣하지만, 저부터도 왜곡해서 알았던 부분
들이 있는 것 같아요. 과연 행복이란 게 무엇인가, 무얼 추구하며 살아
야 할 것인가에 관해 이야기해보고 싶네요. 지금 저희도 행복하려고 이
러고 있는 것 아닙니까. 저희 이야기도 하면서, 그간 살아온 시간들도
되돌아볼 수 있는 시간이 되었으면 좋겠어요. 어떻게 보면 지금까지 제

모든 행동들의 모티브는 영화 제목처럼 '행복을 찾아서'였던 것 같아요. 어딘가에 있을 행복을 찾다보니 여기까지 온 거죠. 최근에 그동안의 시간들을 돌이켜보면서 느낀 점이 있었어요. 제가 회사를 그만둔 지가 일 년 반이 됐더라고요. 그런데 생활 패턴이 회사 다닐 때보다 크게 달라진 게 없어요. 물론 퇴사하고 처음에는 행복했죠. 그러려고 그만둔 거였으니까. 시간이 좀 흐르고 지금에 이르고 보니, 무대가 사무실에서 작업실 겸 제 집으로 바뀌었을 뿐이지, 제가 느끼는 감정들은 회사 다닐 때와 비슷해지고 있다는 느낌이 들더라고요. 요즘 행복에 대한 고민의 시발점이 그거였어요. 분명히 행복해지고 싶어서 회사를 그만뒀었고, 여태껏 나름대로 이것저것 하면서 달려왔다고 생각했는데, 어느 순간 '지금 행복한가?'라고 자문했을 때 자신 있게 '그렇다'라는 대답을 하기가 어렵더라고요. 하루하루 흘러갈수록 그 대답이 더 힘들어졌어요. 요즘 행복에 대한 제 화두는 이겁니다.

재훈 저도 누군가에게서 "당신의 행복의 기준은 뭡니까?", "언제 행복합니까"라는 질문을 받는다면 딱히 대답을 못해요. 잘 모르겠어요. 음, 언어로 정확하게 표현할 수가 없네요. 분명히 행복한 타이밍이 있기는 한데, 그걸 "이럴 때, 이럴 때 참 행복합니다"라고 규정하지는 못해요. 제 언어 능력이 모자란 탓일 수도 있겠고, 인생 내공(그런 게 정말 있다면)이 부족해서일 수도 있겠죠. 어쨌거나 지금 제 수준에서 말할 수 있는 단계는 딱, 여기까지입니다. 뭐냐 하면, 사람마다 경험하는 것들이 있잖아요. 각자의 경험치가 있을 텐데, 그 경험의 최대 행복 수치를 느꼈다고 가정을 해보는 거예요. 예를 들어 아주 부드러운 실크 속옷을 한번 입었다고 상상해볼까요? 그 속옷의 부드러운 감촉을 '경험'한 거예요. 내가 지금까지 경험했던 속옷 가운데 최고의 만족도를 얻은 거죠. 어디까지나 '경험상'으로 그렇다는 거예요. 그래서 그 감촉을 다시 한번 느끼면, 저로서는 "아, 행복하다"라고 말할 수 있어요.

진우 정말 맛좋은 맥주를 어딘가에서 누군가의 추천으로 마셨는데, 나중에 그 맥주를 '내'가 '내 의지'로 '내 능력'으로 다시 맛볼 수 있을 때, 그때 저는 행복해져요. 먹을 것을, 아주 맛있는 것을 다시 한번 먹었거나, 정말 좋은 곳을 다시 한번 또 갔거나, 그런 거죠.

재훈 만약 누군가가 "나는 명품을 가졌을 때 참 행복해" 하고 말할 때, 저는 명품을 사용해본 적이 없기 때문에, 즉 명품에 대한 경험치가 없기 때문에 잘 못 알아듣죠. 저에게는 명품의 사용 여부가 행복의 기준으로 작용할 수 없으니까요. 검소하게 살고 작은 것에 만족하자는 케케묵은 계몽을 지금 주장하는 건 아니에요. 사람들은 저마다의 사정이 있고, 각자의 경험과 기준에 따라 다양한 방식으로 행복해질 수 있다는 걸 알자는 거예요. 발레 공연을 보면서 행복을 느낀다는 사람도 있을 것이고, 전시회를 가거나 어떤 특정한 공간에 가면 행복해진다는 사람도 있을 거예요. 한 사람 한 사람 경험치들이 다 다르잖아요. 얘기가 좀 복잡해졌는데, 그러니까 저는, 제가 겪은 경험의 최대치를 다시 한번 느끼는 때가 행복의 순간입니다. 지금으로서는 그렇게만 말씀드릴 수 있을 것 같아요.

진우 재훈이의 경우에는 '내가 경험한 최대치의 만족을 내 의지와 능력으로 다시 경험하기'가 나름의 기준인 셈이네요. 저는 어떤 쪽이냐 하면, 요새 윌리엄 제임스의 말에 크게 공감하고 있거든요. "우리가 무엇을 정상이라고 생각하느냐에 따라 우리의 행복이 결정된다." 음, 제 삶에 이 말을 적용시킨다면, 어쨌든 내 선택과 판단으로 회사를 나온 것이고, 내가 하고 싶은 일을 하면 행복하겠다는 분명한 의사가 작용했고, 다른 누구의 승인도 없이 오롯이 나 스스로 처리했던 '퇴사'였죠. 그럼에도 불구하고 왜 지금 이 순간에 그 행복 수치가 최대가 되지 않고, 조금씩 감소하는 것처럼 느껴지는가. 어쩌면 저 자신에게 행복의 기준이나 정상을 너무 높게 잡아놓고 있던 게 아닌가 싶더라고요. 회사를 굉장히 무모하게 그만둔 것이었기 때문에 목표도 별로 없었거든요. 일단은 거기에서 빠져나오고 싶었어요. 나오고 나니까, 내 시간이 있다는 게 행복했고, 그냥 오늘 하루 햇살 좋은 날 내가 밖에서 이런저런 음식을 맛볼 수 있고, 좋아하는 사람과 술 한잔 마시고, 좋아하는 책을 마음껏 읽을 수 있는 게 행복하더라고요. 그래서 아마 그때는 딱히 고민도 없고, 매일매일 '아, 진작 이렇게 살걸' 이랬던 것 같아요. 그런데 아무래도 시간이 흐르다보니까, 저도 남들에게 보여줘야 할 내 모습이란 게 있고, 회사를 나오면서 없어진 저의 지위 같은 것도 찾아야 한다고 생각했어요. 회사 다니면서 열심히 승진하려는 모습처럼, 오히려 회사 밖에서 제 스스로 저만의 승진, 저만의 지위를 찾으려는 게 많아졌던 거죠. 퇴사 후에 얼마간 만끽했던 일상의 소소한 행복들은 시나브로 좀 옆으로, 뒷전으로 물러나 있더라고요. 어떻게 해야 이번에 쓰는 책이 잘될까? 내 강의에 어떻게 해야 수강생들이 많이 오지? 어떻게 해야 좀더 많은 돈을 벌 수 있지? 이런 것들은 제가 회사 다닐 때 했던 생각과 다를 게 없어요. 그런 생각들에 둘러싸여 있는 게 싫어서 회사를 나왔는데, 어느 순간 나도 모르게 반복하고 있는 상황을 발견한 거예요. 50만 원 벌던 사람이 이제 50만 원은 당연하고 100만 원을 벌려 하고, 100만 원 벌던 사람이 100만 원이 당연해져서 200만 원을 벌려고 하는 식이죠. 내가 이미 해놓은 것은 당연한 거고, 자꾸 위만 쳐다보고 있는 상태. 그러니까 이제는 출근을 안 하더라도 하늘 볼 시간도 별로 없어졌고, 여유롭게 책 읽을 시간도 사라져버린 것 같아요.

재훈 행복한 순간에 대한 대답은 불명확하겠지만, 언제 불행하냐고 묻는다면 아마 많은 분들이 구체적으로 답변할 수 있을 거예요. 저도 마찬가지고. 내가 불행한 순간들을 백지에 쭉 열거해놓고 보면, 그 불행함과 대척되는 지점들이 있겠죠, 분명히. 그 반대의 순간들을 그 옆에다가 같이 대응해서 적어나가면, '아 내가 이럴 때 행복하구나?' '맞아 이럴 때 행복했었지?' 하면서 자기 자신도 의식하지 못했던 행복의 의미들을 발견할 수 있지 않을까 생각해요. 저는 종종 그런 걸 하거든요. 너무 울적하고 자신감도 떨어지고 이럴 때, 내가 언제 기분이 가장 불쾌한가, 이걸 종이에다 하나씩 써보는 거예요. 그렇게 쓴 다음에 옆에다가 그에 대한 정반대 순간들을 나열해보는 거죠. 예를 들면, '가장 불쾌할 때 : 누군가에게 무시당할 때, 보고서 냈는데 혼날 때.' 불쾌하다면 반대되는 순간들이 있을 거 아니에요. '보고서 냈는데 어쩌다 칭찬받을 때.' 이 '어쩌다 한 번'의 순간들을 하나하나 적어놓으면, '아 내 삶도 그렇게 우울한 건 아니구나' 하는 긍정적인 마음도 갖게 되더라고요. 뭐, 매우 제한

적이고 소극적인 대안이기는 한데, 마음가짐의 문제에 관해서는 확실히 효과가 있는 편이에요.

진우 그거 괜찮네요. 저는 야구를 좋아하니까, 제가 추구하는 행복 승률을 5할 정도로 봐요. 그 정도만 일단 가져가면 좋겠어요.

재훈 우리가 불행해지는 이유는 행복의 할푼리를 너무 높게 잡으려 하기 때문일지도 모르겠네요.

진우 행복 승률이 5할 정도면 사실 굉장한 삶이에요. 저는 일반적으로 봤을 때, 행복은 3할 정도? 안 좋고 힘든 일이 7할은 되는 것 같아요. 그런데 생각해보면 인생에서 7할이 행복하다면 더이상 '행복'이 아니겠죠. '일상'이겠죠. 저에게 그보다 더 큰 자극을 주는 것들이 '행복'으로 느껴질 테니까요. 기준이 또다시 높아지는 삶이죠. 위만 쳐다보게 되는. 그래서 저는 5할 정도만 행복을 찾으면 좋겠어요. 어쩌면 나는 오랫동안 10할 승률을 찾고 있었던 게 아닐까 하는 생각도 해봐요. 야구에서도 타자가 열 번 나가서 세 번만 안타 쳐도 잘 친다고 하거든요. '3할 타자'라고 하잖아요. 물론 야구랑 삶이 완전히 똑같지는 않겠지만, 마치 타자가 모든 타석에서 안타 치고 홈런 치는 걸 바라는 마음이 아닐까요. 왜 우리는 항상 행복해야만 하나? 그걸 되물어볼 수도 있을 것 같아요. 불행한 순간과 그에 상응하는 행복한 순간을 적어보는 작업과도 이어지는 질문이에요.

재훈 맞아요, 우리는 지금 불행해요. 그렇다고 쳐요. 인정하자고요. 하지만, 그렇다고 행복이 없었느냐? 전혀? 이런 물음을 나 자신에게 던져보면서 나만의 행복 승률을 계산해보는 거죠. 이미 가진 것들은 '기본빵'이고, 없거나 안 된 일들만 생각하다보니까 승률이 떨어질 수밖에 없죠.

진우 사람은 기대치가 너무 높으면 뭘 '하려고' 하지 않고, '만들려고' 하는 경향이 있는 것 같아요. 자연스럽지가 않은 거죠. 알랭 드 보통의 『불안』이라는 책을 보니까, 오히려 신분사회였던 중세 시대 때가 지금보다 훨씬 생활수준이 낮았음에도 오히려 행복도는 높았다고 하더라고요. 애초에 신분이 나뉘어 있으니까 내가 올라갈 일도 없고, 나와 같은 부류 사람들이랑 한평생 살다 가면 되니까. 내적인 평안은 지금 자본주의 사회에 살고 있는 현대인보다 훨씬 풍요로웠다는 거죠.

재훈 행복을 강매하는 사람들이 문제라고 생각해요. TV에서, 혹은 책에서 "지금 행복할 것들이 얼마나 많은데 왜 행복하지 않으십니까?"라고 묻잖아요. '행복 세일즈맨'처럼. 행복을 반드시 사야만 할 것 같은 생각까지 든다니까요. "저는 지금 이 순간이 참 행복하고 지금 이 순간에 만족하며 살아요"라고 말하면, 행복 세일즈맨이 "왜 현실에 안주하느냐!" 이래요. 음, 딱히 뭐라고 항변해야 할지도 모르겠고, 저로서는 그냥 무시하는 수밖에는 없더라고요. "어? 내가 잘못 살고 있는 거야? 나 지금 행복해야 하는데 불행한 거야?" 이러면서 제 자신을 의심한 적도 있었는데, 아무리 생각해봐도 내가 사는 방식에 딱히 하자가 있는 것 같지는 않더라고요. 행복론으로만 채워진 자기계발서는 제게 금서예요.

삶이라는 것이 살다보면 불행할 수도 있는 거죠. 굳이 그렇게 행복을 강요할 필요는 없다고 봐요. 그런 행복의 강매에 현혹되어서는 안 된다고 생각해요. 다른 사람들의 행복론에 귀기울이기보다는 나의 불행을 좀 더 보듬어주면 어떨까요. 돈이 없어서 불행할 수도 있겠고, 사랑하는 사람이 없어서, 혹은 쌀이 없어서, 당장 아무것도 먹을 게 없고, 좌우지간 이러이러해서 불행하다면, 그 불행한 삶에 좀더 집중해서 이 불행을 헤쳐나갈 타개책을 만들어보는 게 더 낫지 않을까 싶어요. 다른 사람들의 행복론은 결국 다른 사람들의 경험치로써 나온 결과이기 때문에, 그런 것에 의존하다가는 자칫 그 사람의 삶 속으로 쓸려가버릴 수 있어요. 한 방에 훅 가는 거죠. '내' '삶'이 없어지는 거예요.

진우 행복론을 논의하거나 고민할 게 아니라 불행론에 대해 더 깊이 파고들어야 하고, 오히려 불행할수록 염세주의에 관심을 가져야 한다고 봐요. 저도 예전에는 염세주의라고 하면 좀 부정적이고 세상 살 의지 없는 사람들의 이야기 아닌가 생각했는데, 좀 알아보니까 그게 아니더라고요. 염세주의자들이야말로 세상을 직시하는 사람들인 것 같다는 생각이 들었어요. 인정할 건 인정하고 가자는 거죠. 솔직히 삶의 많은 부분이 우리에게 힘든 건 사실이에요. 개중에는 뭐 진짜, 선택받은 아주 극소수는 모든 걸 다 갖고 태어나기도 하겠죠. 하지만 그것은 '예외'이지 '규칙'은 아니잖아요. 선천적인 장애나 지병을 갖고 태어난다거나, 집안 형편이 어렵다거나, 키가 굉장히 작다거나……. 누구나 스스로 '아픔'이라고 느끼는 부분들이 있어요. 여러 가지가 있겠죠. 사람들 눈에 띄느냐 안 띄느냐의 차이일 텐데, 남들한테 어떻게든 그걸 안 보이려고 노력하는 부분도 있겠고. 그런 걸 숨기려고 '행복'을 가져와서 덮어씌우는 게 아니라, 오히려 나의 불행을 직시해서 그 아픔들을, 불편하기는 하지만 보듬어주자는 거죠. '그래, 이건 정상이다.' 제가 느낀 염세주의란 이런 개념이었어요.

재훈 '언제 행복하십니까?', '당신에게 행복한 순간은 언제입니까?' 이런 질문을 하는 사람들은 행복하지 않아 보여요. 왜냐하면, 행복한 순간을 어떻게 정확하게 말하겠어요. 그때그때, 매일매일 달라지는데. 내가 지금 이 순간만 사는 게 아니고, 수많은 '지금 이 순간'들이 중첩되어서 내 삶이 완성되는 건데, 행복한 순간이라는 것은 당연히 달라지죠. 내 감성이 지금 이대로 머물러 있는 것도 아니고, 살아가면서 바뀌잖아요. 생각하는 것도 바뀌겠고, 사고하는 것이나 세계를 바라보는 인식도 변화할 텐데, 그에 따른 하나의 거대한 태엽처럼 행복이라는 놈도 같이 돌아가는 건데, 그걸 정확히 '이때 행복해요'라고 말하는 걸 강요한다면, 그건 오히려 행복을 모르고 행복이 어떤 건지 제대로 파악하지 못한 처사가 아닐까요.

진우 그러니까, 음, 굳이 대답하려 하지도 말고, 물으려 하지도 말고, 차라리 언제 불행하냐고 질문하는 게 좋을 것 같아요.

재훈 "행복한 순간이 언제인가요?" 대답 못하면 막 혼내기도 해요. 행복 전도사들. 왜 그런지 모르겠어요. 언제 행복하냐고 물으면 학생들이 다 우물쭈물해요. 그러면 혼을 내더라고요. "20년 넘게 살았는데 자기가 언제 행복한지도 모른다면 자신의 인생을 다시 생각해볼 때다!" 블라블라. 많은 학생들이 그런 행복 전도사들의 말에 쉽게 현혹되는 것 같아요. 멘토를 필요로 하는 친구들이 많기 때문일지도 모르겠고. 자기만의 강한 뿌리가 없어서 그런 것일 텐데, 그런 걸 길러주려면 언제 불행한지를 물어봐줘야죠. 언제 짓밟히고, 얼마나 많이 짓밟혀서 강해졌는지를 계속 물어봐줘야 스스로도 '내가 그만큼이나 짓밟혔었지? 그렇게나 많이 불행했었지?' 하면서 자기 자신이 지금까지 버티면서 살아온 것에 대해 떳떳하게 생각하게 될 것 아니에요. 제발 부탁인데 행복한 순간을 다그치지 말고, 언제 불행한지를 물어봐주는 선생님이 많았으면 좋겠어요.

진우 제 행복론에는 남들에게 사랑받고 관심받으려는 부분이 분명히 있거든요. 노래 잘 부르는 사람은 노래 불러서, 그림 잘 그리는 사람은 그림을 그려서……. 사람마다 남들에게 사랑받고 관심받는 방법들이 여러 가지 있을 거라고요. 수영선수가 굳이 100미터 달리기를 하려고 하지 말고, 과연 무엇이 나랑 맞는 종목인지를 잘 알아야겠죠. 한번에 알기는 힘들더라고요. 이게, 시간이 오래 걸려요. 내 종목이 뭔지 고민해보는 게 필요하죠. 우리가 아까 말한 불행론, 염세주의 등등을 다 버무려서 한꺼번에 사유해보는 시간이 있고 여유가 생긴다면 분명히 지금보다는 행복해지지 않을까 싶어요. 전보다 행복해지지는 않더라도, 적어도 앞으로 행복해질 수 있는 방법을 찾을 기회를 얻을 수는 있겠죠. 확률적으로 행복해질 가능성이 높아지는 거예요.

재훈 그렇기 때문에 행복해지려면 '생산자'가 되어야 합니다. TV, 책, 영화 많이들 보시겠지만, 정말 수많은 행복의 이미지들이 생산되고 있잖아요. 가짓수만 많을 뿐이지, 범주는 비슷해요. 행복해 보이는 드라마와 영화, 소설의 주인공들에게는 어떤 동일시되는 이미지가 분명히 있어요. 남자 주인공이라면, 꽤 어린 나이에 외제차를 몰고 다니고, 굉장한 재산가에다가 심지어 선량하기까지 하고, 회사에서는 또 이사예요. 보통 이사, 실장, 상무더라고요.

진우 그런 가시적인 이미지들이 분명히 있다고요. 그런 캐릭터들의 행복한 모습들이 재생산되면서 시청자들 사이에 어떤 암묵적인 행복 매뉴얼을 제시해주는 것 같아요.

재훈 네, 누구도 말로 표현한 적은 없지만, 누구도 언어로 기록한 적은 없지만, '그것'이 우리가 반드시 추구해야 할 행복의 기준이 되어버린다는 거죠. 실체가 없는 이미지들이 우리 삶을 지배하게 되는 겁니다. 어떤 드라마가 끝나고 나면 그 드라마의 주인공이 착용했던 액세서리나 옷이 잘 팔리잖아요. 시청자들은 그 소품들을 구입하고 착용함으로써, 드라마 속 주인공이 만끽하던 행복 '쪼끔'을 현실에서 맛보는 거죠. 그런 시스템, 그런 프로세스가 계속 반복됩니다. 드라마 하나가 시작하고 끝나고, 유행이 하나 끝나고 또다시 시작하고. 여기서 빠져나오려면 '생산자'가 되어야 하는 거죠. 자기가 생각하는 행복의 기준을 주장해보는 거예요. "이렇게 살아도 행복할 수 있다니까요?" 하면서 자기 목소리를 내는 거죠. 그러면 굳이 다른 사람들이 생산해놓은 행복의 이미지들에 함몰되지 않으면서도 나만의 행복을 남들한테 주입시키는 희열감을 맛볼 수 있겠죠. 물론, 내 행복론이 남에게 주입이 되느냐 안 되느냐는 중요하지 않아요. 내가 내 삶의 방식을 누군가에게 주장한다는 그 쾌감! 그 쾌감이야말로 행복이 아닐까요.

진우 드라마 주인공이 착용했던 소품이나 옷가지들을 구입해서 일시적인 행복을 느끼는 건, 말하자면 '플라세보 효과'인 거죠. 위약효과. 효능은 전혀 없는데, 있는 것처럼 느끼는 상태죠. 최근에 재훈이가 추천해준 봉준호 감독 다큐멘터리를 봤어요. 보는 내내 그런 생각이 들었어요. 고생을 많이 했는데 그렇게 고생하면서도 어떻게 영화에 줄곧 사로잡혀 있었을까. 제 생각에는 그 사람이 '생산자'였기 때문인 것 같아요. 자기가 생각한 것을 영화화하고 싶었던 사람. 표현 도구가 '영화'였던 거죠. 내가 생각한 바를 사람들에게 알리고 싶다, 생산자가 되고 싶다는 그 강렬한 쾌감을 봉준호 감독은 알았던 것 같아요. 맛보기도 했을 테고. 일찍 깨달았던 거죠. 자기 행복의 포인트를. 그래서 중간에 경제적으로 어려워지고, 첫 작품이 잘 안 되더라도 버틴 거죠. 그런데 만약에 누가 "야, 요즘에 앞으로 영화산업이 뜬대" 하고 권유해서 영화를 시작했다면, 자기 생각이 아닌 남의 생각으로 시작한 거니까 한 번 망하고 끝냈겠죠. 하지만 나의 행복 포인트가 '영화'이고, 시작이 '나'로 비롯된 것이니, 아무리 어려워져도 계속할 수밖에 없거든요. 하다보면 어느 순간에, 거짓말 같은 일들이 생길 수도 있는 거죠. 저랑 재훈이는 이걸 "얻어걸린다"라고도 표현해요.

재훈 그건 바로 우리가 우리 삶의 생산자가 되자는 거예요. 타인의 삶의 요소들을 소비하는 게 아니고, 우리 삶의 요소들을 남이 소비하도록 만들어보는 짜릿함을 느껴봐야 하지 않겠어요?

진우 덧붙이자면 생산자가 되는 것, 거기까지는 좋은데, 목표를 높게 잡아서 너무 기합이 들어가지는 말자고요. 제 경험상, 그렇게 돼버리면 제가 거기 함몰되더라고요. 자신의 '하한선'을 채우는 걸 기준으로 가다보면, 분명히 '얻어걸리는' 것들이 있을 거예요.

행복,
너 '쫌' 그래

　진우야, 요즘 나는 행복해진다는 게 여러모로 쑥스럽고 죄스러운 시간 속에 살고 있다는 느낌이 들어.

　뉴스나 신문을 보면 이런저런 슬프고 씁쓸한 소식들이 끊이지 않는데, 분명히 내가 속한 이 세계에서 분명히 실시간으로 벌어지고 있는 일들이잖아. 배트맨 시리즈의 고담 시가 떠오를 만큼 지금 우리가 발 딛고 선 사회는 매우 어둡고, 그 어둠의 깊이가 점점 까마득해지고 있다는 느낌이 들어. 이 속에서 쉽게 "나는 행복해요"라고 선언한다는 게 괜스레 겸연쩍더라. 그래서 더 행복을 숨기고 불행한 척, 아픈 척, 슬픈 척 하면서 대인관계를 해나가는 것 같아. 실은 그리 불행하지도, 아프지도, 슬프지도 않으면서 말야. 페이스북 같은 SNS에 수없이 올라오는 '행복 인증' 게시물들처럼, 나는 '상처 인증'을 억지로 일상에 업로드하면서 살고 있는 게 아닌가 싶어. 사회 문제에 대해 딱히 열성적인 행동파도 아니고, 뭔가 대안을 제시하는 예리한 지성인도 아닌 나 스스로가 부끄러워. 이 문제를 요새 열심히 고민하고 있어.

이를테면, '고담 시에서 행복하게 살아가는 방법'이랄까. 나는 왜 이런 죄책감을 가진 채 매일매일을 주눅들어 살아가는 걸까? 나로 말할 것 같으면, 그야말로 평범하고 조용한 소시민이야. 학생 운동이라든지 프로파간다에 제대로 동참해본 경험도 없고, 투표는 꼬박꼬박 하지만 어느 순간부터 누가 당선되든 상황은 비슷하게 흘러간다는 비관론자가 되어버렸어. 그렇다보니 딱히 지지하는 정당도 없고, 어떤 의원의 정책 발의 건에 대해서도 무신경해지더라고. 당연히 정치 쪽 뉴스는 일부러 찾아보는 편은 아니고.

지인들과 술을 마시다보면 종종 정치판 이야기를 할 때가 있는데, 솔직히 고백하건대 나는 그 자리에서 의도적으로 분노하고 반발하고 언성을 (아주 조금) 높여. 한마디로 연기를 하는 것이지. 다들 폭발한 상황인데 나만 차분히 앉아 있기가 영 어색해서 말야. 그런 식으로 한 박자 한 박자 추임새를 넣고 맞추다보면 사람들은 나를 굉장히 의식 있고 생각 깨인 젊은이로 생각하는 것 같더라고. 뭐 표현이 거창해서 그렇지 결국은 그들 스스로 나를 '동족'이라고 여기는 동질감에 지나지 않겠지만. 아무튼 이런 식으로 계속 인간관계를 형성해가는 게 너무 버거워. 행복해지고 싶지 않은 사람이 어디 있겠어. 나 역시 행복하고 싶어 미칠 지경인데.

내게 행복이란 '남 시선 신경쓰지 않고 떳떳하게 살아가는 상태'야. 이 정의에 따른다면 지금의 나는 분명 행복하지는 않아. 그렇다고 침통할 정도로 우울한 것도 아니야. 말하자면, 그럭저럭 괜찮은 컨디션을 유지하며 살아가고 있는 거라고. 그런데 "나는 괜찮아요"라고 아무리 말해도 어쩐지 아무도 믿어주지 않는 듯한 기분은 도대체 뭘까. 나 혼자만의 망상인 걸까? 내가 괜찮다는 걸 굳이 타인에게 납득시킬 필요는 전혀 없음에도 기를 쓰고 나의 'not bad' 상태를 주장하는 나의 모티브는 또 무엇일까?

아무래도 변명처럼 들리겠지만, 나는 지금껏 성장해오면서 너무 많은 책임감을 주입받았던 게 아닐까. 그래서 사회에서 일어나는 여러 일에 대해서도 나 역시 일말의 책임이 있다는 부채감을 스스로에게 지우는 거고. 더 치졸한 변명을 하자면, 나는 어느새인가 건강한 비판 능력을 잃어버린 것인지도 모르겠어. 명백히 책임 소재가 있는 자에게 직접적으로 "그건 당신 탓이야"라고 말하지 못하고, "생각해보니 우리 모두의 탓이고, 나의 잘못도 분명 있겠네요"라고 우물쭈물하는 태도. 이런 마음가짐은 나로 하여금 당당하게 행복해지지 못하도록 만드는 것 같아.

그런데 곰곰이 따져보면, 우리는 후자 쪽의 자세를 '성숙한 것'이라고 교육받으면서 자라오지 않았던가? 더 심각한 점은, 자신의 책임을 받아들일 줄 아는 인성이랄까 쿨함이랄까, 그런 측면 역시 결여돼 있다는 것이지. 그 결여에 관해 진지하게 이야기하는 것이 '매너'의 차원에서 상당히 결례인 양 암묵적 동의가 이루어지고 있기도 하고. 그래서 예의바르고 품위 있는 사람일수록 누군가에게 책임 소재를 따지는 일에 바장이게 되는 게 아닐까 싶어.

이런 정서는 행복한 삶에 관해서도 똑같이 적용된다고 생각해. 행복하다고 말하는 것이 괜히 눈치보이는 송구스러운 감정 말야. 그런 걸 갖고 있는 사람은 나뿐만은 아닐 거야. 그렇지? (아닌가?)

　행복하다고 떳떳하게 말하려면 중년 주부 대상의 아침 방송 프로그램에서 번듯한 집 안 곳곳을 공개하는 유명 연예인이나 의사 부부, 빌딩 하나를 갖고 있기는 하지만 재벌 수준은 아니라고 겸양하는 톱스타 정도는 돼야 한다는 거지. 자기 자신과 비교 자체가 너무나 아득한 사람들이 행복하다고 말하면, 그 행복은 별 무리 없이 받아들여지고 있어. 마치 옆집의 벨소리는 시끄럽지만, 어딘가 멀리 떨어진 성당에서 울리는 종소리는 무심히 듣게 되는 것처럼.

　행복하게 살고 못 살고의 문제가 아니라, 개인적 차원의 행복을 어떻게 인간관계나 사회생활에 무탈히 적용시키느냐에 대한 고민이 이 편지의 골자야. 여전히 답은 못 내렸어. 어떻게 사는 게 좋은 삶인가, 라는 뜬구름 잡는 번민(?)까지 하게 되는구나. 하루하루 삶은 지나가고 있는데, 나는 나이를 먹어가고 있는데.

모기들이 날아다니는 야외 카페에 앉아 있는 재훈

Reply to

재훈아. 내가 일요일마다 사회인 야구를 하러 가잖아.

　스무 살 때부터 시작했으니 벌써 십 년이 넘었네. 이번주 일요일에도 시합이 있어. 지금 팀이 8연승중이고 나도 타격 페이스가 좋아서 벌써부터 몸이 근질근질해. 근데 사실 3월에 리그 개막을 하고 난 후 한동안 성적이 좋지 않았었거든. 팀도 그렇고 나도 그렇고 말이야. 취미로 하는 야구인데 왜 그렇게 성적에 신경쓰냐고 할 수도 있겠지만 막상 시합을 뛰면 그런 생각이 들지 않아. 나뿐만 아니라 그 운동장에 있는 모든 사람이 아주 진지해지거든.

야구에서 '타격'을 보통 파도에 비교해. 타격 페이스가 파도처럼 올랐다 내려갔다를 반복한다고 해서 말이야. 언제는 공이 수박만해 보여서 방망이를 휘두르는 대로 전부 안타가 될 때가 있고, 언제는 아무리 공을 보고 휘둘러도 방망이는 허공을 가를 때가 있지.

오랫동안 야구를 해온 베테랑 프로선수들도 슬럼프에 빠질 때가 있고 타격엔 정답이 없다고 하는데 나처럼 취미로 야구를 하는 아마추어들은 오죽하겠어. 아무튼 아마추어이긴 해도 야구를 한 지 십 년이 넘었으니 나도 나름의 구력(球歷)이 쌓였을 텐데, 그래도 야구는 정말 할 때마다 새로워. 올해 리그를 시작했을 때도 마찬가지였어. 초반에는 타격 페이스가 잠깐 좋은 듯하더니, 계속 페이스가 떨어지면서 타율도 많이 까먹었었지.

한번은 아마 우리 팀이 크게 이겼던 날이 있었어. 팀원 모두가 맹타를 쳤는데 나만 안타를 못 쳤던 거야. 시합이 끝나고 집에 오는 동안 짜증나고 분한 마음을 삭이질 못하겠더라고. '내가 오늘 그 공을 왜 못 쳤을까?', '왜 몸이 먼저 열리는 버릇은 고쳐지질 않을까?' 생각을 되뇌며 혼자 씩씩거리면서 집에 왔지. 이렇게 할 거면 차라리 야구를 하지 말까 하는 생각도 하고 말이야.

그러고 며칠이 지난 뒤에, 문득 이런 생각이 들더라고. 취미로 하는 야구로 내가 왜 이렇게 스트레스를 받고 있을까 하고 말이야. 진짜 웃긴 일이지. 내가 즐겁기 위해 취미생활을 하는 건데 오히려 평소보다 스트레스를 더 많이 받고 있으니까.

그러다 문득 내가 처음 야구를 시작했을 때가 생각났어. 내가 야구를 좋아하게 된 건 초등학교 5학년 때였는데 그때 친구랑 처음으로 야구장에 갔었지. 그때 응원하러 간 팀이 야구를 정말 잘하고 있었거든. 내가 간 날도 아마 이겼을 거야. 그날의 짜릿함 때문에 야구에 완전 빠지게 됐고 그때부터 본격적인 야구키드의 삶으로 들어섰지. 학교에서 돌아오면 친구들한테 전화해서 "던지고 받기 할래?"가 일과였어. 여기서 말하는 '던지고 받기'는 '캐치볼'인데 당시엔 캐치볼이란 단어도 몰라서 그냥 던지고 받기라고 했던 거야. 아무튼 동네 골목에서 지겨울 때까지 친구들이랑 캐치볼을 했었어. 난 던지는 것보단 공을 받아주는 거에 더 재미를 느꼈거든. 공이 빠른 친구들의 공을 잡아주는 게 재밌었는데 특히 옆으로 빠져서 잡기 힘든 공을 잡아줄 때는 혼자서 희열을 느끼곤 했었어. 아마 이맘때 나처럼 야구에 입문한 꼬마들이 굉장히 많았을 거야.

내가 지금 팀에서 주로 맡고 있는 포지션은 포수거든. 투수의 공을 잡아주는 게 주임무인 포지션이지. 사실 그동안 의식하지 못했었는데, 어렸을 때 공 잡아주는 걸 좋아했던 나는 결국 지금도 포수를 맡고 있더라. 그런데 언제부터인가 야구를 하면서 '공을 잡아주는 재미'를 잊고 있었던 것 같아. 포지션, 성적을 떠나 야구가 나에게 주었던 아주 '단순한 행복'을 잊고 지냈던 거지.

그냥 공을 던지고 받는 게 신나서 했던 야구키드는 사라지고, 항상

성적이나 타격폼 같은 걸 신경쓰면서 야구를 하고 있었던 거야. 누군가가 던진 공을 내 글러브로 받아주는 '즐거움'도 느끼지 못하면서 말이야.

사실 내가 매일매일 연습을 하는 프로선수도 아니니 한 시즌 동안 칠 수 있는 안타의 수는 거의 정해져 있어. 우리 팀도 항상 똑같은 선수가 뛰는 거니 한 시즌 동안 승리할 수 있는 게임의 수가 정해져 있을 거고. 그런데 사람의 욕심이란 게 끝이 없어서 지금보다 '더 잘하고 싶다'라는 생각을 못 버리더라. 나도 더 잘 치고 싶고, 팀도 무조건 이겼으면 좋겠고 말이야.

그런 욕심 때문에 동생한테 특별레슨을 받으면서 타격폼도 수정해보고, 늘 나의 약점을 찾는 것에만 몰두했었어. 그런 후에 경기에 나가 타석에 서면 새로 배운 폼 때문에 머리는 복잡하고, 꼭 쳐야 한다는 마음 때문에 어깨는 잔뜩 힘이 들어가 있지. 이러니 날아오는 공을 못 치는 것도 당연할 거야.

어떤 운동이나 힘을 빼는 게 중요하다고 하는데 야구도 예외는 아니야. 머리를 비우고 어깨에 힘을 빼고 치는 게 타격을 잘하는 비결이라고 해. 그걸 '무심 타법'이라고 부르기도 하지. 나 같은 아마추어 선수들도 결국 '공'을 가지고 플레이하는 것이니 이 얘기는 꼭 프로야구에만 국한되진 않을 거야. 야구에 '무심'해지기 위해선 일단 나를 인정해야겠더라고.

작년에 내 타율이 2할5푼이었거든. 더 잘 칠 때도 있었고, 더 못 칠 때도 있었지만 어쨌든 최종 기록이 그거였어. 솔직히 자랑할 만한 성적은 아니지만 요즘엔 경기 전에 스스로 2할5푼 타자라고 생각하고 타석에 서곤 해. 네 번 타석에 나가서 한 번만 안타를 치면 된다는 마음으로 스스로 힘을 빼는 거지. 내가 처음 야구의 재미를 느꼈던 '공을 잡아주는 즐거움'을 다시 느껴보려 노력하고 있어. 그리고 타율기록이나 경기 승패를 떠나 내가 야구를 하면서 즐거워하는 자잘한 '포인트'들을 깊게 맛보려고 해. 그렇게 하면 설령 내가 오늘 안타를 못 치거나 경기에서 지더라도 내게 그 '즐거움'들은 온전히 남는 거니까.

그런데 이때부터 재밌는 일들이 벌어지기 시작했어.

내가 그 생각을 한 이후부터 타격이 잘되기 시작하더니 타율이 훌쩍 뛰어올라서 3할6푼이 되었고, 팀은 창단 최초로 8연승을 기록하게 된 거야. 요즘엔 타석에 서서도 아무 생각 없이 그냥 공을 보고 공을 치고 있어. 아직 '무심 타법'을 익혔다고 말할 순 없지만 적어도 어떤 느낌인지는 약간 알게 된 거 같아. 어떤 것이든 십 년을 하면 깨닫는 것이 있다고 하던데, 난 야구에서 그런 걸 많이 느껴. 스스로의 능력을 뛰어넘어 잘하려고 할 때는 그렇게 안 풀리던 야구가 내 능력을 인정하고, 마음을 비우니까 오히려 능력 이상의 성적이 나오고 있어. 그동안 놓치고 있던 즐거움도 느끼면서 말이야.

아까 말한 대로 타격은 파도 같아서 결국 페이스가 떨어질 때가 오겠지만 이제는 그걸로 스트레스를 받진 않을 거야. 난 원래 2할5푼 타자였으니 손해본 것도 아니니까. 그럴수록 내가 잘하는 '포수'에 더 집중하면 되겠지. 투수의 공들을 잡아주는 짜릿한 '손맛'으로도 안타 치는 거 이상의 재미를 느낄 수 있으니까. 그러다보면 또 타격페이스가 올라가는 파도를 만날 수 있을 테고 말이야.

인생의 행복이라는 것도 비슷하지 않을까? 우리를 즐겁게 해주는 건 지위나 명성 같은 결과물이 아니라 삶 속에서 늘 일어나고 있는 작은 과정들이 아닐까 싶어. 내가 투수의 공을 잡아주는 순간, 방망이로 안타를 쳐내는 순간처럼 아주 단순하고 작은 즐거움들이겠지. 그런 즐거움들이 쌓이다보면 의외의 타이틀이 따라올 수도 있을 테고 말이야. 아니어도 상관은 없어. 난 이미 즐거움을 느꼈으니까. 그 모든 것은 나의 즐거움의 '원천'을 찾아내는 일에서부터 시작될 거야. 그리고 내가 현재 할수 있는 범위 안에서 그 즐거움을 느끼면 되는 거겠지. 그래서 난 앞으로도 야구가 잘 안 된다고 느껴지면 '나는 2할5푼 타자다'라고 스스로 주문을 걸어보려고 해.

현재 나의 모습을 인정하고, 그 안에서 최대치의 즐거움을 느끼는 거지. 그런 것들이 계속 쌓이다보면 훗날 돌아봤을 때 행복했다고 느껴지지 않을까?

인생의 무심 타법을 익히고 싶은 진우

리모컨과
레고

재훈아, 내가 예전에 회사 그만두고 이런저런 알바를 하고 있을 때 드라마 보조출연을 했었던 거 기억하지?

오랜 기간 하지는 않았지만 꽤 재밌는 일이었어. 그중에서도 가장 기억에 남는 건 부산 세트장에서 촬영한 의학드라마였지. 내가 좋아하는 배우들도 많이 출연했고 시청률도 꽤 높았던 드라마였어. 그날은 보조출연자가 아닌 스태프 보조로 일을 하게 됐는데 1박 2일 동안 몸은 고생했지만 재미있는 구경을 많이 했지.

다른 보조출연자들과 버스를 타고 밤새 부산으로 내려가 아침에 도착했는데 대형 세트장은 처음 보는 거라 많이 신기하더라고. 알다시피 세트장이라는 게 카메라 앵글에 잡히는 부분은 리얼하게 해놓지만 그 뒷부분이나 눈에 안 띄는 부분들은 대충 만들어놓은 거잖아. 얼핏 보기엔 병원을 통째로 옮겨놓은 것처럼 보였는데 실제는 많이 달랐어. 사실 나무로 만든 세트인데 겉에 시트지를 절묘하게 붙여서 대리석으로 보이게 만든 거였고, 진짜처럼 보였던 의료기기도 대부분 모형들이었고, 몇 달 동안 촬영을 하면서 자주 청소를 못하니 지저분한 곳도 많았어. 세트장이라는 게 당연히 그렇다는 것을 알고 있었으면서도 막상 실제로 보니까 다르게 다가오더라고.

그런데 신기하게도 큐사인이 떨어지고 HD카메라로 찍힌 장면을 현장 모니터로 보면 기가 막히게 진짜 같고 깔끔해 보인다는 거야. 거기에 배우들의 연기까지 더해지면 현실보다 더 리얼한 세계가 펼쳐지는 거지. 난 분명히 그곳의 실제 모습을 보고 있는데도 모니터 속 장면은 진짜 병원에서 실제 의사들을 촬영한 거 같더라고.

난 그때 TV의 무서움을 느꼈던 것 같아. 너도나도 '리얼'을 외치고 있는 프로그램들은 갈수록 더 정교한 리얼리티를 보여주고 있잖아. 실제로 대본이 없는 프로그램이 있을 수도 있겠지만, 방송의 본질은 사전에 기획한 것을 촬영하고 편집해서 내보내는 거야. 결국 세상에 완벽한 리얼리티 프로그램은 없는 거지. 하지만 그런 리얼리티 프로그램 때문에 우리의 '현실감각'은 조금씩 무뎌져 가고 있는 거 같아. 왠지 TV에 나오는 세상이 진짜이자 제대로 된 세상 같고, 내가 사는 세상은 뭔가 초라하고 지루한 곳으로 느껴지잖아.

드라마를 보면 매일매일 새로운 일들이 벌어지고, 그 안에 인생의 희로애락이 전부 녹아 있는데 내 삶을 돌아보면 그렇지 못한 거 같기도 하고 말이야. 그러니 TV를 끄고 내 삶으로 돌아와보면 뭔가 허탈해지는 것도 당연한 걸 거야.

하지만 현실보다 더 리얼해 보이는 'TV 속 세상'이 사실 사전에 기획된 '판타지'라는 걸 의식할 수만 있다면 TV를 끈 후에 느껴지는 허탈감도 그리 큰 문제는 아닐 거야. 내가 1박 2일 동안 촬영을 하면서 본 것들은 밤샘촬영에 녹초가 된 몸으로 어려운 의학용어를 외우고 있던 배우들의 피곤한 표정과, 잠잘 시간은커녕 밥 먹을 시간도 없어서 몇 주째 좀비처럼 일하고 있던 스태프들이었거든.

그곳은 그들에게 일터였으니까. 물론 감독의 '레디 액션'과 함께 배우들의 피곤한 표정은 어느새 진지하고 생기 있는 얼굴로 바뀌고, 더이상 움직이지 못할 것 같던 스태프들도 날카로운 눈빛으로 돌아와 촬영에 몰입하지만 그 이면에 있는 피곤과 허탈감은 숨길 수 없더라고.

물론 TV로는 확인할 수 없는 장면들이지. 우리가 '리얼'하다고 느끼는 화려한 장면들이 사실은 누군가의 리얼한 '수고'로 만들어지고 있는 거야. 우리의 삶과 크게 다를 게 없는 거지.

난 우리가 '내 생각'이라고 알고 있는 많은 것들이 사실 TV 같은 대중매체를 통해 채워진 것들이 많다고 생각해. 어떻게 살아야 즐겁고 행복한 건지에 대한 기준도 대중매체의 영향을 많이 받고 있고 말이야.

우리가 편지를 처음 주고받을 때 말했었던 'One way'적인 삶, 졸업하고 취직하고 결혼하고 애 낳고 잘 먹고 잘사는 것들도 생각해보면 늘 TV에서 보던 장면들이었잖아. 그렇게 어느새 우리 머릿속에 들어온 세상의 통념들은 스스로 나의 행복 포인트를 찾을 기회를 막게 되지. 그것을 만든 사람이 의도했든 의도하지 않았든, TV는 사람들에게 상당히 많은 영향을 미치고 있어.

그렇다고 TV가 꼭 나쁜 것만은 아닐 거야. 빡빡한 일상에서 잠시 벗어나 달달한 로맨스를 즐기거나, 목놓아 웃을 시간도 가끔은 필요하잖아. 다만 그것을 오락으로만 즐기느냐, 현실로 받아들이느냐가 문제겠지.

사실 나도 예전에 TV를 보면서 세상을 공부했던 적이 있었어. 거기에 나오는 일 얘기, 사랑 얘기를 교재 삼아 나의 삶의 방향들을 정하기도 했었으니까. 물론 얼마 후 실제로 '경험'한 후에 그것이 판타지였다는 걸 뒤늦게 깨달았지만 말이야. 결국 TV가 위험한 매체가 되는 순간은 실제적인 경험 없이 그것만을 '현실'이라고 믿을 때야. 그렇게 제대로 된 현실을 모르는 사람이 나 자신을 알기란 더 어려운 일일 테고, 결국 행복은 더더욱 먼 얘기가 되는 거겠지.

지금 우리에게 필요한 건 TV를 통한 간접경험이 아니라, 내 몸을 통한 직접경험인 거 같아. 잠시 TV를 끄고 내 인생을 켜보는 거지. 물론 학생부터 직장인까지 안 바쁜 사람이 없는 대한민국에서 TV를 끄고 내 인생을 켜본다는 건 쉽지 않은 일이야. 하지만 진짜 현실을 알고 싶다면, 진정한 행복을 느끼고 싶다면 오늘부터라도 리모컨을 잠시 내려놔야 하지 않을까?

영화 〈트루먼쇼〉 마지막 부분에서 그 쇼를 만든 감독이 짐 캐리한테 거짓밖에 없는 바깥세상보다는 내가 만든 안전한 세상에서 살라고 하잖아. 물론 그 말이 사실일 수도 있지만 그런 거짓에 당해보는 것도 삶의 일부이지 않겠어? 거짓이 있다는 건 진실도 있다는 얘기일 테니 언젠간 진실을 만나는 행운을 누릴 수도 있을 테고 말이야. 어쨌든 이제 내 삶의 리모컨을 잡아보자.

맥주가 몹시 땡기는 저녁, 진우

Reply to

우리 어렸을 때는 뭐든지 조립해낼 수 있었던 시절이었던 것 같아.

레고 블록들을 방바닥에 잔뜩 깔아놓고 두 시간이고 세 시간이고 마냥 거기 앉아서 뭔가를 완성하곤 했지. 보기에 꽤 그럴싸한 자동차라든지 비행기라든지 성곽 같은 것들부터 기묘한 현대 조각품 같은 설명 불가의 완성물들까지 참 다양한 것들을 조립했던 우리였어. 값비싼 레고를 지속적으로 구입하기란 무리였을 테니(우리 부모님들 말야) 일주일마다 조금씩 받는 용돈을 차곡차곡 모아서 조립식 완구를 사기도 했어. 문방구 안에는 온갖 종류의 조립식 완구들이 빼곡했고, 언제나 아이들로 붐볐었지. 그렇다고 해도 나에게 그런 건담이나 미니카 등등은 레고를 구하지 못해 대안으로 선택한 대체품이었지. 물론 둘 다 조립을 해서 뭔가를 만들어낸다는 프로세스는 같지만, 뭐랄까, 레고 쪽이 훨씬 사용자 편의 측면과 자유도 면에서 월등하게 느껴졌거든.

너도 알다시피 레고는 정말로 뭐든지 조립할 수 있는 블록형 조립식 완구야. 만약에 내가 흑룡성 제품을 갖고 있다고 해도, 그걸로 꼭 흑룡성만 만들 필요는 없다는 거야. 패키지 안에 들어 있는 이런저런 모양의 블록들을 내 마음대로 내 멋대로 조합하면, 매뉴얼에 없는 전혀 새로운 창작물을 짠, 하고 지어낼 수 있었던 거야.

반면에 일반적인 조립식 완구들은 오로지 매뉴얼대로의 조립과 완성밖에는 할 수 없어. 건담이라면 건담, 미니카라면 미니카, 탱크라면 탱크. 딱 정해져 있지. 그걸 내가 헝클어뜨린다는 건 애초에 불가능해. 명확한 규칙과 규정에 의해 1-1 조각에 1-2 조각을 끼워 맞춰야만 온전한 완성품으로 모양을 갖출 수 있으니까. 음, 조립식 완구는 아이들을 시험해보려는 어른들의 시각이 짙게 배어 있는 것 같기도 해. 네 녀석이 과연 이 복잡한 매뉴얼을 보고 우리의 건담을 만들어낼 수 있을까? 이런 보이지 않는 압제의 시선이 느껴져서 나는 좀 거슬리더라고. (뭐, 이것 역시 어디까지나 나에게는 그랬다는 뜻이야.)

이에 비하면 레고는 그야말로 무경계, 무규칙의 장난감이지. '장난감'이라는 본질에 가장 충실한 제품이 아닐까 생각해. 뭐면 어때, 아무거나 막 끼워봐. 레고 쪽에서는 이런 목소리가 들리는 듯했어. 실제로 나는 일곱 살 때 아버지가 크리스마스 선물로 사주신 흑룡성 레고를 가지고 배트모빌(배트맨이 타고 다니는 자동차)을 만들었다니까. 그리고 레고는 각기 다른 패키지 제품들끼리도 완벽하게 호환돼. 당연하겠지. 이쪽이든 저쪽이든 어쨌든 '블록'으로 구성되어 있으니까. 흑룡성 모델과 범선 모델의 블록들을 뒤섞으면 또다른 기하학적인 물체가 탄생했어. 그걸 나는 부모님, 우리집에 놀러온 친구들과 이웃집 아주머니들에게 자랑하면서 뿌듯해했어. 그 시절의 나에겐 그게 꽤나 큰 즐거움이었지.

회사원의 생활이란 이를테면 조립식 완구와 비슷한 거라고 생각해. 누군가가 심혈을 기울여 제작해놓은 매뉴얼이 있다, 그 매뉴얼로 완성할 수 있는 형태는 오직 단 하나다, 1-1 조각에 1-3이라든가 3-4를 끼우는 걸 허용하지 않는다, 나는 별 도리 없이 매뉴얼을 따라야 한다, 어느새 나라는 존재 자체가 하나의 조각이 되어버려서 그 매뉴얼의 일부로서 끼워맞춰져 있음을 깨닫는다.

좀 우울한 성찰인가? 딱히 회사생활을 비관할 마음은 없어. 나는 회사원으로서의 삶에 만족하고 있고, 회사로 인해 소소한 행복을 맛보기도 하니까. 다만 내가 말하고 싶은 건, 지나치게 매뉴얼대로만 사는 일상에서는 재미랄까 호기심이랄까 하는 것들을 느끼기 힘든 게 사실이라는 거야. 정교하게 설계된 조립식 완구만 만들다보면 아무래도 좀 따분하고 질리지.

무라카미 하루키의 「토니 타키타니」라는 단편소설에 일러스트레이터로 일하는 남자 주인공이 등장해. 그는 자동차의 내부 구조 같은 아주 정밀하고 메카닉한 오브제를 거의 실사에 가깝도록 그리는 재주꾼이야. 그런데, 보고 그릴 대상, 즉 매뉴얼 없이 그리는 추상화나 가벼운 드로잉은 젬병이야. 몇 번 시도를 해보기는 하지만 도무지 계속 그릴 수가 없어.

소설 내용이나 주제와는 무관한 의견인데, 이 주인공은 '조립식 완구'형 인간인 것이지. 소설 속에서 몹시도 고독한 이 남자가 어쩐지 요즘의 내 모습처럼 보여서 많이 공감했었어. (얼마 전에 이 소설을 읽었거든.) 거울에 비친 내 모습 같은 이 남자랑 레고 놀이를 하고 싶다, 라는 생각까지 했다니까. 블록을 끼워맞추는 것도 괜찮겠지만, 그보다는 우리 주변에 널려 있는 수많은 일상의 조각들을 아무렇게나 조립해서 그럴듯한 유형의 '행복'을 만들어보고 싶어. 거창할 필요도 없고, 아주 사소한 조각들부터 시작해보는 거야.

예를 들면, 내 방 옷장과 서랍에 가득한 옷가지들을 다 꺼낸 다음 이것저것 매칭을 시켜보면서 나만의 룩을 만드는 건 어떨까? 새옷을 사는 대신, 이미 내가 갖고 있는 옷들을 재조합하고 재배열해서 '새 헌옷'을 창작하는 거야. 이런 식으로 점차 분야를 늘려가면서 '새 헌것'을 하나씩

추가하다보면, 어느새 내 일상 안에는 눈에 보이고 손에 만져지고 피부에 와 닿는 행복들이 채워지지 않을까.

서태지 형은 "엄마와 내가 둘이서 내 키를 체크하지 않게 된 그 무렵부터 나의 키와 내 모든 사고가 멈춰버린 건 아닐까" 하고 고민했다고 하는데, 내 경우에는 내 방 안에서 그 많던 레고들이 치워지고 나 역시도 시나브로 레고를 멀리하게 될 그 무렵부터 행복의 크기가 대폭 좋아든 것 같아.

진우야, 내가 조만간 레고 제품 하나를 구입하려고 하는데 말야. 우리 둘이 바닥에 레고 블록들을 깔아놓고 뭐든 한번 만들어보자. 우리 어렸을 때처럼.

행복은 '탈매뉴얼 조립의 감성'이라고 정의하게 된 재훈

이 죽일 놈의 행복

—

재훈

나는 어렸을 때부터 '나는 나고, 남은 남'이라는 사고가 꽤 확고한 편이었는데 그래서인지는 몰라도 누군가로부터 "너도 (남들처럼) 뭔가를 좀 해봐라" 하는 말을 들으면 쉽게 상처를 받는다. '지금 이대로의 나'에 충분히 만족하며 살고 있는데 "포기하지 마. 넌 그보다 더 잘할 수 있다고. 왜 스스로에게 기회를 주지 않는 거지?" 같은 말을 듣게 되면 나 스스로 '나는 잘못 살고 있는 건가?' 하는 자책을 하게 되는 것이다.

이건 정말이지 불쾌한 느낌이다. 나는 이런 느낌을 학창 시절 내내, 무척 자주 받았던 것 같다. 가령, 내가 어떤 책을 읽고 있으면, 누군가가 다가와서는 "그런 책들은 나중에라도 읽을 수 있잖아" 하고 말해버리는 것이다. 그러면서 그들은 내 손에 이른바 권장도서 목록을 쥐여준다. 그들의 시각에서 볼 때 나라는 학생은 '나중에'라도 읽을 수 있는

'그런 책들'을 지금 구태여 읽고 있는 셈이다. 그런데 중요한 건, 내게는 지금 내가 읽고 있는 이 책이 '지금이 아니면 읽을 수 없는 책'이라는 사실이다. (학창 시절에 비하면 아주 가끔이지만, 지금도 내게 이런 느낌을 안겨주는 사람들을 상대해야 할 때가 있다.)

지금 이 순간의 내가 만약 이 책을 읽지 못한다면, 지금 이 순간의 내가 만약 이 영화를 보지 못한다면, 지금 이 순간의 내가 만약 이 경험을 하지 않는다면, 오직 지금 이 순간의 나로서만 얻어낼 수 있는 어떤 종류의 깨달음, 교훈, 감성 등을 놓쳐버리게 된다는 것이 나한테는 늘 안타깝다. 그리고 무엇보다도, 지금 이 순간 내가 이 책을, 이 영화를, 이 경험을 '필요로 한다'는 것을 나는 분명히 안다. 그 '앎'을 남에게 논리적인 언어 체계로 설명하기란 상당히 곤란한 일인데, 그래서 늘 그들과 트러블이 생겼던 것 같다.

어쨌든 내가 이런 견해를 피력하며 대꾸를 하면, 대개 그들은 "지금 이 순간 네가 반드시 해야 할 일은 따로 있다. 그 일을 하지 않으면 반드시 '나중에' 후회하게 된다"라고 엄중히 충고한다. 다행히도 아직까지는 후회 없이 편안히 살고 있다. 그들 중 몇 명은 이런 나를 두고 "결국 그 정도였던 거냐, 너라는 녀석은? 그 수준으로 머물러 있을 줄 알았다"라는 말을 서슴지 않는다. 그렇고 그런 성공학 서적이나 자서전의 프롤로그처럼 되어버렸는데, 아무튼 내가 하고 싶은 말은 '지금 이대로의 나 자신에 만족하며 사는' 사람들을 가만히 내버려두라는 것이다.

요즘에는 '성공'이라는 게 하나의 종교가 돼버린 느낌이어서 주위를 둘러보면 너도나도 '성공 전도사'를 자처하고 있다. 삶에 대해 긍정적인 메시지를 전해주려는 의도는 알겠는데, 딱 거기까지만 해달라는 거다. 세상에는 '지금 이 순간'이라는 세계에서, 굳이 '성공'이라는 미래를 떠올리지 않고도, 충분히 자유롭고 행복하게 살아가는 부류들이 있다. 그런 부류들을 굳이 '잠재력을 충분히 발휘하지 못하는 자', '자기 안의 거인을 깨우지 못한 자', '일곱 가지 습관이 없는 자', '꿈 없이 현실에만 안주하려는 자' 따위로 규정지으면서까지 전도 활동을 해나가는 그대들의 모티브는 도대체 무엇이냐는 거다.

한 발 물러서서 만약 그들의 입장을 이해해본다면(어디까지나 '만약'이다), 어쩌면 그들은 스스로에게 하고 싶은 말을 나에게 하고 있는 것은 아닐까 싶다. 내가 읽고 있는 책을 실은 몹시 탐내지만, 부모님이나 선생님이나 선배들의 근엄한 교화에 압도되어서 선뜻 책을 만지지 못하는 상태. 그래서 그 억눌림을 타인을 향한 충고의 형태로써 해소하는 것이 아닐는지. 혹은 내가 멋대로 좋아하는 책을 읽고 있는 모습이 너무나 부러운 나머지, 나의 나다움을 허물어뜨리고자 권장도서 목록 따위를 건네는 것이다. 마치 바이러스 숙주가 입력된 메모리 카드를 중앙 서버에 끼워 넣듯이 말이다. 〈다크 나이트〉에서 조커는 하비 덴트를 '투페이스'로 타락시킨 데 대해 의기양양하며 배트맨에게 이렇게 말한다. "너랑 내 레벨로 녀석을 끌어내린 거야(I brought him down to our level)." 조커 같은 악당에 비교해서 조금 미안하기는 한데, 이게 그들에 대한 나의 솔직한 심정이다.

우리나라의 어느 유명한 철학자께서 자신이 슬플 때가 아니라 행복할 때 찾아오고 연락하는 친구야말로 진정한 친구라고 말했다. 공감한다. 단순한 축하는 누구나 해줄 수 있다. 축하라는 것은, 어느 정도의 거리를 두고 타인(내 친구)의 행복을 기쁜 표정으로 관망하는 일종의 사회적 제스쳐라고 생각한다. 대표적인 예가 웨딩홀에서 열리는 일반적 형태의 결혼식이다. 내 친구(신부 혹은 신랑)와 개인적으로 만나고 이야기하고 접촉하는 시간은 한정되어 있다. 결혼'식'이 일정에 따라 차질 없이 진행되려면, 내 친구를 언제까지고 붙잡아둘 수는 없는 것이다.

식이 시작되면 나는 '하객'이 된다. one of them이다. 그러고는 웨딩드레스를, 턱시도를 입은 친구를 지켜보면서 박수를 쳐준다. 물론, 결혼식에서 내 친구가 짓는 행복의 미소가 가식이라든가 가면이라는 이야기를 하려는 게 아니다. 이런 단체 차원에서의 축하는 실은 별것이 아니라는 뜻이다. 누구라도 할 수 있는 축하다. 예복을 입은 내 친구가 만끽하고 있을 행복이 나에게 긴밀하게 와 닿기에는, 하객 자리와 신랑신부 사이의 거리가 너무 멀다. 내가 생각하는 진정한 우정, 그리고 진정한 축하란, 일대일의 관계에서만 가능하다.

햇살 좋은 오후에 친구와 내가 어느 카페에 앉아 있다. 친구가 행복을 꺼내서 테이블 가운데 올려놓고 그 모양과 색채와 구성 성분과 질감 같은 것들을 설명해주면, 나는 친구가 꺼내놓은 뜨끈한 행복을 쓰다듬기도 하고 냄새 맡기도 하고 혀도 대보면서 오롯이 느껴보는 거다. 과연, 너의 행복이란 참 탐스러운 것이구나.

타인의 타인다움을 완전히 이해하는 건 불가능할 테지만, 인정 정도는 해줄 수 있지 않을까. 그렇군, 지금 이 모습이 너로군, 나쁘지 않은걸. 이런 인정이 자연스럽게 이루어지려면 부모님이든 선생님이든 친구든 지인이든 일대일의 거리가 가까워야 한다. 그래야만, 잘 보이니까. 우리가 남의 시선을 신경쓰느라 제대로 행복해지지도, 축하해주지도 못하는 이유는 나와 너의 거리가 충분히 가깝지 못한 탓은 아닐까.

　남을 의식한다는 것은, 남을 경계하기 때문이다. 그 사람을 충분히 들여다볼 수 있다면 경계할 필요는 없을 것이다. 그럴 때 완전한 형태의 '나는 나, 너는 너'라는 인식은 딱 보기 좋을 정도로 부푼 식빵처럼 노릇노릇해질 것이다. 나는 나라서, 너는 너니까, 우리 둘이 이 잘 구워진 행복을 나눠 먹을 수 있는 거다. 행복에 관해 고민하고 있자면, 그래서 괜스레 허기가 지는지도.

0과 1 사이

—

진우

갑자기 눈을 떴다. 아직 깜깜한 밤이다. 몇 시간이나 잤을까. 더듬더듬 휴대폰 버튼을 눌러본다. 아직도 한참 새벽이다. 불현듯 한기가 느껴진다. 두꺼운 이불 속에 온기가 전혀 느껴지지 않는다. 잔뜩 움츠려든 몸을 보니 추워서 깬 듯하다. 올겨울 들어 가장 추운 밤이라고는 했지만 이 정도일 줄이야. 혹시나 하는 마음에 휴대폰으로 전기장판 스위치를 비춰본다. 젠장. 꺼져 있다.

잠들기 전에 분명 켰던 거 같은데 꿈이었던 걸까. 그제야 전기장판 온도를 확 올려보지만 이불 속 한기는 쉽게 사그라지지 않는다. 확실히 전기장판을 쓴 이후부터는 숙면을 하지 못했다. 예전 집의 온돌방이 그립다. 한겨울에도 이불 속은 정말 따뜻했었는데.

지난여름에 이사 온 오피스텔은 복층 구조다. 1층에서 생활하고, 잠은 복층에서 잔다. 1층은 보일러가 들어오지만 복층엔 보일러가 들어오지 않기 때문에 전기장판을 써야 한다. 추운 새벽, 잠은 이미 깨버렸고 이런저런 잡생각이 떠오른다.

전기장판의 온기는 이진법이다. on 또는 off, 차갑거나 뜨겁거나 둘 중에 하나다. 그 사이를 메우는 '훈훈함'이나 '은근함'은 없다. 반면 보일러의 온기는 on/off로 나뉘기보다는 그 사이의 애매한 온도를 가지고 있다. 숫자로 말하자면 0.4나 0.79쯤일까? 이렇게 애매한 숫자는 우리 몸에 쉽게 스며들어 어느새 체온과 비슷한 온도를 유지한다.

반면 전기장판의 이진법 온기는 우리 몸에 잘 스며들지 못한다. 그래서 장판에 닿는 부분은 뜨겁고, 손과 발 같은 부위는 금세 추위를 느끼곤 한다. 이것은 우리 몸에만 해당되는 얘기는 아닐 것이다. 우리의 생각과 감정도 이진법에 익숙하지 않다. 우리는 컴퓨터나 기계가 아니기 때문이다. 이 세상 모든 사람이 다르게 생겼듯 사람마다 자신만의 독특하고 고유한 생각과 감성을 가지고 있다. 하지만 우리는 어렸을 때부터 세상을 이진법으로 바라보도록 배우고, 스스로도 그 기준에 맞추려고 노력해왔다. 각자가 가지고 있는 미묘한 개성들은 스스로 깎아내야 했다.

돌이켜보면 어렸을 적 세상은 아주 심플했다. 만화영화를 봐도 착한 놈과 나쁜 놈의 구별이 정확했었고, 학교에서도 옳은 일과 그른 일이 명확했었다. 친구들 사이에서도 좋은 친구, 나쁜 친구의 구별이 뚜렷했고 모든 일에는 잘한 것과 못한 것이 분명히 나뉘었다. 시간이 좀더 지나서도 크게 달라지지 않았다.

고등학교에 진학하면서 인문계냐 실업계냐를 결정했고, 그후에 난 문

과형 인간인지 이과형 인간인지를 판단했었다. 대학에 들어가서도 취직을 준비할 것인지 시험을 준비할 것인지를 고민했었고, 사회에 나와서도 그와 비슷한 이진법적 선택은 끊임없이 이어졌다.

솔직히 이런 이진법적 사고는 편하다. 크게 골치 아플 것 없이 둘 중에 하나를 고르면 그만이다. 사실 무엇이 더 좋은지도 대부분 정해져 있다. 그렇게 되면 피아의 구별도 쉬워진다. 얘는 내 편인지 아닌지, 도움이 되는 녀석인지 아닌지, 이건 좋은 일인지 아닌지. 그래서 난 사춘기가 없었다. 청소년이 되면 세상에 대한 의문이 생기고, 반항심이 올라와 질풍노도의 시기를 보낸다던데 나의 중고등학교 시절은 그런 고민이 전혀 없었다. 세상에 대한 의문을 가지기에는 내 앞에 있는 것들이 너무나 심플했으니까. 이분법적 사고에 나를 완전히 맡겼던 것이다.

하지만 문제는 그때부터였다. 분명 나는 정답을 고른 거 같았는데 결과는 그렇지 않았다. 정작 나는 행복하지 않았다. 오히려 허탈해지곤 했다. 이번 문제를 풀었지만 나는 또 다음 문제를 해결하러 가야 했다. 중학교를 졸업하고 고등학교로, 고등학교 졸업하고 대학교로, 대학교를 졸업하고 회사로. 분명 내가 스스로 선택한 길을 가고 있다고 생각했지만 실제로는 이미 정해진 길을 걷고 있었던 것이다. 그렇게 부유하듯 흘러가던 내 인생에서 세번째 회사를 다니고 있었을 무렵, 유보되었던 사춘기가 갑자기 들이닥쳤다. 세상의 이야기를 의심해보기 시작했던 것이다. 지금 내가 살고 있는 삶이 과연 정답인지 처음부터 다시 따져보기 시작한 것이다.

그렇게 의심을 해보고 다시 생각을 해보니 모든 일은 그렇게 심플하지 않았다. 단순한 이진법적인 사고로는 세상을 판단하는 것은 물론 나 자신도 판단하기 어려웠다. 좋다고 생각하던 것들이 꼭 좋은 것만은 아니었고, 나쁘다고 생각했던 것들이 꼭 나쁜 것만은 아니었다. 나는 좋은 사람이기도 했지만 못된 사람이기도 했고, 똑똑하기도 했지만 바보 같기도 했다. 실상 우리는 좋다가도 싫고, 싫다가도 좋아하는 것을 매번 반복한다. 여자의 마음만 갈대 같은 것이 아니라 사람은 모두 갈대인 것이다. 다만 그것을 의식하지 못하고 있을 뿐이다. 또는 열심히 자기합리화를 하고 있거나. 단순한 이진법적 논리로는 설명하지 못할 것들이 너무나 많다.

행복한 인생이란 그런 '애매함'을 인정하는 것에서부터 시작되는 게 아닐까? 명확한 정답이 없을 수도 있음을, 그럼에도 그 어떤 지점에 분명히 존재할 내 자신을 찾아가는 것이 아닐까. 따뜻함과 훈훈함을 가지고 있는 보일러의 온도처럼 0과 1 사이에 나만의 고유한 '지점'이 있을 것이다. 나는 혹은 우리는 그동안 그 '지점'을 모른 채 무조건적으로 0 또는 1을 선택해왔던 것이 아니었을까 싶다.

그런 생각이 든 이후부터는 그 '지점'을 찾아내는 데 온 힘을 다했다. 나의 즐거움은 어떤 포인트에서 시작되는지, 나는 어디까지 버틸 수 있고 어디서부터는 감당할 수 없게 되는지, 내가 버릴 수 있는 것과 절대 버릴 수 없는 것들까지. 그렇게 찾은 고유한 '지점'들로 다시 나의 삶을 개편했을 때, 다른 사람들은 내 모습을 쉽게 이해하지 못했다. 세상의 기준으로 보자면 그 모습이 아주 낯설었으니까. 그래서 많이 외로웠고 고민도 많았지만 포기할 수는 없었다. 물론 지금도 나의 고유한 '지점'들을 찾는 일은 계속하고 있다.

가끔씩은 그 지점이 변하기도 한다. 다 알고 있다고 생각했던 '나'의

새로운 모습에 놀라기도 한다. 지점을 찾고 행복을 찾는 것은 평생의 숙제인지도 모르겠다.

　내 집에 사는 사람이 옆집 사람들의 생활패턴을 따르는 것은 웃긴 일이다. 옆집에서 불을 켜면 같이 불을 켜고, 불이 꺼지면 같이 불을 끈다면 집주인이 주인 노릇을 못하고 있는 것이다. 우리 인생도 마찬가지 아닐까. 옆집에서 뭐 하고 있나 담 너머로 슬쩍 볼 수는 있겠지만 그것이 기준이 되어선 안 될 것이다. 내 집에서는 나에게 맞는 나만의 패턴을 찾아야 한다. 낮밤이 바뀌더라도 그것이 나에게 맞다면 남들 잘 때 일하고, 남들 일할 때 잘 수도 있는 것이다. 그때 인생의 행복도 찾아올 것이다. 결국 행복한 인생이란 세상이 정해놓은 0 과 1 사이에서 내 지점을 찾고, 그 지점을 지켜가며 살아가는 것을 말하는 것이다.

나만의 행복 레시피를 위하여

서칭 포 슈가맨
감독·각본 말릭 벤젤룰

실화를 바탕으로 한 음악 다큐멘터리 영화. '서칭 포 슈가맨'은 '서칭 포 해피니스'이기도 하다. 진짜 행복한 사람은 굳이 나서지도 나대지도 않는다. 자신의 행복을 '인증'하려고도 하지 않는다. 이 영화를 보고 아무 감흥이 없는 사람과는 말도 섞지 않겠다.

게으름에 대한 찬양
저자 버트런드 러셀

대강의 무게만 짐작했던 이 세상 모든 것들의 '질량'을 다시 재는 저울과도 같은 책. 일, 지식, 돈부터 게으름과 행복에 이르기까지 우리가 '이미 잘 알고 있다고 믿는 것'들의 본질을 하나씩 분석한다. 유명한 수학자이기도 했던 그의 글에는 빈틈이 보이지 않지만, 사람의 생에 대한 애정은 듬뿍 담겨 있다.

철학자와 늑대
저자 마크 롤랜즈

대단한 발견은 전혀 생각지 않은 곳에서 일어난다고 했던가? 우연히 시작된 철학자와 늑대의 동거에서 그(철학자)는 뜻밖에 '행복의 근원'을 발견한다. 행복에 중독되어 있는 이 시대에 '행복은 즐겁지만은 않다. 동시에 매우 불편하다'는 그에 말에서 우리는 묘한 카타르시스를 느낄 수 있다.

마음을 쏘다, 활
저자 오이겐 헤리겔

"해야 할 것에 대해 생각하지 마십시오!" 결국 우리는 하려고 할 때 할 수 없고, 안 하려고 할 때 마침내 할 수 있다. 오이겐 헤리겔 교수가 궁도를 배우며 익혔던 것은 활 쏘는 법이 아니라, 우리의 마음을 쏘는 법이었으리라. 작고 얇은 책이지만 그의 깊은 깨달음이 읽는 사람의 마음에 꽂힌다.

🎬 하이힐

감독·각본 장진

사회생활 스트레스의 핵심은 '남들이 바라는 내 모습'을 충족시켜야 하는 부담감이 아닐까. 이런 상황에서 '나'라는 젠더를 밝히는 일, '나' 커밍아웃은 쉽지 않다. 그러나 다 감당할 수 있을 때 행복할 수 있다는 현실, 진실.

📚 데이빗 린치의 빨간 방

저자 데이빗 린치

데이빗 린치는 말한다. "예술가의 삶이란 좋은 일이 생기기를 바랄 만큼의 충분한 시간을 갖는 자유를 의미한다"고. 기묘한 영화를 만드는 감독으로만 알고 있었는데, 책을 읽어보니 명상가에다가 꽤 명랑한 사고방식을 가진 예술가였다. 행복해지는 것, 예술이라는 것이 생각보다 어렵지 않겠다는 자신감을 준다.

📚 하정우, 느낌 있다

저자 하정우

배우 하정우는 물론이고, 인간 하정우도 부러워졌다. 그는 자신의 '업'과 '자기 자신'을 분리해서 볼 줄 알았고, 두 분야 모두에서 행복에 이르는 방법을 알고 있었다. 그러면서도 그는 쉽게 우쭐하거나 갑자기 가라앉지도 않았다. 배우로서 '프로'일 뿐만 아니라 인간으로서도 '프로'였던 것이다.

🔵 안드레아 보첼리 공연 : 러브 인 포르토피노

출연 안드레아 보첼리, 데이비드 포스터, 크리스 보티 외

행복해지는 방법은 여러 가지일수록 좋다. 우연히 본 안드레아 보첼리의 공연 실황이 마음에 와 닿았다. 보는 내내 숨이 가라앉고 마음이 고요해지면서 이런저런 강박에 긴장되었던 몸과 마음이 이완되었다. 가끔씩은 머리 쓸 것 없이 이렇게 편안한 방법이 좋을 때도 있다.

6장

발견, 그후

내 인생 속도는 얼마나 될까. 1분에 10미터쯤 걷는다면, 한 시간이면 600미터. 그러면 나는 시속 600미터 정도로 살고 있겠구나. 물론 때로는 멈춰 있기도 하고, 그 이상으로 달리기도 하겠지만, 어찌됐든 내 적정 속도는 시속 600미터겠구나. 이 속도에 맞는 일상을 살고, 이 속도와 비슷한 사람들과 함께 걷고, 이 속도를 공유할 수 있는 누군가와 사랑을 하고, 이렇게 자신의 인생 속도를 알면, 행복해지는 데 훨씬 가까워지지 않을까. 어쩌면 속도를 조절하는 것만으로 많은 문제들이 해결되지 않을까. 내 인생의 적정 속도, 그게 나의 답이다. 나답게 잘 가보는 거다.

다들 그래, 내가 문제라고!
괜찮아, 답도 나야!

재훈 자동차가 달릴 때 시속 몇 킬로미터, 이렇게 속도가 나오잖아요. 사람도 그런 속도가 있지 않을까 생각해봤어요. 정확하게 재서 나온 수치는 아닌데, 제 걸음걸이로는 1분에 10미터쯤 걷는 것 같더라고요. 그걸로 산출을 해보니까 내 삶의 속도는 시속 600미터 정도. 이게 참 관념적인 건데, 내 속도는 시속 600미터야, 이렇게 규정하고 나니까, 그 외의 것들이 자연스럽게 간소화되고 간편해지는 거예요. 생각하는 것들도 그렇고. 그래서 내가 어느 정도 속도로 살아가느냐를 스스로 알고 있다는 것은 중요한 것 같습니다. 이 얘기를 들은 아버지께서 1분에 10미터는 너무 느린 거 아니냐? 반문하시기도 했는데, 이 이야기에서 중요한 건 '측정'이 아니라는 걸 강조하고 싶어요. 자동차든 사람이든 다들 자신만의 '속도'라는 게 있으니 그것을 고민해보자는 취지예요.

진우 모든 철학의 출발점은 '내가 누구인가', '내가 무엇인가', '내가 어디서 있는가'인 것 같아요. 저는 시속 몇 킬로미터인지 생각해보지는 않았지만, 저 역시도 삶의 방식이 달라진 이후에(회사를 그만둔 뒤에) 나는 어떻게 살고 있나, 어떤 속도로 살고 있나를 생각해본 적이 있거든요. 그렇게 해서 '나'를 쳐다보면 거기서 분명히 느껴지는 것들이 있어요. '인생의 속도'라는 것이 관념적이면서도, 실생활과 밀접한 주제라고 생각해요. 아까 재훈이가 시속 600미터라고 했잖아요. 이게 일반적으로 보면 굉장히 천천히 가는 속도거든요. 가다가 멈출 수도 있죠. 잠깐 딴생각을 한다거나, 쉬었다가 간다거나. 목표가 있으면 빠르게 가겠죠. 제가 일이 잘되었을 때를 떠올려보면 어떤 의도를 가지고 할 때보다 우연히 얻어걸리는 게 더 많은 것 같아요. 그러려면 마음의 속도가 느려야죠. 그래야만 주변을 쳐다볼 여유가 있을 테니까. 오늘까지 꼭 처리해야 할 일이 있고, 지금 이 나이에 반드시 해야 할 일이 있고, 이런 식으로 목표들이 많이 설정되어 있으면 내 옆을 볼 수가 없겠죠. 사람의 문제가 아니라 상황이나 목표들이 사람을 빠르게 걷돌도록 만드는 것 같아요. 회사 다닐 때 제 모습이 그랬어요. 저는 아마 10미터를 20초면 갔을 거예요. 워낙 걸음이 빨랐기 때문에.

재훈 요새는 먹고사는 일이 아무래도 좀 어렵다보니까, 다들 빠르기를 강요하는 것 같아요. 빨리 해야 한다. 빨리빨리. 맞는 말이기는 해요. 빨리 해야 성과가 빨리 나오고, 이윤 창출도 빨리빨리 될 테니까. 자본주의사회에 사는 이상, 그런 시스템에서 벗어날 수는 없겠죠. 그런데 그걸 자기 자신과 어느 정도는 분리를 시켜보면 어떨까요. 그건 말하자면,

회사에서의 속도, 회사원으로서의 속도를 나 자신의 속도로 착각해버리면 회사에서 나와서도 계속 '빨리'를 의식하게 되고, 그래서 아무것도 안 하고 있으면 불안하고, 뭔가를 해야 할 것 같고, 내가 도태된 것 같고, 이런 자괴감에 빠질 수 있거든요. 회사는 회사에서의 속도가 있겠죠. 회사라는 공간, 직장이라는 공간을 하나의 '탈것'으로 생각하면 좋을 것 같아요. 나는 오늘 아침에 출근하러 간다, 이걸 나는 지금 '회사'라는 거대한 자동차를 운전하러 간다, 이렇게 생각하는 거죠. 그런데 그 자동차는 최저 속도가 몇이고 최고 속도가 몇인데, 나는 그 일정한 속도를 오전 9시부터 오후 6시까지, 혹은 야근을 한다면 9시, 10시까지 유지를 해야 한다. 거기서 나오고 나면, 즉, 그 차의 운전을 마치고 내리고 나면, 나는 이제 내 원래 속도로 걷는 거다. 이런 식으로 분리를 하면 조금은 마음에 여유가 생기지 않을까 싶어요. 요즘에는 자기계발을 해야 한다며, 회사라는 탈것에서 내려서도 계속 어딘가를 향해서 운전하고 있는 상황인 것 같아서 다들 마음에 여유도 없어지고, 팍팍하고, 그런 것 같습니다.

진우 지금 내가 서 있는 트랙의 룰을 빨리 파악했으면 좋겠어요. 만약에 우리가 100미터짜리 트랙에 서 있다고 해보자고요. 그런데 아무도 이 게임의 룰을 설명해주지는 않아요. 다만 나의 경험상, 이 트랙에서는 1등으로 가는 사람이 금메달을 딴다, 이게 제 머리에 프로그램화된 거죠. 그래서 갑자기 출발 신호가 탕! 하고 울리면, 그와 동시에 주변 눈치를 보다가 막 뛰어가는 거예요. 최대한 골인 지점에 빨리 가려고. 내가 다행히 1등을 했어요. 그런데 시상을 하는데, 주최측에서 그러는 거예요. 이 경기는 제일 느리게 오는 사람이 1등입니다, 라고 말하는 거죠. 혹은 똑바로 걷지 않고 지그재그로 온 사람이 1등입니다, 라고 말할 수도 있고요. 아무도 모른다는 거죠. 무슨 얘기를 하고 싶은 거냐면, 우리는 내가 서 있는 트랙의 룰에 대해 생각해보지 않고 일단 뛰고 보는 거 같아요. 예능 프로그램에 이런 거 많이 나오잖아요. PD가 규칙을 설명 안 해주고 일단 게임을 시작하는 거예요. 그러면 출연자들이 "야, 일단 뛰고 봐" 이러는 것처럼. 그건 물론 재미로 하는 놀이지만, 우리 인생에서 한 번쯤은 '이곳'의 룰은 뭘까? 어떻게 해야 여기에서 금메달을 받을 수 있을까? 어떻게 살아야 그래도 스스로나 다른 사람에게서 잘 사는 사람이라고 평가받을 수 있을까? 이런 고민을 해봤으면 좋겠어요. 어떤 골 지점에 일찍 가는 것만이 1등이 아닐 수 있다는 점을 생각해보자는 거죠. 또 룰이라는 것은 본인이 만들기에 따라서 달라질 수도 있고요.

재훈 학교에서도 그렇고 집안 어른들로부터 받는 교육도 그렇고, 스탠다드가 있잖아요. 이렇게 해야 돼, 저렇게 해야 돼 등등. 그런 걸 일종의 기성의 속도라고 할 수 있겠죠. '이 속도에 맞추시오', '이 정도 속도로 맞춰야 평균 이상의 삶을 살 수 있습니다'. 가이드라인이라고 할 수도 있겠죠. 그걸 너무 맹신하지 말고, 다른 사람들이 말하는 속도에 귀기울이는 것을 잠시 중단하고, 나는 1분에 몇 미터나 걷는지 확인해보면 어떨까 싶어요. 일종의 퍼포먼스죠. 이런 퍼포먼스를 통해서 내 속도를 내가 스스로 인식하는 걸 습관화해보자는 거예요. 물론 초시계를 보면서 1분에 몇 미터, 나는 1분에 몇 미터를 걷는구나, 이렇게 계산하는 게 중요하지는 않겠지만, 어쨌든 이런 행위를 통해서 끊임없이 내 속도가 이 정도지 이 정도지, 인식을 하다보면 나 자신에 대해 좀더 정확하게, 솔직하게 알 수 있지 않을까요. 그런 걸 알게 되면 다른 사람들이 강요하는 속도에 굳이 맞출 필요는 없겠구나, 하는 자신감도 생길 것이고. 그러다보면 자기 속도에 맞는 행복을 찾는 능력도 생길 것이고. 자기 속도와 어긋나지 않는 행복의 요소들을 구성하고 조립하는 창의력도 자연스럽게 생길 거예요. 그러면 더 사회가 좀더 다양해지고, 뭔가, 개별성과 개성이 더 특출하게 되고, 그러면 더욱 버라이어티한 세계가 될 수 있지 않을까 생각해요.

진우 제가 아이들 수업 때 많이 하는 말인데요. 열 명의 사람이 있으면 열 개의 답이 있다고 얘기해주거든요. 열 명이 있으면 열 개의 트랙이 있는 거예요. 종목이 열 개가 있는 거죠. 각각의 룰은 다 다른 거고. 그런데 누군가는 내 트랙이나 내 종목이 아닌 다른 종목에, 세상에서 흔히 스탠다드라고 말하는 종목에서 뛰고 있어요. 그 종목이 내 몸과 맞으면 다행인데, 그렇지 않다면 인생이 정말 고달파지겠죠. 그래서 재훈이가 이야기했던 1분에 몇 미터 가는지 재보는 건 참 좋은 방법인 것 같아요. 이 사람이 진짜 1분에 몇 미터를 가는지가 그 사람의 심리적인 속도도 꽤 반영한다고 봐요. 왜냐하면 제가 그랬거든요. 아까 말했지만 회사 다닐 때에는 걸음이 정말 빨랐어요. 그리고 어디를 가나 가장 효율적인 길을 찾죠. 동일한 시간 안에 더 멀리, 같은 거리를 더 빨리 가는 길을 찾아야 하니까. 저는 나름대로 목표가 있다고 생각했으니까요. 요즘 내가 걷는 속도가 어떤지가 나의 현재 심리적인 상황을 반영하지 않을까요? 한번 실험을 해보면 어떨까 싶어요.

재훈 빠르고 느리다는 개념은 인간이 만들어놓은 거잖아요. 이거 역시 관념적인 이야기일 수 있겠는데, 우주적인 시간에서 보면, 인간이 나눠놓은 빠름과 느림의 기준이란 얼마나 하찮겠습니까. 빠르면 얼마나 빨리 달릴 것이며, 느리면 얼마나 느리게 달릴 것이며……. 한평생 남의 속도에 맞춰서 나의 '빠르기'를 조절하며 산다면 뭔가 아쉬움이 클 것 같아요. 물론, 빨리 달려서 만족감을 느끼면 그걸로도 좋겠지만, 그 속도가 너무 버겁다면, 굳이 그 속도를 낼 필요는 없다는 거죠.

진우 예전에 김정운 박사가 그런 말을 하더라고요. 인류가 시간이라는 개념을 만들게 된 이유에 대한 이야기였는데요. 사실 시간이라는 것은 아까 말한 대로 한 시간 두 시간 나뉘어 있는 게 아니잖아요. 계속 순환하는 건데, 인간이 그걸 날짜를 나누고 시간을 나눈 이유는 '불안해서'라는 내용이었어요. 오늘 하루를 내가 잘 못 보냈다고 해봐요. 오늘을 보내고 내일 새로운 하루가 온다, 이런 식으로 리프레시를 하려는 거죠. 올해를 보내고 내년 새로운 해를 맞이한다는, 매번 새로운 게임을 해보겠다는 거예요. 인간의 본능에 들어 있는 불안감과 초조함을, 시간 나누기로써 채운다는 말이었어요. 그렇게 본다면, 아까 말한 대로, 원래 빠르다 느리다의 개념은 없는 거예요.

재훈 빨라서 할 수 있는 일이 있고, 느려서 할 수 있는 일이 분명히 있겠죠. 아무래도 돈을 버는 일들, 이윤을 창출해야 하는 일들은 사실 빠름이랑 잘 어울리는 것 같아요. 우리가 사는 이 세상은 돈을 벌어야 먹고사는 데 지장이 없으니까. 그래서 '빠름'이 강조되고 있는 것 같기도 한데. 오죽하면 통신사 광고에도 '빠름 빠름 빠름' 이런 카피도 나오고요. 빠름이 굉장히 미덕이 되는 세상이 되어버렸죠. 과연 빠름은 미덕일까요? 빠름으로 인해서 분명히 생략되는 것들이 있을 거란 말이죠.

진우 예전에 인디언들이 그랬다고 하잖아요. 미국에 아직 인디언들이 남아 있을 때, 영국 식민지 지배를 받았을 때 일화인데요. 자기네가 일방적으로 와서 인디언들에게 이것저것 강요하던 백인들이 인디언들의 시간 약속 개념을 제일 싫어했다는 거예요. 협상을 해야 할 때도 있고, 얘기할 것들이 있어서 내일 두시까지 오라고 하면, 몇몇 인디언들이 계속 늦었대요. 그래서 백인들이 너네는 왜 그러냐 물으니까, 인디언들이 대답하기를 '나는 내가 맞는 시간에 온 거다', '내가 온 이 시간이 약속 시간이다'였어요. 인디언들은 '나의 시간'대로 온 거죠. 그 인디언들의 말이 와 닿더라고요. 지금 우리는 불안해서 다른 사람들한테 욕먹을까봐 '나의 시간'을 주장할 용기가 나지 않죠. 세상이 정해놓은 시간은 이미 정해진 것이니까 그대로 놓아두고서라도, 나만의 시간을 갖고 싶다는 생각이 들더라고요.

재훈 책 한 권 읽는 데에도 방법이 여러 가지잖아요. 속독도 있고 정독도 있고 그 밖의 다른 방법도 있죠. 속독을 하면, 물론 천재들은 한 페이지 넘길 때마다 그 내용이 그냥 다 들어온대요. 저로서는 감히 이해도 할 수 없을 만큼의 범위이긴 한데, 정말 그렇대요. 한 페이지 숙숙 넘기면 그냥 그 페이지 전체 내용이 머릿속에 다 입력되는 거예요. 그런데, 우리 보통 사람들은 그렇게 속독을 하면 간과되고 생략되는 부분들이 분명히 있습니다. 속독은 말하자면, 키워드들만 골라서 읽는 것이죠. 그 페이지 내용을 함축할 만한 키워드들을 점처럼 머릿속에 입력시켜서 세세한 내용들을 연상하는 거죠. 삶도 그런 것 같아요. 키워드들을 따라가는 거랄까. 예를 들면, 요즘 우리의 가장 보편적인 키워드는 '생계'나 '취직' 같은 게 있겠죠. 그 키워드들을 마치 레이싱의 랠리 포인트처럼 찍어 가듯이 '아, 이제 취직 포인트를 찍었어. 그다음은 연봉 협상이야.' 이렇게 찍고 찍고 가는데, 분명히 그 랠리 포인트들 사이에는 우리가 간과했던 '길'이 있을 거라는 거죠. 그 길을 잘 볼 수 있으려면 느려야 하잖아요. 그러나 빠르면 그 길이 보일까 싶어요. 그런데 미디어에서는 빠른 사람들을 숭상하죠. 올림픽에서도 1등으로 들어온 사람에게 금메달을 걸어주잖아요. 어떤 의미에서는 빨리 달리기 같아요. 오래, 빨리 달리기. 반대로 이런 경기가 있다면 어떨까 생각을 해봐요. 느리게 달리기. 느리게 달리는 사람한테 금메달을 주는 거죠. 느리게 어떻게든 달려야 하는 거예요. 경기가 시작하면, 진짜 재미있을 것 같아요. 선수들이 막 눈치를 보는 거예요. 저 사람 빠른데? 내가 더 느려져야겠어! 이런 식으로. 이런 경기가 우리 태초부터 있어왔고, 올림픽 경기로도 지정이 돼 있었다면 지금 우리는 느림의 미덕에 대해서도 분명히 인식하고 있지 않을까요? 쉽게 바뀔 수는 없겠죠. 하지만 분명히 느림의 미학도 있고 빠름의 장점도 있는데, 이걸 둘 다 균형 있게 잘 알았으면 좋겠어요.

진우 다들 '빠름'과 '효율성'을 추구하는 것은 성공을 위해서라고 봐요. 자기가 하고 있는 일에서 좀 잘되고 싶으니까. 저도 아이들에게 창의력 수업을 하면서 나름대로 연구하고 고민하면서 느끼는 건데, 저는 늘 같은 것을 다르게 보는 힘이 창의력이라고 아이들에게 말해주거든요. 다르게 보려면 어떻게 봐야 할 것이냐. 여러 가지 방법이 있어요. 그 주제로만 이미 많은 사람들이 책으로도 썼죠. 저는 '나의 시각'으로 봐야 한다고 이야기를 하는데요. 구체적인 방법 중 하나가 관찰을 잘하는 거예요. 오랫동안 관찰을 하는 것. 그래야 남들이 쉽게 지나쳤던 것들을 다시 볼 수 있을 것 같아요. 제가 요즘에 그림을 그리면서 색을 칠하기 시작했어요. 수채화를 시작한 거죠. 그런데 눈앞에 있는 물건의 색을 가만히 보면 흰색, 빨간색, 파란색 같은 우리가 흔히 알고 있는 색이 별로 없어요. 근데 물감에는 그 색깔이 있죠. 색을 칠하기 위해 자세히 봤기 때문에 알게 된 거죠. 창의성 있는 아이디어들이나, 사람들한테 뭔가 공감을 줄 수 있는 이야기들은 그렇게 발견된다고 생각해요. 좋은 글이든, 아이디어든, 그림이든, 노래든, 저기 머나먼 명왕성이나 안드로메다에 있는 얘기가 아니거든요. 다 우리 주변에 있는 얘기들을 가지고 결과물을 만들어낸 거죠. 오랫동안 관찰하고 나만의 필터를 거친 결과라고 생각해요. 그러려면 여유가 필요하겠죠. 천천히 볼 수 있어야 하니까요. 성공하고 싶으세요? 그럼 빨리 속도를 늦추세요. 돈 벌고 싶으세요? 사회적인 지위를 높이고 싶으세요? 속도를 늦추세요. 저는 이렇게 말하고 싶어요. 하지만 균형은 맞춰야 해요. 제가 만약 내일 두시에 특강이 있는데 네시에 간다? 그러고는 인디언처럼 "저는 제 시간에 맞게 왔습니다" 이렇게 얘기하면 말이 안 되잖아요. 사람이 살다보면 빨라져야 할 때가 있고 느려져야 할 때가 있을 텐데, 우리는 너무 한쪽으로만 가고 있잖아요. 스스로 느려져야 할 때 느려지고, 빨라져야 할 땐 빨라질 수 있는 게 제일 좋겠죠.

재훈　제가 요새 게임을 하거든요. 게임을 시작하면 난이도 조절을 할 수 있어요. 이지, 노멀, 하드, 디피컬트. 재기발랄한 게임들 보면, 가장 어려운 레벨이 '헬'이에요. 그런 것처럼, 우리도 우리 인생의 옵션을 조절할 수 있다고 생각해요. 우리 마음의 스위치를 켜고 옵션을 정하는 거죠. 속도 옵션. 슬로 모드와 패스트 모드. 슬로와 패스트라는 언어로 규정되어 있을 뿐이지, 슬로와 패스트 사이에는 엄청난 속도 변화가 있을 거예요. 그 속도 변화를 우리가 직접 지정해보자는 거예요. 그렇게 내가 내 삶의 속도 옵션을 정하고 나면, 그 속도대로 인생이 반드시 펼쳐진다고 봐요. 이건 정말 단언할 수 있어요. 제가 지금까지 경험해본 바에 의하면, 내가 스스로 뭔가를 정하면, 그대로 흘러가요. 내가 만약 느려지겠다 마음을 먹으면 당연히 자연스럽게 나와 맞는 사람들을 찾게 될 거 아니에요. 그러면 당연히 저처럼 느린 사람들을 찾게 되겠죠. 그렇게 느린 사람들을 만나다보면, 자연스럽게 느려집니다. 이야기도, 삶의 속도도. '빨리빨리' 옵션에 그냥 맞춰버리면, 당연히 내 인생은 빨라질 수밖에 없겠죠. 정지 버튼을 누르고 싶어도, 정지 버튼을 누르는 게 마치 포기하는 것처럼, 낙오하는 것처럼 생각을 하게 만드는 시스템 속에 그냥 갇혀버린다면, 평생 정지 버튼 한 번 못 누르고 그렇게 빨리빨리 가겠죠. 하지만 잠깐 일시정지 버튼을 누르고, 좀 느려져보자고요.

진우　느려져야 빨라질 수도 있는 거고. 비워야 채울 수도 있는 거고. 가끔은 진짜 일시정지 버튼을 눌러서 아무 생각도 안 하는 거죠. 너무 지쳤을 때 그냥 한 시간 동안만이라도 멍 때리기를 해보는 거죠. 굉장히 쓸데없는 짓처럼 보이겠지만, 실은 아주 쓸데 있어요. 그냥 그 시간 동안에는 아무 생각 안 하고 시간을 보내는 거예요. 그렇게 하고 나면, 좀 풀려요. 그게 스스로를 조절할 수 있다는 거거든요. 저도 아직 100퍼센트 되지는 않지만요. 계속해서 속도 조절, 넣었다 뺐다 기어 조절을 반복해서 자신을 컨트롤하는 데 능수능란해지면 자기 삶에 대한 만족도는 높아질 거예요. 그때는요 남들이 하는 말들은 한 귀로 흘릴 수 있어요. 억지로 흘리려고 해서 흘리는 게 아니라, 진짜 귀에 안 들어오거든요. 자기가 진짜 좋으면 옆에서 무슨 말을 하든 상관 안 하듯이. 요새는 자동 주차도 있다는데, 이런 거 말고, 내가 좀 직접 해보자고요. 매뉴얼 모드로. 수동으로.

활쏘기의 철학,
내 인생의 장르 변환

재훈아, 연말이 다가오니까 주변에서 결혼 소식이 자주 들려온다.

거의 한 주 걸러 한 주씩 결혼식을 가야 하는 것 같아. 요즘엔 결혼 적령기가 예전보다 늦어져서 주변 친구들도 미혼인 경우가 많지만 이따금 결혼 얘기가 오가고 있다는 소식이 들리곤 해. 사회에서 자리를 잡고 어느 정도 나이가 되면 연애를 하더라도 결혼을 전제로 하고 만나는 경우가 많잖아. 어렸을 때는 결혼 자체가 먼 얘기처럼 들려서 그냥 그런가 보다 했는데, 요즘엔 그 이야기가 조금 다르게 들리기도 해.

'결혼을 전제로 만나지 말라. 누가 추리소설을 뒤에서부터 읽는가'라는 말이 있었어. 생각해보니 맞는 말이더라고. 결혼을 전제로 만나는 건 추리소설을 뒤에서부터 읽는 거랑 같은 거야. 그렇게 생각하니까 결혼을 전제로 한 연애가 과연 괜찮은 걸까라는 생각이 들더라고. 그런데 우리가 뒤에서부터 읽는 게 과연 결혼뿐일까? 어쩌면 우리는 인생 대부분을 뒤에서부터 시작하고 있는지도 몰라. 세상은 오히려 그것을 장려하기도 하지. 난 앞으로 어떤 일을 하고 싶은지, 십 년 후 어떤 모습이 되어 있을지는 물론 이번 달에 해야 할 일과 당장 오늘 해야 할 일도 일목요연하게 정하고 시작하는 게 좋은 거라고 하잖아. 그래서 그렇게 다들 '계획이 뭔데?'라고 물어보는 거겠지.

근데 당장 내일 무슨 일이 일어날지 알고 있는 사람이 있을까? 멀쩡히 길을 걷다 자동차가 나를 덮치지 않을 거란, 멍 때리던 카페에서 내 인생의 여자를 만나지 않을 거란 장담을 누가 할 수 있냐는 말이지. 돌이켜보면 아무 계획 없이 했던 일들이 오히려 잘된 게 많았던 거 같아. 계획을 세워서 한 것들은 대부분 중간에 변수가 생기곤 했지. 어찌 보면 '변수'라는 것도 내가 계획을 세웠기 때문에 '변수'라고 느끼는 걸 거야. 내 입장에선 예상치 못한 '변수'지만, 원래 일이 흘러가는 자연스러운 모습이었을 테니까.

그럼에도 불구하고 많은 사람들이 계획을 세우는 것은 계획이 주는 '안정감' 때문일 거야. 세상이 내 뜻과 상관없이 돌아간다면 나에게 생기는 일들을 내가 통제할 수 없다는 것이고, 그것은 곧 매일매일이 불안한 삶이라는 뜻일 테니까.

사실 나도 그랬어. 난 원래 계획을 많이 하는 스타일이었거든. 좋게 말하면 꼼꼼한 거겠지만 사실 예상치 못한 일이 일어나는 걸 싫어한 거야. 그러니 애초에 모두 계획을 세우고 그것대로 진행하려고 노력을 많이 했었지. 물론 그 바람대로 된 일은 그리 많지 않았지만. 더 큰 문제는 계획 자체 때문에 스트레스를 많이 받는다는 거지. 계획을 세우면서 스트레스를 받고, 그걸 지켜가려고 또 스트레스를 받곤 했어.

하지만 프리랜서로 독립한 이후에는 아예 그럴 수가 없더라고. 정해지지 않은 일을 하는 게 '나의 일'인데 거기에 계획을 어떻게 세울 수 있겠어. 결국 자의 반 타의 반으로 계획을 안 세우기 시작했지. 그런데 그렇게 살아도 별문제는 생기지 않더라. 애초에 계획이 없었으니 틀어지거나 실패할 일도 없었던 거야.

내 의지와 상관없이 생긴 일들이 꼭 나쁜 것만은 아니었어. 의외로 재밌게 일이 풀린 적도 있었고 생각지 못한 행운이 따르기도 했었지. 또 처음엔 나쁜 일처럼 보였지만 결국엔 좋은 쪽으로 흘러간 일들도 있었고 말이야. 그러다보니 점점 '지금 이 순간'에 집중하게 되더라고. 일 년 뒤, 십 년 뒤를 생각할 수 없으니까 일단 오늘을 잘 보낼 수밖에 없는 거야. 나중에 후회만 남지 말자는 마음으로 지금 하고 싶고 해야 할 일에 일단 집중하는 거지.

그렇게 하니까 항상 하고 싶은 일들을 '계획'만 하던 때와 달리 오히려 해놓은 일들은 더 많아진 거 같더라고. 모든 일에는 스텝 바이 스텝이 있을 거라는 생각을 버리고, 일단 저질러보고 수습을 하다보니 어느새 그 일이 끝나 있었던 거지. 우리가 〈청춘철학〉 모임을 처음 만들고 팟캐스트 방송을 했던 것들도 다 그랬었잖아. 술자리에서 나온 이야기로 다음날 무작정 시작하고, 팟캐스트 방송도 주제만 달랑 정해놓고 대본도 없이 생각나는 대로 이야기했었잖아. 사실 '무계획'이라기 보단 그 순간을 '집중'했다고 보는 게 맞을 거야. 어떤 계획이나 의도를 내려놓고 그 순간의 내 생각과 마음을 그대로 표현했던 게 아니었을까 싶어.

『마음을 쏘다, 활』에서도 비슷한 이야기가 나왔었어. 독일에서 온 오이겐 헤리겔 교수가 일본의 궁도 명인에게 활쏘기를 배우던 중 하루는 아무리 연습을 해도 활을 과녁에 맞추는 게 힘들다고 고민을 털어놓게 돼. 그러자 궁도 명인은 과녁에 맞추겠다는 생각을 버리라고 대답하지. 그러자 활쏘기는 활을 과녁에 맞추는 게 목적인 건데 어떻게 과녁을 잊어버릴 수 있느냐고 반문한 거야. 명인은 발사 자체에 온 정신을 쏟지 않고 과녁과 성공, 실패에만 정신이 팔려 있으면 절대 과녁을 맞추지 못할 거라고 대답해. 결국 '발사'(현재)에만 집중하면 활은 자연스럽게 '과녁'(목표)에 꽂혀 있을 거라는 말이었지.

그렇게 생각해보면 우리가 살면서 계획을 세우는 건 마치 활을 쏘기 전에 과녁을 찾고, 그 과녁과의 거리를 재고, 실눈을 뜬 채 과녁을 가늠하는 거랑 같은 거야. 정작 가장 많은 신경을 써야 할 '발사' 자체는 후순위가 되는 거지. 만약 계획을 세우지 않는다면 일단 내 손에 들려진 활에 집중할 수 있는 여유를 얻을 수 있을 거야. 그렇게 해서 발사가 정말 제대로 이루어진다면 어떤 과녁이든 맞지 않겠어?

계획을 세우지 않는다는 것은 목표지향을 버리고 과정지향을 택하는 것이기도 할 텐데, 물론 이 모든 건 본인의 '선택'에 달려 있을 거야. 계획을 세우고 변수를 줄여가면서 안정과 만족을 느낄지, 일단 저지르고 그 과정 속에서 나름의 재미와 만족을 느낄지 선택해야겠지. 다만 진짜 과녁을 맞추고 싶다면 '의도성'을 내려놔야 할 거야. 그 과정중에 생겨나는 일들을 경험하는 재미도 쏠쏠하니까. 그것이 아무도 장담할 수 없는 세상을 조금이라도 더 맛보며 살 수 있는 방법이란 것을 알게 된 거 같아.

덕분에 궁도를 배우고 싶어진 진우

너도 알다시피 내가 액션영화를 엄청 좋아하잖아.

아놀드 슈왈제네거, 실베스터 스탤론, 브루스 윌리스, 장 끌로드 반담, 스티븐 시걸, 이소룡, 성룡, 이연걸, 견자단……. 내 유년기를 수놓았던 진정한 '라스트 액션 히어로'들이지. 지금까지도 이들은 내 삶에 막대한 영향력을 끼치고 있어. 슈왈제네거, 스탤론, 윌리스, 반담, 이연걸 5인방이 한꺼번에 출연하는 액션대작 〈익스펜더블〉 시리즈도 벌써 세 편이나 개봉했고. 나는 행복해서 쓰러질지도 모르겠어. 나에게 액션영화란, 영화 그 이상의 의미, 정확히 짚어낼 수는 없지만 어떤 식으로든 내 인생과 접속되어서 나의 사고판단에 작용하는 필수 소프트웨어 같은 존재인 듯해.

대부분의 소프트웨어가 그렇듯, 물론 나의 것 역시 종종 버그를 수반하곤 하지. 음, 그 버그는, 내가 내 인생의 장르를 자꾸만 '액션'으로 설정하려 한다는 것. 그래서 나 자신을 액션영화의 주인공, 그러니까 '액션 히어로'로 인식하려 한다는 것. 누구나 겪을 수 있는 일상적 에피소드에 지나치게 비장하게 반응하고, 모든 일상의 문제들을 액션 히어로스러운 방식으로 해결하려 하는……. 결과적으로 내 인생은 몹시 찌질하고 형편없는 단막 코미디가 되어버리고 말아. 좀더 썰을 풀어볼까.

남자라면, 모두, 아니 뭐 대부분은 영화 〈건축학개론〉에 등장하는 '쌍년'(이하 못된 여자)을 한 명쯤 가슴속에 품고 있으리라 생각해. 여자들도 마찬가지겠지. 연애사에서, 적어도 한 명 이상의 '쌍놈'은 다들 만나봤을 테니까. 내 경우엔 그 '못된 여자'에 대한 미움과 설움과 한스러움이 괴팍한 성격장애로 이어진 사례라 할 수 있겠는데. 그녀와의 기억은, 그녀와의 이별 후에 내 머릿속과 마음속에서 제멋대로(자의적으로) 해석되어버려서는, 결국 그녀를 '못된 여자'로 규정하지. 또한 그러한 나의 해석과 규정을 나 혼자만 알고 있는 게 아니라, 자꾸만 타인들에게 왜 그녀가 '못된 여자'여야만 하는지, 그 합목적성에 관하여 끊임없이 떠들어대지. 주로 술자리에서, 술에 취해, 종종 눈물까지 흘리면서. 왜 험악한 이별을 경험한 남녀는 저마다 개똥 심리학자가 되고 마는 걸까. 왜 이별한 뒤에는, 다들 그렇게 프로이트 흉내를 내는 것일까. 나를 비롯해서 말야.

　그녀를 '못된 여자'로 규정한 뒤, 내가 받은 벌은, 모든 여자를 '못된 여자'로 규정하게 된 것이었어. 그렇게, '못된 여자'와 액션 히어로의 대립은 시작되었지. 자, 우리의 액션 히어로가 어떻게 '못된 여자'를 처단했는지 살펴볼까? 늦은 밤 데이트를 마친 뒤 그녀('못된 여자'와의 이별 이후 새롭게 만난 여자)가 자신의 공간으로 남자를 데려온다. 그녀는 에어컨을 켠다. (한여름 밤이었다.) 그리고 갑자기 양치를 시작한다. 넓은 소파에 맨발을 드러낸 채 앉아(그녀는 핫팬츠를 입고 있었다) 남자의 이름을 부른다. 이때 남자는, 별안간 액션 히어로로 변신한다. '저 여자의 곁으로 가면, 나는 지는 거다'라는 생각이 머릿속에서 스위치처럼 딸깍, 켜진다. 남자는 "이제 늦었는데 그만 가죠"라고 말한다. 그녀가 벙찐 표정을 짓고, 남자와 여자 사이에 어색한 기류가 잠시 흐른다. 남자는 '내가 이겼다'라고 확신한다.

　한 편의 변태 단막극을 감상하신 소감이 어떠신지. 우리의 액션 히어로는 다른 누구도 아닌 여성을 '빌런'으로 상정하고 있는 것이지. 이 얼마나 비굴하고 비겁하고 저속하고 졸렬하고 유치한 캐릭터인가. 이런 캐릭터들에게 필요한 조치는 단 하나. 이들이 오랫동안 믿어왔던, 앞으로도 믿고 싶어하는 삶의 장르를 통째로 갈아엎는 것. 그런데 그 조치는 오직 본인이 스스로에게 취할 수 있다는 사실.

다행히도 나는, 내가 오랜 시간 '뒤틀린 액션 히어로'로 살아왔다는 걸 자각하였고, 서서히 내 인생의 장르를 뒤집는 노력을 기울이는 중이야. 일단은, 액션영화였던 과거의 장르로부터 탈피해야겠지. 나에게 상처를 주었거나 내가 상처를 준 이들 모두는, 액션 장르에서 꽤 비중 있는 캐릭터였겠으나, 이제 달라진 내 인생의 장르에서는 엑스트라로 전락할 것이야. 나는 나에게 아픈 기억을 선사해준 과거의 모든 인물들을, 이제 그냥 지나쳐버릴 수 있는 새로운 주인공이 될 거야. 영화 속 주인공들이 군중 속 엑스트라들 사이를 무심히 지나가듯 말이야. 그렇게 내 인생의 새로운 장르는 만들어지겠지.

나는 더이상 액션 히어로가 아니고, 내 인생에서도 더이상 피비린내(?) 나는 액션 장면은 없을 거야. 내 인생의 새로운 장르는, 희비가 적절히 조화된 웰메이드 로맨틱코미디이기를.

어느새 멜로와 로맨틱코미디도 좋아하게 된
액션키드 재훈

'내 속도'로 가더라도
불행은 피할 수 없다

사람은 본래 느려. 손짓 발짓을 재빨리 하거나 뜀박질을 하거나 하면 지쳐. 인체가 원래 그러해. 그래서 평상시에 사람은 걷는 거야. 손발을 허겁지겁 움직이지 않아. 사람의 행동양식에 관해 말할 때, '자연스럽다'라는 건 느리다는 거야. 우리는 빠른 사람을 보고 '부자연스럽다'라든가, '비범하다'든가, '대단하다'든가, 아무튼 자연스러움과는 거리가 먼 표현을 사용하잖아. 칭찬인 경우도 있고, 욕일 때도 있어. 그러나 어쨌든, 빠른 건 자연스러운 게 아니야.

그런데 빨라졌다. '빠름 빠름'을 외치는 TV 광고도 등장했고, 빠른 게 대단히 여겨지는 정도를 넘어, 이젠 보편화되고 있어. 인터넷 없이는 일(비즈니스)을 수행할 수 없는 상황인데, 이 인터넷 속도가 급속도로 빨라지면서 일의 결과 창출 시간도 단축되었지. 아니, 단축되어야만 하는 것으로 간주되었어. 바다 건너편 사람과 실시간으로 대화하는 시대잖아. 사실, 인터넷을 이용하는 동안 물리적 거리는 무실해. 한국의 비즈니스맨이나 중동의 비즈니스맨이나 이메일이 도착하는 데 걸리는 시간은 같으니까. 상황이 이렇다보니, 빠름이 자연스러워졌어. 당연히 빨라야 해. 느리고 싶어도 느릴 수가 없어. 느리면, 곧바로 도태되는 시대야.

"저 새끼 졸라 빠르다!" 2012년 런던올림픽 중계방송에서 볼트(자메이카의 육상선수로 세계신기록 보유)를 본 어느 시청자(지하철역 TV를 보고 있던 한 남자)의 감탄사야. 볼트는, '새끼'였어. 한국의 일개 시청자의 눈에 그는 '졸라 빠른 새끼'였지. '졸라 빠르다'는 건, 격한 찬사의 표현이었을 거야. 새끼로 칭한 건, 그 시청자가 볼트를 철저히 타자화시켰다는 뜻 아닐까. 일반적인 범인의 기준에선 너무나 빠른 볼트를, 그저 '새끼'라고밖에 칭할 수 없었던 것인 듯해. 100미터 경주였던 그 경기에서 볼트는 금메달을 땄어. 1등. 흥미로운 건, '졸라 빠른 새끼'는 있었으나, '졸라 느린 새끼'는 없었다는 거야. 사람들은 메달리스트에게만 주목하기 때문이지. 느려서 하위권에 머무르거나 꼴찌가 된 선수들은 언급도 안 해줘. (심지어 욕도 안 해.) 일반적인 수준에서 볼 때, 언급되지 않은 그 선수들, 즉 '졸라 느린 새끼들'이야말로 가장 자연스러운 인간들이 아닐까.

지하철역 계단을 오를 때 누구나 한 번쯤 이런 상황을 겪어봤을 거야. 나이든 분들이 느릿느릿 계단 하나씩을 밟고 오르면, 바로 뒤를 오르는 젊은이들은 이내 성큼성큼 두 칸씩을 밟아 앞서 나가곤 하잖아. 나 역시 그랬어. 딱히 급한 일이 있는 건 아니었는데 말야. 앞이 막혀 있으니, 그냥 빨리 앞서 나가고 싶었던 것 같아. 그런데 언젠가 이런 생각이 들었어. '결국 나도 저 할아버지나 할머니와 똑같은 속도로 계단을

278

오를 날이 올 건데, 미리 익숙해지는 게 좋지 않을까.' 그래서 나는 내 앞의 할아버지의 보폭을 따라 계단을 올랐지. 느렸어. 솔직히, '졸라' 느렸어. 하지만 신기하게도 몹시 느린 그 속도가 좋았어. 계단 한 칸을 오르는 동안 얼마나 많은 생각이 들었는지 몰라. 지금 이 글을 써야겠다는 생각도 그때 퍼뜩 떠오른 거야. 순식간에 모든 계단을 다 올라버렸다면, 생각이고 나발이고 없이 어느새인가 지하철에 타 있었을 테지.

속도가 느려지니 내 안에 뒤처져 있던 생각들이 나를 쫓아오기 시작했어. 그 생각들이 결국 나를 역전하여 나를 이끌기 시작했지. 그 생각들에게 미안하더라고. 그동안 빠른 속도로 살아서 따낸 메달도 많긴 했지. 취업이 그랬고, 회사에서의 업무 실적이 그랬고. 하지만 그런 게 다 무슨 소용일까. 인생을 길게 봤을 때 말야. 기껏해야 '졸라 빠른 새끼'인 인간일 뿐이고, 인간이기 때문에 종국엔 느려질 게 뻔한데. 빠르게 가든, 느리게 가든, 모두의 결승선은 한곳 아닌가. 죽음. 어떻게 산다는 건, 즉 어떻게 죽느냐는 거니까.

오래전 농경사회에선 느려야만 했을 거야. 파종과 수확의 시기는 인력으로 바꿀 수 있는 게 아니니까. 기다림, 또 기다림. 농부가 씨앗 뿌린 땅을 매일같이 바라보면서 싹 틀 때를 기다리는 모습을 상상해보자. 그리고 싹이 텄을 때, 그 순간의 농부를 상상해보자고.

농부들도 빠를 때가 있긴 하지. 파종철, 수확철이 되면 이것저것 준비하느라 몸을 부지런히 움직이잖아. 하지만 그 빠름은 지금 우리의 빠름과는 본질적으로 달라. 농부들의 빠름은, 다가오는 시절을 잘 맞이하기 위한 예비 작업이야. 비 올 것을 예측하여 논에 물 빠질 길을 내는

것, 가뭄을 대비해 물을 끌어다 오는 것 등이 다 그래해. 농부들은 빠르되, 그 빠름이 시절의 흐름을 앞서지 않아. 앞을 내다보되, 그 앞이란 것도 흐름의 한 줄기이고.

반면, 지금 우리의 빠름은 지나친 경향이 있어. 볼트처럼, '졸라' 빨라. 생각보다 판단이 앞서고 있어. 그래야 함을 강요받는 시스템이 되어 버렸어. 누군가가 먼저 해놓은 생각들(지식과 상식)을 근거로 빠른 판단을 내려야 해. 생각과 사상이 심어졌어야 할 부지에 조화와 모조품 같은 결과물들만 가득해. 느리디느린 개개인의 생각과 사상으로부터 뿌리 내린 싱싱한 생화를 보기 힘들어. 지나치게 빠른 주자들끼리 메달을 차지하는 시대 같아.

다시 느려질 수는 없을 것 같다. 느려지려면 이 시대를 살고 있는 모든 사람이 동시에 느려져야 탈이 없을 텐데, 그러기란 불가능하니까. 사람들은 단체로 기계가 될 거야. 소수의 느린 사람들만이 느릿느릿 자연스러움을 간직하고 살아가겠지. 빨리 살아야 하는 건 어쩔 수 없겠다만, 가끔은 느린 사람들을 동경했으면 좋겠어. 느린 사람들과 느린 속도를 존경했으면 좋겠어. 그게 원래 우리의 모습이니까.

느리되 늘어지지 않는 경쾌한 느림보를 꿈꾸며. 재훈

재훈아, 요즘 사람들의 최대 관심사는 행복이 아닐까?

물론 너랑 나랑도 그렇고. 흔히 '다 먹고 살자고 하는 일인데' 하는 말을 이제는 '다 행복하자고 하는 일인데'라고 바꿔서 말해도 될 거 같아. 그만큼 남녀노소 가릴 거 없이 모든 사람들이 어떻게 살아야 행복할까라는 고민을 하고 있는 거 같아. 『철학자와 늑대』라는 책에서는 진정한 행복은 '불편'에서 비롯될 수도 있다고 말했었지. 그러면서 사람들은 행복이라는 것을 너무 '감정'의 문제로만 바라본다고도 했었어. 나도 언제부터인가 행복에 대해 거꾸로 돌려놓고 생각해보기 시작했던 거 같아. 그래야 진짜 행복의 의미를 찾을 수 있겠더라고.

행복하지 않다는 건 뭘까? 다시 말해 우리는 언제 불행하다고 느끼는 걸까? 아마도 기분이 좋지 않거나 뜻하지 않은 일을 겪게 되었을 때일 거야. 나 같은 경우엔 내 뜻대로 일이 잘 풀리면 행복하다 느끼고, 뜻대로 일이 안 풀리면 불행하다고 느꼈던 것 같아. 근데 언제나 얘기하듯 어떻게 모든 일이 내 뜻대로 풀릴 수 있겠어. 확률적으로 본다면 내 뜻대로 안 풀릴 확률이 더 높을 거야. 우리가 열광했던 영화 〈올 이즈 로스트〉가 인상적이었던 이유는 바로 그 부분 때문이야. 바다 한가운데서 요트항해를 하던 한 남자(로버트 레드포드)가 뜻하지 않은 사고를 당하잖아. 바닷물에 떠내려온 컨테이너 때문에 요트에 구멍이 나고, 그 사고로 무전기와 노트북까지 망가지게 되지. 그래도 남자는 묵묵히 배에 들어찬 물을 빼내고, 구멍을 보수하고, 고장난 무전기를 고치려고 노력해보잖아. 하지만 얼마 후에 남자는 엄청난 태풍을 만나 결국 배 자체를 잃어버리고, 구명보트에 몸을 맡기게 되고 나서도 정말로 많은 일들이 일어나지. 사람의 일이란 게 그런 거 같아. 우리에게 닥치는 불행은 그렇게 예상치 못한 타이밍에 오는 거 같아. 예상 가능했다면 그건 불행이 아니겠지. 아마 우리에게 그런 일이 생기면 우리는 이렇게 소리칠 거야. 나에게 왜 이런 일이 생겼느냐고, 이건 너무 불공평하다고 말이야. 그 남자(로버트 레드포드)가 대단하게 보였던 건 그거 때문이었어. 그 사람은 자기에게 일어난 '사고'들을 정말로 '사고'로만 생각하는 것 같았거든. 별다른 의미 부여 없이 말이야. 물론 그도 사고가 즐거웠던 건 아니었겠지만 마치 '일어나지 말란 법도 없잖아'라는 식으로 생각하는 게 아니었을까 싶어. 물론 이건 나의 주관적인 해석이야.

만약 우리에게 일어나는 불행을 불행으로 느끼지 않는다면 어떨까? 아무것도 느끼지 못하는 사람이 되자는 게 아니라, 언제든 나에게도 뜻하지 않은 일이 닥칠 수 있다, 불행이 찾아올 수 있다, 그게 인생의 본질이라고 생각한다면 어떨까 싶은 거야. 사실 나는 요즘 가끔씩 그렇게 생각하고 있거든. 사실 한동안 일이 계속해서 잘 안 풀릴 때가 있었거든. 그것 때문에 스트레스를 엄청 많이 받고 있었는데, 생각해보니 내가 스트레스를 받는 이유가 일 자체 때문이 아니라 '왜 나에게 이런 일 계속 생길까?' 하는 생각 때문이더라고. 더 큰 문제는 그 불행의 원인을 나 자신에게서 찾고 있는 거였어. '내가 좀더 잘했다면 이런 일이 생기지 않았을 텐데'라는 생각들이 계속 올라왔던 거지.

〈올 이즈 로스트〉에서 요트에 구멍을 낸 컨테이너나 엄청난 규모의 폭풍은 내가 잘못해서 생긴 일들은 아니었잖아. 나는 우리 인생에서도 생각보다 많은 일들이 그렇게 '이유 없이' 찾아온다고 생각해. 반대로 스스로 잘 해냈다고 생각하는 일들도 꼭 나 때문에 된 게 아닐 수도 있고 말이야. 모두 우연과 인연의 산물인 거지. 우리는 나 자신을 이끌고 '그곳'에 간 것이고.

이렇게 말하니까 너무 삶의 회의론적인 얘기가 된 거 같기도 한데, 삶의 주인이 우리라는 것은 틀림없는 이야기이지만, 그렇다고 해서 내가 내 삶의 모든 일들을 전부 컨트롤할 수 있다는 건 아니라는 거야. 좋은 일이든, 나쁜 일이든 우리 삶에서 일어나는 일들은 우리의 의지와 상관없이 생기는 게 더 많고 어쩌면 그저 '사건'에 불과할 수도 있다는 거지. 그 '사건'에 어떤 의미를 부여하느냐에 따라 우리는 행복으로 느낄 수도 있고, 불행으로 느낄 수도 있지. 그러니 불행의 원인을 나에게서 혹은 다른 사람에게서 찾는 것도 무의미한 일이겠지.

결국 행복해지기 위해서는 불행론자가 되어야 할 거 같아. '인생은 행복해야 돼!'가 아니라 '인생은 불행할 수도 있어!' 생각하고, 더 나아가 '불행도 정상적인 삶의 모습이야'라고 생각해보자는 거지. 그렇게 생각하면서 넋을 놓고 있을 게 아니라 로버트 레드포드처럼 일단 내 앞에 닥친 일들을 수습하면서 그 순간을 넘어가자. 그렇게 하다보면 또 잔잔한 바다를 만날 거고, 우리를 구원해주는 손길을 만날 수도 있을 거야.

난 염세주의자가 극단적인 낙관주의자라고 생각하거든. 기대치가 컸기 때문에 오히려 세상에 염증을 느끼는 거지. 보통 기대가 없으면 실망도 없는 법이니까.

행복도 마찬가지인 거 같아. 행복을 갈구할수록 우리는 불행에 관심을 가져야 하는 거 같아. 모든 극단은 서로 통한다고 하잖아. 결국 행복과 불행도 종이 한 장 차이일 거라 생각해. 나도 정확히 답은 모르겠지만……. 이제는 행복의 앞모습만 볼 게 아니라 밑에서도, 뒤에서도, 옆에서도 봐야겠다고 생각하게 된 거야. 쉽게 결론 내려질 이야기는 아닐 거야. 그래도 우리가 살아가는 동안 계속 생각해야겠지. 앞으로도 행복에 대한 얘기를 계속 이어가보자.

행복해지고 싶은 새벽녘, 진우

세상의 시간과
나의 시간

—

진우

　살면서 자신의 나이를 의식하게 되는 순간은 언제일까? 혼자서 매일 자신의 나이를 되뇌는 게 아니라면 자신의 나이를 떠올리는 순간은 누군가와 함께 있을 때이다. 나이는 사람과 사람 사이의 기준점이 된다. 특히 우리나라에서 '나이'는 아주 중요하다. 서로의 나이에 따라 관계가 달라지기 때문이다. 그래서 처음 만나는 사람에게는 처음부터 자신의 나이를 함께 소개하곤 한다. 하지만 반대로 내 소개를 하면서 가장 늦게 밝히는 게 나이이기도 하다. 나이라는 정보는 나의 많은 것들을 가늠하고 평가할 수 있는 지표이기 때문이다. 그래서 보통 나이를 밝히게 되면 '학생이세요?', '굉장히 동안이세요', '아직 결혼 안 하셨죠?'와 같은 이야기를 듣게 된다. 나이는 처음 보는 사람을 가늠할 수 있는 하나의 기준점인 셈이다.

생각해보면 학교에서도 그랬다. 학년별로 배워야 하는 '기준점'들이 정해져 있었고, 그 시기가 지나면 그것들은 당연히 알고 있어야 하는 것들로 간주되곤 했다. 학창 시절 수학은 늘 나를 힘들게 하는 과목이었다. 일단 숫자나 계산에 약하기도 했고, 외워야 할 규칙이나 공식도 너무 많게 느껴졌다. 암기를 원체 싫어하기는 했지만 사회나 국사 과목들은 그래도 나름의 개연성이 있는 이야기들이 많았는데 수학은 그것조차도 없었기에 더욱 힘들었다. 기본적인 것들을 배울 땐 그래도 어떻게든 따라갔는데, 문제는 학년이 올라가고 점점 더 복잡한 것들을 배우기 시작하면서였다. 사칙연산을 알아야 방정식을 풀 수 있듯 수학은 단계별로 알아야 할 것들이 많았다. 새로운 학년이 되면 그전에 배웠던 것들은 당연히 알고 있다는 가정하에 진도를 나가게 된다. 결국 한번 뒤처지기 시작하면 시간이 흐를수록 그 흐름을 쫓아가기는 점점 더 어려워지게 된다. 학년이 올라갈수록 수학이 더욱 어렵게 느껴진 이유는 바로 그것 때문이었다.

어떤 시기에 무언가를 했어야 했다는 '기준'들은 우리를 긴장하게 만든다. 나의 개별적인 상황과는 무관하게 그 기준에 맞추게끔 하기 때문이다. 더 나아가 그 기준들은 나를 남들과 비교하게끔 만들고, 다른 사람들이 나를 평가하도록 만든다. 스스로 '나이'가 의식되는 순간도 그와 비슷하다. 보통 몇 살에는 '이것'을 하고, 몇 살에는 '저것'을 끝내놓는다라는 일반적인 기준들이 있다. 그래서 나이를 의식하게 되면 눈에는 보이지 않는 그런 '기준'들과 나 자신을 끊임없이 비교하게 된다. 자연스레 그동안 살아온 나의 고유한 삶은 고려되어지기 어렵다. 그래서 난 가끔씩 내 나이를 의식하게 될 때면 학창 시절 수학시간이 떠오르곤 한다.

영화 〈인터스텔라〉에는 지구와 다른 행성 간의 이야기가 나온다. 그 행성들은 지구와 모든 환경이 다른 것은 물론이거니와 시간의 속도조차 다르다. 영화에 등장하는 '밀러 행성'은 강한 중력 때문에 지구에서보다 시간이 느리게 흐른다. 그래서 밀러 행성의 한 시간은 지구에서의 7년과 같다. 분명 같은 시간에 존재하고 있지만 시간의 속도 차이로 따로 존재하기도 하는 것이다. 우리의 삶도 그와 같지 않을까? 우린 모두 각자의 행성에서 살고 있는 사람들이다. 기후조건이나 환경도 다르고 더 나아가 시간의 속도도 다르다. 우린 분명 같은 순간을 살고 있지만 동시에 서로 다른 순간을 살고 있기도 하다. 타고난 몸과 생각이 다르고, 성장 과정이 다르며, 좋아하는 것과 싫어하는 것들도 모두 다르다. 지구와 밀러 행성에서 같은 시계를 사용할 수 없듯이, 모든 사람들을 동일한 시간의 기준대로 보는 것도 불가능할 것이다.

나답게 살아가는 것은 그 '시간의 차이'를 인정하는 것에서부터 시작된다. 우리는 물론 같은 우주에 살고 있지만 서로 별개의 행성에서 살고 있다는 것을 인정할 때 나다워질 수 있다. 반대로 인생의 많은 통증들은 '같은 기준'을 세워둘 때 시작되곤 한다. 그건 마치 서로 다른 행성에서 살고 있는 사람들에게 같은 시간을 적용하는 것과 같지 않을까? 누군가에게는 너무 빨라서 힘들 수도 있고, 누군가에게는 너무 느려서 힘들 수도 있다.

프리랜서로 일을 시작하고부터는 시간의 개념이 많이 달라졌다. 평일과 주말의 구분이 없어졌고, 달력의 빨간 날도 나에겐 큰 의미가 없었다. 사람이 붐비는 걸 싫어했던 나는 오히려 휴일과 주말을 피해서 움직이기도 했다. 나에게 있어 시간의 기준은 달력이 아니라 일의 시작과 종료였다. 어떤 일이 새롭게 시작되면 그날이 나에겐 월요일이었고, 그 일이 끝나는 날이 주말의 시작이었다. 그렇다보니 가끔씩은 섬에 살고 있다는 생각이 들기도 했다. 사람들이 왁자지껄 모이는 날이면 괜히 혼자서 울적해지기도 했다. 그럴 땐 나를 뺀 모든 사람들이 같은 시간을 살고 있고 나만 다른 시간을 사는 것 같기도 했다. 하지만 생각해보면 모두 각자의 시간을 살고 있었고, 나 역시 그냥 '나의 시간'대로 살고 있었던 거였다. 그것은 '고립된 시간'이 아니라 '독립된 시간'이었다. 지금 이 순간에도 자신만의 시간대로 살아가는 사람은 많다. 아직 발견되지 않은 행성처럼 아직 내 눈앞에 보이지 않는 것뿐이다.

독립된 시간을 사는 사람은 당연히 '나이'에도 둔감하게 된다. 나이가 삶의 기준이 되지도 않는다. 나이를 잊은 사람에게는 시간도 천천히 흐르는 것 같다. 우리가 원하는 자유로운 삶이란 그런 것 아닐까? 나의 속도대로 나의 삶을 살아가는 것. 설령 세상의 시간에 다소 내가 늦게 쫓아가더라도 너무 자책하지는 않는 것. 정작 질책받아야 할 것은 세상의 시간에 쫓아가지 못했을 때가 아니라, 나의 시간을 충분히 살아내지 못했을 때이다.

물론 살면서 세상의 시간을 아예 무시할 수는 없다. 세상의 시간이란 때로 사람과 사람의 약속이기도 하기에 꼭 지켜야 할 때도 있다. 하지만 가끔씩 그 흐름에서 빠져나와 나의 속도로 살아보기도 하고, 그 둘을 독립적으로 생각해보는 건 할 수 있지 않을까? 그렇게 생각할 수 있다면 내가 지금 어디에 있는 건 별로 중요하지 않다. 출퇴근이 있는 삶이건, 프리랜서의 삶이건 혹은 지금 내 나이가 몇 살이건 나는 나의 삶을 살아낼 수 있을 것이다.

극장에서 〈인터스텔라〉를 보면서 머리가 복잡해지는 순간이 여러 번 있었다. 특히 지구와 다른 행성 간의 상대적인 이야기가 나올 때 그랬다. 나에게 있어서 세상의 시작과 끝은 이 지구뿐이었기 때문이었다. 물론 우주에 지구만 있는 것이 아니라는 건 알고 있던 사실이었지만 의식하며 살아본 적은 없다. 세상의 시간과 나의 시간을 구별하여 생각하는 것도 비슷한 것 같다. 그 둘을 독립적으로 바라보는 건 지구에 살고 있는 내가 늘 우주의 다른 행성을 떠올리며 사는 것과도 같다. 하지만 그것이 '진짜' 세상이고, 더욱 나답게 살아갈 수 있는 방법이라면 나는 매일매일 복잡한 우주여행을 하고 싶다.

'조각 모음'은
오늘부로 중지

—

재훈

우리가 사는 이 세상은 불완전하다, 라는 인식에서부터 일단 출발해 보도록 하자. 불완전의 개념을 편의상, 조각이 맞춰지지 않은 직소 퍼즐(jigsaw puzzle)이라고 생각하자. 나는 '나'를 중심으로 이 우주가 펼쳐지는 것이라는 양자물리학의 세계관을 좋아하는데, 그렇다면 '나'로부터 비롯된 이 우주를 완전체로 만드는 조각들은 어디에 있을까? 어딘가에 산재되어 있는 그 조각들을 찾아낼 수만 있다면, 그리고 제대로 맞출 수만 있다면, 나의 우주는 완전한 형태의 행복을 맞을 수 있을 것이라고 생각한다.

언제부터였는지는 정확히 기억나지 않지만, 아주 오랫동안 나는 그 조각이 지금 내가 먹고 자고 숨쉬는 이 공간에서 무척 멀리 떨어진 곳에 숨겨져 있다고 믿었다. 무지개 끝에 황금항아리가 묻혀 있다는 서양

속담처럼, 또는 손오공과 베지터가 찾아 헤매던 일곱 개의 드래곤볼처럼. 판타지 소설 속 주인공이 으레 그러하듯 나 역시 언젠가는 그 조각들을 찾아 먼길을 떠나야 한다고 믿었던 것이다. 그 여정의 시작이 어른이 되는 첫걸음인 줄 알았다. 하지만 나는 프로도(『반지의 제왕』)나 판(『로도스도 전기』)이 아니었다. 불의와 타협하지 않는 우직함도 없었고, 용맹하지도 않았으며, 고결한 마음씨를 갖지도 못했다. 나의 이런 결함을 채워줄 조력자들도 없었다. 물론, 부모님과 친구들과 선생님들이 있었으나 아쉽게도 그들은 마법을 부리지도 않았고, 힘이 세지도 않았다. 그중 몇몇은 심지어 정직하지도 않았다.

뭐, 그렇기는 했어도, 부정할 수 없는 사실은 그들 덕분에 내 여정이 계속될 수 있었으며, 좀더 나은 방식으로 발전해갔다는 사실이다. 결정적으로 나에게는 지도가 없었으므로, 그들의 조언이나 방향감각에 어느 정도는 의지할 수 밖에 없었음을 지금은 인정할 수 있다.

"찾았다!" 하고 희열에 찬 적이 몇 번인가 있다. 조각을 찾은 것이다. 취업도 아마 그중 하나였던 것 같다. 그것이 그야말로 하나의 조각에 지나지 않는다는 사실을 깨닫기까지는 그리 오래 걸리지 않았다. 그렇게 또 다른 조각을 찾기 위해 고군분투하고, 어렵사리 찾아낸 다음에는 또다시 그다음 조각을 탐색하러 움직이고……

'나답게 살기'를 모토로 내건 〈청춘철학〉 팟캐스트 방송도 그런 조각들 가운데 하나였다. 진우와 둘이서 우리 생각을 거리낌없이 토해내고 나면 카타르시스가 느껴졌다. 그러나 고백하건대, 그런 통쾌함은 오래가지 못했다. 물론 자부심이나 뿌듯함은 있었지만, 마음 한구석이 텅 빈 듯한 공허함은 채워지지 않았다. 아직 조각들이 부족해서 그렇다, 라고 나는 생각했다. 하지만 여전히 내게는 지도가 없었고, 도대체 어디를 가야 내 마음에 꼭 맞는 행복의 조각을 찾을 수 있을지 짐작조차 가지 않았다. 돌아갈 수도 나아갈 수도 없는 림보 상태 같은 울적함 때문에 회사에서나 집에서나 늘 멍한 채로 있었다.

화가 났다. 직소 퍼즐 따위, 어떻게 되든 알 바 아니니 집어치워버리고 싶었다. 퍼즐판을 뒤엎으려고 보니, 이미 끼워 맞춘 조각들이 떨어져 나갈 게 아까웠다. 그 조각들을 찾기까지의 험난한 여정이 떠올라 쉽게 깽판을 놓을 수가 없었던 것이다. 그래, 일단은 이대로 두자, 하고 마음을 진정시켰다. 어쩌면 나는 지친 것일지도 모른다. 잠시 쉬면서 힘을 보충한 다음 다시 모험을 이어가자. 판타지 소설 속 주인공들도 나름대로의 위기를 맞지 않던가. 자가 치유 측면에서 이런 생각은 얼마간 진통제역할을 해주었으나, 약발이 그리 오래 지속되지는 않았다. 오히려 또다른 불안감을 조성했다.

가만 있어보자, 나는 프로도나 판 같은 주인공이 아닐 수도 있잖아? 내가 이 세계의 주인공이 아닐 수 있다는 가능성을 셈하게 되는 순간, 허무와 애잔함이 삽시간에 내 몸을 감싼다. 상대방을 옴짝달싹할 수 없게 얼려버리는 얼음 마법에 걸려들고 마는 것이다. 나는 서서히 얼어붙어갔다. 서른 살이 되면서부터 냉각의 강도는 더욱 세졌다. "비어가는 내 가슴속엔 더 아무것도 찾을 수 없네"라는 김광석의 노랫말이 아이스픽이 되어 나를 찔렀다.

홧김에 퍼즐판을 던져버렸던 게 아마 그즈음이었을 것이다. 찾아야할 조각도, 그 조각을 끼워야만 완전한 형태를 갖추는 행복이라는 것도 다 싫었다. 아무래도 괜찮았다. 그러고는 한동안 철저히 무심하고 무신경한 태도로 매일매일을 살아냈던 것 같다. 출근을 한다. 회사에서는 일을 한다. 퇴근을 한다. 집에서는 쉰다. 주말에는 뭔가를 쓰거나 어딘가를 돌아다니거나 누군가를 만난다. 다시 월요일에는 출근을 한다……. 꽤나 재미없는 사이클인데, 이런 건조한 쳇바퀴가 나의 내면에 오랜 시간 전원이 꺼져 있던 뭔가를 가동시켰다. 나에게 생활의 쳇바퀴는 일종의 톱니바퀴였는지도 모르겠다. 그것이 회전해야만, 다른 것이 맞물려 움직일 수 있다. 나의 것과 같은 삶의 톱니바퀴는 누구나 갖고 있을 거라 생각한다. 내 경우에 그것은 회사생활이었던 것이고.

불편한 진실이기는 한데, 회사는 굳이 내가 아니어도 잘 돌아가기 마련이다. 보다 싱싱하고 열성적인 대체재들이 그득하다. 내가 회사를 그만두면, 다른 대체재를 찾아 끼우면 그만이다.

회사원으로서 나라는 존재는 명백히 '조각'이다. 회사라는, 사회라는 커다란 퍼즐판에 붙은 'one of them'. 내가 조각임을 인지하고 나니 모든 것이 명확해졌다. 조각이라면 이제 지긋지긋하다는 인식이 천천히 작동하기 시작한 것이다. 한 바퀴 크게 돌 때마다 철커덕, 하는 소리를 내며 그 인식은 압도적인 기동력을 나에게 공급해주었다.

영화 〈타이타닉〉의 한 장면이 떠올랐다. 어마어마한 크기의 선체 하부에 자리한 기관실, 그곳에서 교각처럼 두껍고 우람한 실린더들이 철컹철컹 움직인다. 내 안에서도 그와 비슷한 무언가가 굉장한 힘으로 약동하고 있는 게 느껴졌다. 어쩌면 이 느낌은 나의 환각이거나 자기합리화일지도 모르겠지만, 어쨌든 그것은 나로 하여금 좀더 현실적으로, 그리고 담백하게 일상을 대하도록 도왔다. 조각이라면 이제 지긋지긋하던

인식은, 머잖아 이 세상 전체를 조각으로 바라보게끔 했다. 내가 세상의 조각으로 기능하는 게 아니라, 세상이 나의 조각으로 존재한다고 생각하게 된 것이다. 나는 지금 이대로 완전체이며, 세상은 지금 이대로의 나를 구성하는 하나의 성분이라는 세계관이다. 거창하게 들리지 않기를 바라는 노파심에 첨언하자면, 굵은 글씨로 강조되어야 할 부분은 '지금 이대로'라는 점이다. 회사와 사회는 오랫동안 나에게 조각이 될 것을 권해왔던 것 같다. "사회를 위해 뭔가 뜻깊은 일을 하고 싶어요"라는 말은 실은 "나 자신을 위해 뭔가 뜻깊은 일을 하고 싶고, 그건 아마 이 사회에도 도움이 될 거예요. 아니어도 뭐 딱히 상관은 없지만"이라고 고쳐져야 하지 않을까.

'우리가 사는 이 세상은 불완전하다, 라는 인식에서부터 일단 출발해보도록 하자'라고 이 글을 시작했었다. 이 세상은 완전해지고 싶어한다. 어쩌면 그래서 끊임없이 조각 모음을 해왔던 거고, 우리에게 그 조각이 되어달라고 부탁하고 있는지도 모른다. 불완전한 퍼즐판에 불완전한 조각들을 끼워 맞추는 모양새는 아닌지 고민해보는 것으로부터 일단 출발해보도록 하자, 라고 끝맺으려 한다. 개인의 차원에서 '탈조각'을 이루지 못한다면 회사와 사회는 언제까지나 조각 모음을 지속할 것이다. 따지고 보면, 회사와 사회의 모습이 곧 우리의 지금 생김새인 것 같기도 하고. 접시는 이제 그만 깨고, 지금부터는 퍼즐판을 뒤엎어보자.

'나'라는 문제풀이에 유용한 참고 작품들

독백
가수 김정균(김거지) **수록앨범** 밥줄

"고집스러운 가슴에게 난 말을 걸어보고 싶어." "고민만 하는 머리에게 난 말을 걸어보고 싶어." "내 몸에 깃들어 사는 소년과 노인과 늑대 같은 남자들에게 말을 건다." 나 자신을 끊임없이 들여다보지 않는다면 이런 가사는 나올 수 없을 것이다. 나에게 더 자주 말을 걸어주어야겠다고 다짐해본다.

Shape of My Heart
가수 스팅 **수록앨범** Ten Summoner's Tales

무심해지고 싶을 때 듣는 노래. 돈이 아닌, 답을 찾기 위해 카드 패를 돌리는 남자의 노래. '일을 통한 자아실현'이라는 모호한 테마에 관한 인생 선배 스팅 아저씨의 시적 답변. 이런 게 바로 우문현답 아닐까.

다크 나이트 라이즈
감독 크리스토퍼 놀런 **각본** 크리스토퍼 놀런, 조너선 놀런

배트맨이 아닌 '배트, 맨'으로의 성숙. 브루스 웨인, 배트맨 슈트 없이 맨몸으로 '라이즈'하다! 특히 직장인들에게 대단한 영감을 주는 영화가 아닐까. 증권맨은 '증권, 맨', 영업맨은 '영업, 맨', 삼성맨은 '삼성, 맨'. 슈트를 벗고, 안전 로프를 풀고, 몸뚱어리 하나로 상승하고 싶은 회사원들의 염원이여.

나를 사랑하자
가수 커피소년 **수록앨범** 나를 사랑하자

사랑한다는 것은 예쁜 모습뿐 아니라 추한 모습까지도 품는 것일 텐데, 나의 추한 모습을 가장 많이 알고 있는 건 나 자신뿐이다. 결국 세상에서 가장 사랑하기 힘든 사람은 '나'일지도 모른다. 은은하게 '나를 사랑하자'고 읊조리는 가사는 마치 간절한 사랑이 이뤄지길 바라는 주문처럼 들린다.

슬로 라이프
저자 쓰지 신이치

느려지기 위해 필요한 것은 '감속'이 아니라 '여유'이다. 아무리 좋은 브레이크가 있어도 그것을 밟을 여유가 없다면 소용이 없다. 느린 삶이 중요한 것도 그 때문이다. 어떻게 다시 여유를 찾을 수 있을지, '나'를 풀 수 있는 시간을 늘려준다.

건투를 빈다
저자 김어준

인생에 정답은 없다. 대신 그 정답은 내가 갖고 있다고 얘기한다. 결국 우리는 문제지와 해답지를 같이 갖고 있는 존재들이다. 학교에선 해답을 보고 문제를 풀면 벌을 주지만, 인생에선 해답을 보고 문제를 풀면 상이 온다.

다만, 이것은 누구나의 삶
저자 박근영

잡지사 기자였던 저자는 회사를 그만두고 이런저런 사람들을 인터뷰하며 그들의 얼굴과 목소리를 책에 담는 일을 한다. 느리되, 늘어지지 않는 자신만의 보폭으로 살아가는 개개인들의 삶을 기록하는 저자에게 경배를. 그런 저자의 삶 역시, 제목처럼 다만, 누구나의 삶일 것이다.

〈무한도전〉 407회 극한알바 두번째 이야기
연출 김태호 외 작가 이언주 외

한번 내려간 탄광은 올라올 방법이 없기에 그 시간을 버텨야만 했고, 시간은 더욱 느리게 흘렀다. 지금 내가 힘든 건 내 인생의 '막장'에 다다랐기 때문일 수도 있다. 하지만 막장에 이르렀다는 건 이제 곧 올라갈 시간이 되었다는 이야기이기도 하다. 그래도 잊지는 말자. 탄광 위로 올라가는 데에도 많은 시간이 걸린다는 것을.

나답게 사는 건 가능합니까

초판 1쇄 인쇄 2015년 3월 18일
초판 1쇄 발행 2015년 3월 25일

지은이　임재훈 전진우

기 획　이희숙
편 집　김지향 이희숙 ╎편집보조 박선주 ╎모니터링 이희연
디자인　엄자영 이현정 ╎그림 김유진
마케팅　방미연 정유선 오혜림 ╎온라인마케팅 김희숙 김상만 한수진 이천희
제 작　강신은 김동욱 임현식

펴낸이　이병률
펴낸곳　달 출판사
출판등록　2009년 5월 26일 제406-2009-000034호

주소　413-120 경기도 파주시 회동길 210
전자우편　dal@munhak.com
페이스북　facebook.com/dalpublishers ╎트위터 @dalpublishers
전화번호　031-955-1921(편집) 031-955-2688(마케팅) ╎팩스 031-955-8855

ISBN　979-11-5816-000-5 03810

● 이 도서의 국립중앙도서관 출판시도서목록(CIP)은 e-CIP홈페이지(http://www.nl.go.kr/ecip)와
　국가자료공동목록시스템(http://www.nl.go.kr/kolisnet)에서 이용하실 수 있습니다.
　(CIP제어번호: CIP2015004326)